Das Buch

Dass es eine Reise mit Strapazen werden würde, damit hatte Emily Bradshaw gerechnet, als sie sich im Frühsommer des Jahres 1872 mit einem Siedlertreck von St. Louis zu ihrem Verlobten Charles Eaton nach Silver Springs aufmacht. Aber dass sie einem Indianerangriff zum Opfer fallen und entführt werden würde, hätte sie sich nicht einmal in ihren schlimmsten Alpträumen ausgemalt. Nur die Liebe zu Charles lässt sie noch hoffen. Dieser beauftragt das Halbblut Rafael »Rafe« McKinlay, Emily zu suchen. Die Rettung gelingt trotz lebensgefährlicher Hindernisse. Doch eine schwere Beinverletzung, die Rafe sich bei einem Schusswechsel zuzieht, zwingt ihn und Emily, in einer Höhle in den Rocky Mountains zu überwintern. Die beiden kommen sich unweigerlich näher und spüren mehr als nur tiefe Zuneigung füreinander. Als der Frühling kommt, fragt Emily sich verzweifelt, wie sie nun ein Leben mit Charles meistern soll …

Die Autorin

Petra Last schrieb bereits in jungen Jahren nächtelang Kurzgeschichten und Romane, in denen sie die besondere Faszination, die der Süden der USA auf sie ausübte, verarbeitete. Die Autorin lebt bei Celle in Niedersachsen.

Petra Last

Einzig dir gehört mein Herz

Roman

Ullstein

Besuchen Sie uns im Internet:
www.ullstein-taschenbuch.de

Umwelthinweis:
Dieses Buch wurde auf chlor- und säurefreiem Papier gedruckt.

Ungekürzte Ausgabe im Ullstein Taschenbuch
1. Auflage Juli 2005

Umschlaggestaltung: Büro Hamburg
Titelabbildung: VEER/photonica
Satz & Layout: Andreas Paqué, Ramstein
Druck und Bindearbeiten: Ebner & Spiegel, Ulm
Printed in Germany
ISBN-13: 978-3-548-26285-7
ISBN-10: 3-548-26285-6

Für meine Familie:
Danke für alles!

Liebe Sofie:
Herzlich willkommen!

Für DeLiA – Vereinigung Deutsch-
sprachiger Liebesromanautorinnen
und -autoren: Viel Erfolg!

Prolog

Wütend riss der einsame Reiter sein Pferd herum, als er den Gipfel des Hügels erreicht hatte. Mit einem protestierenden Wiehern bäumte sich das Tier unter dem brutalen Ruck der Zügel auf, ehe es mit zitternden Flanken zum Stehen kam. Der Blick des Reiters glitt zurück ins Tal zu seinem zerstörten Lager, dessen brennendem Inferno er nur knapp mit heiler Haut entronnen war. Pistolenschüsse hallten durch die Nacht, und blau uniformierte Soldaten trieben die letzten Überlebenden seiner ehemaligen Getreuen zusammen.

Hasserfüllt zogen sich die Augen des Reiters zusammen.

»Eines Tages«, stieß er zwischen zusammengepressten Zähnen hervor, »eines Tages begegnen wir uns wieder, Rothaut, und dann Gnade dir Gott.«

Er gab seinem Tier die Sporen und galoppierte ohne einen weiteren Blick zurück davon.

I

Der brennende Pfeil kam aus dem Nichts. In letzter Sekunde warf Emily Bradshaw sich zur Seite, während er sich zischend neben ihr ins Holz bohrte.

Ihr Herz schlug rasend, und das nervenzerfetzende Geheul, das seit Tagesanbruch in der rauch- und pulverdampfgeschwängerten Luft hing, drohte sie in den Wahnsinn zu treiben. Überall um sie herum lagen Sterbende und Verletzte, stöhnten schmerzerfüllt, aber sie hatte keine Zeit, sich um sie zu kümmern.

Beinahe blind vor Tränen tastete Emily nach dem Pfeil und riss ihn aus der Planke, ehe die Flammen in den zundertrockenen Brettern des Wagenbetts neue Nahrung finden konnten.

Neben ihr focht Carla Hemmings einen ebenso aussichtslosen Kampf gegen den schnellen und viel zu beweglichen Feind. Carlas sonst so ebenmäßige Züge waren verzerrt und schwarz vom Pulverdampf. Ihr blondes Haar hing ihr wirr und verschwitzt um die Schultern. Bei jedem Schuss, den sie abfeuerte, rammte der Gewehrkolben mit der Wucht eines wütenden Mulis gegen ihre Schulter, und Emily fragte sich verzweifelt, wie lange sie diese Tortur wohl noch durchhalten konnte.

Aber dann riss sie sich zusammen. Es hatte keinen Sinn nach einer Pause zu jammern, die nicht kommen würde. Sie würden sich ausruhen können, wenn sie die Angreifer zurückgeschlagen hatten.

Ihre Finger brannten, als sie Patronen in das noch heiße Magazin des Gewehres lud. Sie brauchte nicht hinzusehen, um zu wissen, dass ihre Hände von Brandblasen übersäht waren, Brandblasen, die die schon beinahe glühenden Gewehrläufe und Magazine hinterlassen hatten. Emily schob sich eine feuchte Haarsträhne aus der Stirn und reichte die Waffe weiter an Carla, denn von ihnen beiden war Carla eindeutig die bessere Schützin. Schweigend nahm Carla das Gewehr entgegen, legte an, zielte und feuerte, bis das Magazin erneut leer geschossen war.

Aus den Augenwinkeln konnte Emily erkennen, wie einer der Angreifer von seinem Pferd stürzte, aber sofort erschien ein anderer, um seinen Platz einzunehmen.

Oh mein Gott, dachte Emily verzweifelt, *wie viele sind es denn noch?*

II

Das blecherne Plinkern eines schlecht, dafür aber mit Inbrunst gespielten Pianos erfüllte schon von weitem die heiße, stille Luft, die wie eine stickige Decke über den staubigen Straßen von Silver Springs lag.

Charles Eaton verharrte einen Moment auf dem hölzernen Gehweg gegenüber der »Goldenen Gans«, während er nervös einen Zettel in seiner Hand zerknüllte. Der Mann, den er hier anzutreffen hoffte, sollte sich häufig in diesem Saloon aufhalten, hoffentlich auch heute. Voller Unbehagen strich Charles Eaton mit seiner rechten Hand über den Griff des Revolvers, der als ungewohntes Gewicht an seiner Hüfte baumelte. Noch nie zuvor hatte er einen Revolver getragen, aber angesichts des Rufes, den die »Goldene Gans« genoss, erschien ihm diese Vorsichtsmaßnahme angebracht.

Als sollte sich seine Befürchtung bestätigen, spien die Schwingtüren plötzlich eine Gruppe Männer die Treppe hinab auf die Straße.

»Prügelt euch draußen und kommt erst wieder, wenn ihr nüchtern seid!«, brüllte ein stämmiger, bärbeißiger Kerl ihnen nach, ehe er wieder im Inneren des Saloons verschwand, ohne sich noch weiter um die sich im Dreck wälzenden Gestalten zu kümmern. Stöhnend versuchten sie, auf die Beine zu kommen, bevor sie liegen blieben, zu betrunken, um ihren Streit fortzusetzen.

Charles schluckte. Diese Saloons mit ihren zweifelhaften Versprechungen von Vergnügen waren nicht seine Welt. Dennoch machte er sich langsam auf den Weg, ging die drei Stufen vom Gehsteig hinab und überquerte die Straße. Tosender Lärm, Gelächter und beißender Zigarettenrauch schlugen ihm entgegen, als er vor den Schwingtüren der

»Goldenen Gans« einen Augenblick lang zögerte, ehe er hindurchtrat. Unschlüssig blieb er stehen, zweifelnd, ob seine Entscheidung hierher zu kommen richtig war. Er sah sich um. Die rauen Gesellen an der Theke ebenso wie die Spieler an den Tischen unterschieden sich von ihm so sehr wie Gassenköter von einem französischen Pudel. Er war sich dieses Unterschieds nur allzu bewusst. Auch der Revolver, den er trug, konnte daran nichts ändern.

»Mach Platz, Mann«, dröhnte es hinter ihm, und Charles stolperte vorwärts, als die Schwingtüren so schwungvoll aufgestoßen wurden, dass sie ihn schmerzhaft am Rücken trafen. Um ein Haar wäre er gestürzt, aber er konnte sich gerade noch auf den Beinen halten und sogar zur Seite taumeln, ehe die Gruppe Cowboys, die laut grölend zur Theke stürmte, ihn überrannte.

Charles zog die Schultern ein wenig höher und bahnte sich einen Weg durch die rauchgeschwängerte Luft und an den dicht gedrängten, zumeist ungewaschenen Leibern vorbei zur Bar.

»Entschuldigen Sie, Sir«, begann er, nachdem er den Tresen erreicht hatte.

»Bier oder Whisky?«, grollte der Barmann.

»Nein, Sir, ich habe eine Frage ...«

»Bier oder Whisky? Entweder du bestellst was, oder du fliegst.«

»Äh, ja, also dann Bier«, stammelte Charles. Ohne weiter auf ihn zu achten, knallte der Barkeeper ihm ein gefülltes Bierglas vor die Nase, griff das Geld, das Charles zögernd auf das polierte Holz des Tresens gelegt hatte, und wandte sich dann einem anderen Gast zu. Ratlos sah sich Charles um. Wie sollte er in diesem Haufen grobschlächtiger Kerle nur denjenigen ausmachen, den er suchte? Noch immer drehte er nervös den Zettel in den Händen.

»Entschuldigen Sie, Sir«, versuchte er es erneut, diesmal bei dem Kerl links neben sich.

»Was willst du?«, gab dieser unfreundlich zurück. Charles zuckte unwillkürlich zusammen, nutzte dann aber seine Chance.

»Bitte entschuldigen Sie, aber ich suche ...«, er sah auf seinen Zettel, als müsste er sich erst vergewissern, obwohl er den Namen bereits im Schlaf kannte, »Mister Rafael McKinlay. Kennen Sie ihn?«

Die Augen des Angesprochenen zogen sich unheilvoll zusammen. »Was willst du halbe Portion denn von McKinlay?«, knurrte er finster.

»Ich versichere Ihnen, ich möchte nur mit ihm sprechen.« Charles schluckte. »Sind Sie Mister McKinlay?«, fragte er dann hoffnungsvoll.

»Willst du mich beleidigen?«, brüllte der Riese und holte mit seiner großen Pranke aus, als wollte er Charles in den Erdboden rammen. »Sehe ich etwa aus wie 'ne verdammte Rothaut?«

»Aber nein«, versuchte Charles ihn zu beschwichtigen und hob abwehrend die Hände. »Nichts liegt mir ferner. Ich weiß nur nicht, wie ich Mister McKinlay erkennen soll. Und da Sie ja anscheinend seinen Namen ...«

»McKinlay sitzt da hinten«, gab der Riese zurück und wandte sich abrupt ab. Sein Ärger war so plötzlich verraucht, wie er aufgeflammt war. Charles starrte ihn einen Augenblick lang verwirrt an, bevor er sich in die angedeutete Richtung wandte. Seine Augen tränten von dem beißenden Rauch unzähliger Zigaretten und Zigarren. Er musste hastig zur Seite springen, damit ihn ein Schwall Kautabak, der in die grobe Richtung des Spucknapfes gespien wurde, nur knapp verfehlte. *Ungehobeltes Pack*, dachte Charles Eaton schaudernd und überquerte zögernd den mit Sägespänen bestreuten Holzfußboden. In der hintersten Ecke, allein an einem Tisch und mit dem Rücken zur Wand, saß ein Mann, bei dem es sich anscheinend um McKinlay handelte.

»Mister McKinlay?«, fragte Charles vorsichtig, als er ihn erreicht hatte, bereit, sofort zurückzuspringen, sollte auch dieser Mann auf ihn losgehen. Seine Sorge erwies sich als unbegründet. Langsam hob der Angesprochene den Kopf. Eine Hutkrempe beschattete seine Augen und den oberen Teil seines Gesichtes, während ein struppiger Bart den unteren Teil verdeckte.

»Mister McKinlay?«, wiederholte Charles zögernd, als der Mann ihn nur schweigend musterte.

»Was wollen Sie?«

Die Stimme klang heiser, rau, so als würde sie nur selten benutzt werden. Andererseits ließ McKinlays abweisende Erscheinung auch nicht unbedingt den dringenden Wunsch aufkommen, das Wort an ihn zu richten. Ein Schauer lief Charles Eaton über den Rücken, aber er ließ sich nicht beirren. Stattdessen zog er sich einen Stuhl heran und ließ sich am Tisch nieder. McKinlays Brauen zogen sich unheilvoll zusammen.

»Sehen Sie, Mister McKinlay, meine Verlobte ist von Indianern entführt worden und ...«

»Habe ich gesagt, Sie dürfen sich setzen?«

»Was?«, fragte Charles erstaunt, als er so plötzlich unterbrochen wurde.

»Das ist mein Tisch, und ich habe Ihnen nicht erlaubt, sich zu setzen.«

Charles sprang auf, als würde der Stuhl in Flammen stehen. »Natürlich nicht, Mister McKinlay, tut mir Leid.« Nervös rang er die schlanken, ein wenig knochigen Finger. Noch immer fühlte er den kalten Blick des Mannes auf sich, auch wenn er seine Augen nach wie vor nicht ausmachen konnte.

»Sprechen Sie«, forderte McKinlay ihn auf, als Charles ihn nur schweigend anstarrte.

»Also, wie ich schon sagte«, Charles schluckte krampfhaft, und sein Adamsapfel hüpfte über seinem sauber gebundenen Halstuch. Er fuhr mit dem Finger darunter, als wäre das kunstvoll geschlungene Tuch mit einem Mal zu eng. »Meine Verlobte ... also – sie wurde entführt, von Indianern«, setzte er dann hastig hinzu, als hätte er dieses wichtige Detail bislang noch nicht erwähnt.

»Und was hat das mit mir zu tun?«

Die Stimme klang teilnahmslos, und Charles zerrte erneut mit dem Zeigefinger an seinem Tuch.

»Ja, also«, er bemerkte, wie ihm der Schweiß ausbrach, »Sie wurden mir empfohlen ...« Er verstummte abrupt, als sein Gegenüber den Kopf ein wenig hob und Charles im dämmrigen Licht des Saloons die kalt glitzernden Augen erkennen konnte. *Ein Raubtier*, schoss es ihm durch den Kopf. *Das ist kein Mensch, das ist ein Raubtier. Ein Wolf oder …* Seine wild durcheinander jagenden Gedanken erstarrten urplötzlich unter McKinlays Blick, und er spürte, dass seine Knie bebten, als McKinlays Augen ihn zu durchdringen schienen.

»Setzen Sie sich«, hörte er die Reibeisenstimme wie durch einen dichten Nebel und ließ sich wie in Trance auf den Stuhl sinken. McKinlay senkte langsam den Blick, und Charles schüttelte den Kopf, als müsse er den unsichtbaren Bann, der sich über ihn gelegt hatte, vertreiben.

Was war geschehen? Der Lärm des Saloons, der für Sekunden – oder waren es Stunden? – verstummt war, hüllte ihn erneut ein. Noch einmal schüttelte Charles den Kopf.

McKinlay nickte dem Barmann zu, und einen Augenblick später stellte eines der leicht bekleideten Mädchen, die die Tische bedienten, einen Krug Bier neben Charles auf den Tisch. Dankbar lächelte er sie an und nahm einen langen Schluck. Nur zögernd wagte er, seinen Blick wieder auf McKinlay zu richten.

Dieser schob seinen Stetson in den Nacken und sah Charles an. Charles Eaton schluckte. McKinlays Augen waren bei näherer Betrachtung braun. Nein, korrigierte er sich, bernsteinfarben wäre wohl die passendere Bezeichnung. Er war sich sicher, dass die Augen seines Gegenübers von innen heraus leuchteten. Wieder drängte sich ihm der Vergleich mit einem Wolf auf. McKinlays gesamte Erscheinung hatte etwas Raubtierhaftes an sich, so als würde dieser Mann nur zum Schein auf die Zwänge der Zivilisation eingehen, während tief in seinem Inneren etwas schlummerte, das Charles lieber nicht wecken wollte.

»Wollen Sie mich nur anstarren, oder kommen Sie heute noch zur Sache?«

McKinlays Stimme ließ Charles zusammenzucken. Er hatte gar nicht bemerkt, dass er angesichts des beinahe hypnotischen Blicks fast den Grund seines Hierseins vergessen hätte.

»Meine Verlobte«, stammelte er diesmal hastig und atemlos, »also, meine Verlobte ist von Indianern entführt worden.«

McKinlay schwieg einen Augenblick, dann fragte er mit einer Stimme, die Charles erneut einen Schauer über den Rücken jagte: »Was für Indianer?«

»Wie bitte?« Wieder schluckte Charles heftig. Seine Hände waren feucht und er bemerkte, wie ihm auch am Rest seines Körpers der Schweiß ausbrach. Seine Nervosität nahm zu, je länger er McKinlay gegenübersaß. Vielleicht war es doch keine so gute Idee gewesen, hierher zu kommen.

»Was für Indianer haben Ihre Verlobte entführt? Welcher Stamm?«

»Welcher Stamm? Ich ... ich weiß nicht. Ich habe keine Ahnung. Ich weiß nur, dass es Indianer waren, Rothäute ...«

Er verstummte, als ihm die Worte des Mannes an der Bar einfielen. *Sehe ich etwa aus wie 'ne verdammte Rothaut?* Anscheinend hatte Rafael McKinlay Indianerblut in den Adern. Hatte er ihn mit seinen Worten beleidigt? Allein der Gedanke, diesen Mann zu erzürnen, ließ Charles Eaton innerlich erstarren. McKinlays Gesichtsausdruck ließ nicht erahnen, was er dachte und Charles hoffte inständig, dass er ihm die Bezeichnung Rothaut nicht übel nahm.

»Und woher wollen Sie wissen, dass es Indianer waren?«

»Der Treckführer sagte, dass sie von Indianern überfallen worden sind. Es gab ...«

»Was für ein Treck?«

Irritiert sah Charles ihn an. Er war es nicht gewohnt, andauernd unterbrochen zu werden, und fragte sich, ob McKinlay eine bestimmte Taktik damit verfolgte oder einfach nur ungehobelt war. Er atmete tief durch. Es war sinnlos, wenn er sich aufregte oder sich verrückt machen ließ. Dieser Mann war ihm empfohlen worden. Er sollte der Beste sein, auch wenn Charles da seine Zweifel hatte. McKinlay hatte die Manieren eines unzivilisierten Rüpels. Aber wenn er Emily zurückbringen konnte, so würde er versuchen, so lange wie nötig mit ihm auszukommen.

»Meine Verlobte«, berichtete er mühsam beherrscht mit zusammengebissenen Zähnen, »Miss Emily Bradshaw, befand sich auf einem Siedlertreck, der aus St. Louis kam. Dieser Treck ist von Indianern überfallen worden, und meine Verlobte wurde entführt.«

Schweigend sah McKinlay ihn an. Nichts ließ erkennen, ob er die Worte überhaupt gehört hatte, aber Charles Eaton zwang sich, sie nicht zu wiederholen.

»Warum befand sich Ihre Verlobte allein auf einem Treck?«

»Wie bitte?«

»Warum haben Sie sie den Gefahren eines Trecks ausgesetzt? Wäre es nicht besser gewesen, sie mit der Postkutsche oder der Eisenbahn reisen zu lassen?«

»Also, erlauben Sie mal«, plusterte Charles sich auf und wollte sich erheben.

»Setzen Sie sich.« Der ruhig ausgesprochene Befehl – Charles zweifelte keine Moment daran, dass es einer war – ließ ihn auf den Stuhl zurücksinken.

McKinlays bernsteinfarbener Raubtierblick bohrte sich in Charles Eatons Augen.

»Warum wollen Sie sie wiederhaben?«

»Was?« Charles glaubte, er hätte sich verhört.

»Sie haben mich schon verstanden. Warum wollen Sie sie wiederhaben?«

Wieder sprang Charles empört auf. Diesmal hinderte ihn McKinlay nicht daran. »Warum ich sie …? Wie können Sie das fragen? Das ist doch … Was erlauben Sie sich eigentlich? Warum ich Emily wiederhaben will? Weil ich sie liebe, deshalb möchte ich sie wiederhaben!« Schwer atmend, die Hände auf den Tisch gestützt, funkelte Charles sein Gegenüber an.

McKinlay zeigte sich wenig beeindruckt. Scheinbar entspannt lehnte er sich zurück und musterte Charles Eaton nachdenklich, dann hob er spöttisch eine Braue. »Weil Sie sie lieben? Die Antwort kam aber verdammt zögernd.«

»Zweifeln Sie an meiner Liebe zu Emily?«, empörte sich Charles.

McKinlay senkte den Blick auf sein Bierglas, bevor er Charles Eaton wieder direkt ansah. »Setzen Sie sich.«

Langsam ließ Charles sich wieder auf den Stuhl sinken, bereit, bei der nächsten Beleidigung erneut aufzuspringen und den Raum zu verlassen, ganz egal, ob Rafael McKinlay der Beste war oder nicht.

»Sie sollten sich über eines im Klaren sein«, begann McKinlay ruhig, »Ihre Verlobte ist von Indianern entführt worden. Und Frauen, ganz besonders weiße Frauen, werden von den Indianern nicht verhätschelt. Sie zu entführen hat einen Zweck. Bestenfalls wollen sie sie später gegen Lebensmittel und Decken eintauschen, aber meistens wollen die Indianer sich an den Weißen rächen, die ihre Dörfer überfallen und ihre Frauen und Kinder niedermetzeln. Diese Frauen müssen für die Verbrechen der Armee und einiger so genannter Indianerkämpfer büßen. Sie sollten sich also mit dem Gedanken vertraut machen, dass Emily nicht mehr so rein und jungfräulich sein wird, wie Sie sie in Erinnerung haben, sollte ich sie aus dem Indianerlager herausholen können.«

Bestürzt senkte Charles Eaton den Blick auf seine krampfhaft verschlungenen Hände. »Ich habe davon gehört.« Zögernd sah er McKinlay an. »Ich habe davon gehört, was die Roten mit weißen Gefangenen … nun, mit Frauen machen. Ich habe gehört, dass sie … dass sie ihnen Gewalt antun, dass sie …« Seine Stimme erstarb, und sein Gesicht nahm einen flehenden Ausdruck an, so als wollte er McKinlay beschwören, seinen Worten zu widersprechen.

Aber McKinlays Augen blickten kalt. »Sie wird die Beute eines Kriegers sein«, antwortete er dann nach einer Weile. »Sie wird wie die niedrigste Sklavin schuften müssen für ihn und vielleicht sogar für den ganzen Stamm, und es besteht die Möglichkeit, dass sie vergewaltigt wird.«

Wieder senkte Charles den Blick auf seine Hände und schluckte schwer.

»Aber«, hörte er dann McKinlays Stimme, »die Stämme in den Ebenen, wie Sioux und Cheyenne, vergehen sich nur äußerst selten an ihren weißen Gefangenen. Was Sie gehört haben, betrifft hauptsächlich die Apachen. Aber ich glaube nicht, dass sie so weit im Norden Apachen in die Hände gefallen ist.«

Erleichtert atmete Charles Eaton auf und klammerte sich an das Fünkchen Hoffnung, das McKinlays Worte in ihm geweckt hatten.

»Trotzdem, viele werden glauben, dass Ihre Emily das Flittchen von Rothäuten gewesen ist. Wenn Sie also nicht damit leben können, dann sollten Sie Ihren Plan ganz schnell wieder vergessen.«

Charles Eaton rang um Fassung. »Ich will sie wiederhaben«, bekräftigte er dann mit fester Stimme.

»Auch wenn Ihre Verlobte Nacht für Nacht schreiend aus Albträumen aufwacht?«

Charles' Gesichtsausdruck verdunkelte sich, aber er ließ sich nicht beirren. »Ich will ...«

McKinlay sprach weiter: »Auch wenn die ganze Stadt hinter vorgehaltener Hand tuschelt, dass Ihre Frau eine Indianerhure ist? Könnten Sie damit leben? Kann Ihre Verlobte damit leben, oder wird sie daran zugrunde gehen?«

Rafe McKinlays Blick bohrte sich in die Augen seines Gegenübers. Er wusste, dass seine Worte grausam waren, aber er wollte, dass Charles Eaton sich der möglichen Folgen einer solchen Entführung bewusst wurde.

»Überlegen Sie es sich genau. Ich habe schon viele Frauen zurückgeholt, denen ich damit keinen Gefallen getan habe. Deren Familien haben auch gesagt, sie wollten sie wiederhaben. Aber das stimmte nicht. Sie wollten die Frauen und Mädchen wiederhaben, die sie verloren hatten, und nicht die, zu denen sie geworden waren.«

Charles sah ihm fest in die Augen. »Holen Sie sie zurück!«

McKinlay musterte ihn einen Moment lang schweigend. »Wissen Sie, was ich nicht verstehe?«, fragte er dann. »Wenn Sie so besorgt um Ihre Emily sind, warum in Gottes Namen haben Sie sie dann mit einem Siedlertreck reisen lassen? Waren Sie zu geizig, die Postkutsche oder die Eisenbahn zu bezahlen?«

»Nein! Aber man hört immer so viel von Überfällen. Ich dachte es sei sicherer, wenn Emily nicht allein, sondern in einer Gruppe reist.«

McKinlay lachte verächtlich. »Großer Gott. Selbst wenn es nicht gefährlich wäre, was ist mit den Strapazen? Haben Sie daran nicht gedacht?«

Störrisch schob Charles sein glatt rasiertes Kinn vor, ehe er antwortete: »Emily meinte, es würde ein wunderbares Abenteuer sein.«

»Wollen Sie mir damit sagen, dass Ihre Emily ein wenig dumm ist?«, mutmaßte McKinlay und erntete dafür einen wütenden Blick von Charles.

»Das will ich damit ganz und gar nicht sagen. Emily ist sehr gebildet.«

»Wie gebildet kann eine Frau sein, die einen Siedlertreck für ein Abenteuer hält?«, fragte McKinlay und trank einen Schluck Bier. »Keine Frau, die ihre fünf Sinne beieinander hat, würde auf die Idee kommen, sich allein, ohne männlichen Schutz und noch dazu ohne zwingenden Grund, einem Siedlertreck anzuschließen. Wenn Sie das Geld für die Reise haben und Ihre Verlobte trotzdem ihr Leben aufs Spiel setzt, dann ist das dumm. Wollen Sie sie wirklich wiederhaben?«

Charles antwortete zögerlich: »Vielleicht habe ich in einem meiner Briefe anklingen lassen, dass meine Geschäfte hier noch nicht so gut laufen.« Er verstummte kurz und starrte auf seine immer noch verschränkten Hände. »Wir haben uns seit fast zwei Jahren nicht gesehen und ...« Er schwieg erneut für einen Moment. »Also, wenn jemanden die Schuld an Ems Entscheidung trifft, dann mich.«

McKinlay sah ihn lange nachdenklich an, bis Eaton unruhig begann, auf seinem Stuhl hin- und herzurutschen. Was er sah, gefiel ihm nicht. Liebte Charles Eaton seine Emily wirklich, oder waren es nur Schuldgefühle, die ihn plagten? Warum hatte er Emily nicht schon viel früher nachkommen lassen? Jede Frau, die bereit war, die Strapazen eines Trecks auf sich zu nehmen, wäre sicherlich auch bereit gewesen, auf ein wenig Luxus zu verzichten, wenn sie nur ein festes Dach über dem Kopf und die Liebe ihres Mannes hätte ihr Eigen nennen können. »Warum haben Sie Emily nicht schon früher nachkommen lassen?«, kleidete er seine Gedanken in Worte.

Mit Unbehagen zog Charles die Schultern hoch. »Nun, Emilys Tante mochte mich nicht besonders. Ich denke, sie hat gegen unser Beisammensein intrigiert.«

McKinlay zog eine Braue in die Höhe. »So«, stellte er dann fest, »ihre Tante mochte Sie also nicht.« Nachdenklich sah er Charles an. »Kann mir gar nicht vorstellen, warum«, murmelte er dann und nahm noch einen Schluck Bier.

Charles reckte wütend sein Kinn in die Höhe, aber entschied sich, über Rafael McKinlays Kommentar hinwegzugehen. »Werden Sie Emily für mich suchen?«, fragte er dann zögernd, als McKinlay nichts weiter sagte.

Einen Augenblick lang erwog Rafe, sein Ansinnen abzulehnen, aber dann entschied er sich um. »Mein Preis sind zweihundert Dollar in bar, wenn ich meinen Auftrag erfolgreich erledigt habe. Sollte ich Miss Bradshaw nicht finden, oder sollte sie tot sein, schulden Sie mir nichts.«

Charles schluckte, McKinlay konnte das Hüpfen seines Adamsapfels deutlich sehen. Er wusste, dass sein Preis hoch war, sehr hoch, aber er war nun einmal der Beste. Wenn Emily Bradshaw noch unter den Lebenden weilte, dann würde er sie auch finden.

Andere mochten billiger sein, aber für gewöhnlich kassierten sie, egal, ob bei Erfolg oder Misserfolg. Außerdem würde sich Charles Eaton bei ihnen nie sicher sein können, ob seine Emily nicht doch noch lebte, selbst wenn man ihm Gegenteiliges berichtete.

Charles nickte. »Einverstanden.«

»Gut. Beschreiben Sie mir Ihre Verlobte.«

»Also, nun ja, sie hat blaue Augen und ihre Haare sind braun und sie … Warten Sie, ich habe hier eine Fotografie.« Charles reichte ihm die Fotografie, die Emily ihm nach dem Tod ihrer Tante geschickt hatte. »Es ist die neuste Aufnahme, die ich von ihr habe.« Er schluckte.

»Werden Sie mir Emily zurückbringen, Mister McKinlay?«

Ruhig sah McKinlay ihn an. »Ich werde es zumindest versuchen«, versprach er und steckte die Fotografie ein, ohne einen Blick darauf zu werfen.

III

Nachdenklich betrachtete Rafe McKinlay den Saloon, zu dem seine Nachforschungen ihn geführt hatten. Eigentlich verdiente die verkommene Spelunke eine solche Bezeichnung gar nicht. Sie lag am Ende der langen Hauptstraße, die sich bei jedem Regenguss in zähen, knietiefen Schlamm verwandelte, und bestand aus nicht mehr als einer Plane, die auf einigen Pfosten über einen grob zusammengezimmerten Tresen gespannt war, sodass zumindest das Angebot an Fusel im Trockenen stand. Der Boden war nicht aus Holz, hier wurde lediglich die Erde festgestampft, und vor dem Tresen standen einige umgestürzte Fässer, die als Tische dienten. Es gab Kisten anstelle von Stühlen und Bänken. Dafür war das Gesöff, das hier ausgeschenkt wurde, billig, wenn auch beinahe bis zur Unkenntlichkeit gepanscht.

Die Siedler, die dem Massaker entronnen waren, hatten bestätigt, dass Emily Bradshaw zusammen mit zwei anderen Frauen offensichtlich von den Indianern entführt worden war, da sich ihre Leichen nicht bei den anderen Toten befunden hatten. Fast jede Familie hatte Tote oder Verletzte bei dem Überfall zu beklagen gehabt. Sicher würden einige von ihnen nicht nach Oregon weiterziehen, sondern hier bleiben, in Silver Springs. Entmutigte und Verzweifelte, die versuchen würden, hier ein Auskommen zu finden. Sie waren es, von denen es eines Tages abhängen würde, ob die Stadt weiterexistierte oder zugrunde ging, wenn die Silberfunde in den Bergen versiegt waren.

Die Armee war bereits verständigt worden, damit sie den Rothäuten einen Dämpfer versetzte und die Frauen suchte. Auch wenn niemand große Hoffnungen darin setzte, sie jemals lebend wiederzusehen. Der Treckführer war keine Hilfe gewesen. Seine Erfahrung hatte nicht einmal ausgereicht, um zu erkennen, um welchen Stamm es sich gehandelt hatte, geschweige denn, um einzelne Gruppen zu identifizieren, wie Rafe es eigentlich gehofft hatte. Es grenzte an ein Wunder, dass er den Rest des Trecks sicher durch die Berge bis nach Silver Springs gebracht hatte.

In Rafes Augen war es von Emily Bradshaw nicht nur dumm gewesen, sich allein einem Treck anzuschließen. Nein, sie hatte sich auch noch nicht einmal davon überzeugt, dass dieser Treck von einem erfahrenen Treckführer geleitet wurde.

Dumm.

Wirklich sehr, sehr dumm.

Das Einzige, was Rafe hatte in Erfahrung bringen können, war, dass offensichtlich einige Büffeljäger die Reste des Trecks entdeckt hatten. Diese waren kurz nach den Überlebenden in Silver Springs eingetroffen. Ihre Spur führte in diese Spelunke. Von ihnen erhoffte sich Rafe Informationen, die die verstörten Überlebenden und der unerfahrene Treckführer ihm nicht hatten geben können.

»Seamus O'Manion?«

Auch wenn die Schänke gut besucht war und keiner der Gäste jemals viel Geld für ein Bad verschwendet hatte, so waren Büffeljäger dennoch ohne größere Schwierigkeiten an dem ihnen anhaftenden Gestank zu erkennen. Rafes Vermutung war also nahe liegend, als er den nach faulem Kadaver stinkenden Mann ansprach.

»Wer willas wiss'n?«, lallte O'Manion zurück und fiel beinahe von seiner Kiste, als er sich nach Rafe umwandte.

»Ich habe gehört, Sie haben den überfallenen Siedlertreck gefunden«, stellte Rafe fest.

»Kann schon sein.« O'Manion war betrunken, aber nicht zu betrunken, um vorsichtig zu sein. Seine blutunterlaufenen Augen fixierten Rafe. Dieser winkte der Schankmaid zu, einem dürren Wesen mit strähnigem Haar von undefinierbarer Farbe.

»Bring uns, was immer der Gentleman hier zu trinken wünscht«, wies er das Mädchen an. Er musste sich zwingen, ihr nicht zur Hand zu gehen, denn sie sah aus, als würde sie unter der Last der Bierkrüge, die sie trug, zusammenbrechen.

»Whisky«, beeilte O'Manion sich zu bestellen. »Aber den guten, nicht den gepanschten«, setzte er hastig hinzu und tätschelte dem Mädchen den Hintern. Sie erstarrte einen Moment lang, dann wandte sie sich ab und eilte davon.

»Warum frag'n Se nach dem Siedlertreck?«, wollte O'Manion an Rafe gewandt wissen, während seine Augen gierig nach der Schankmaid mit seinem Whisky Ausschau hielten. »Hatt'n Se Verwandte unter den Toten?«

»Schon möglich.«

O'Manions Blick wanderte zurück zu Rafe, plötzlich misstrauisch. Abschätzend taxierte er sein Gegenüber, aber als er nichts sah als mildes Interesse, sprach er weiter: »Da müssen Se de Siedler fragen. Ich kann ihn'n da nich' helfen.«

»Vielleicht doch. Ich suche Informationen. Haben Sie vielleicht irgendetwas gefunden, das mir weiterhelfen könnte?«

O'Manion sprang so plötzlich auf, dass Rafe ihn überrascht ansah. »Wollen Se mir da was unterstellen, Mister?«, zischte er, während ihm das schlechte Gewissen ins Gesicht geschrieben stand.

»Ist was dran?«, gab Rafe ruhig zurück. Offensichtlich hatten O'Manion und seine Kumpane die Überreste des Trecks geplündert, und er glaubte, Rafe würde sich dafür interessieren. O'Manions Hand zuckte nervös zum Griff seines Revolvers.

In diesem Augenblick erschien die Schankmaid und stellte, von der plötzlichen Feindseligkeit am Tisch gänzlich unbeeindruckt, die Flasche ab. »Das macht fünf Dollar«, sagte sie an Rafe gewandt.

Dieser zog fragend eine Braue hoch. Der Preis war horrend, besonders für ein so heruntergekommenes Etablissement wie diese Kneipe. Anscheinend ließ sich der Wirt seinen besseren Fusel, denn Rafe zweifelte nicht daran, dass auch dieser Alkohol einem ungeübten Trinker die Kehle verätzen würde, fürstlich bezahlen. Trotzdem zog er einige Münzen aus der Tasche und legte sie auf den Tisch. Das

Mädchen ließ sie in der Tasche ihrer schmutzigen Schürze verschwinden. »Und das ist für deine Mühe.« Er drückte der Schankmaid eine Münze in die Hand, die diese, ohne sie anzusehen, ebenfalls in einer ihrer Taschen verschwinden ließ, ehe sie davontrottete.

O'Manions Hand zuckte vor, aber Rafe war schneller. Er schloss seine Hand um den Hals der Flasche und zog sie ein wenig näher zu sich heran, während sein Blick sich auf O'Manion richtete, der wiederum die Flasche nicht aus den Augen ließ. Seine Zunge leckte bereits in Erwartung des Genusses über seine fleischigen Lippen.

»Konnten Sie sehen, welcher Stamm den Treck überfallen hat?«

O'Manion schüttelte den Kopf. Sein gieriger Blick ging wieder zur Flasche. »Für mich seh'n die dreckigen Rothäute alle gleich aus, nich', dass wa noch einen von ihnen geseh'n hätt'n. Die Siedler hatten schon ihre Toten bestattet, als wa den Treck fanden. Se müssen bei denen nachfragen, wen 's erwischt hat.«

»Das habe ich bereits getan. Ich brauche nur Informationen, um welchen Stamm es sich gehandelt hat.«

O'Manion kicherte. »Wieso? Woll'n Se die Rothäute etwa ganz allein fertig machen?«

Rafe McKinlays finsterer Blick ließ ihn verstummen.

»Wo fand der Überfall statt?«, fragte Rafe.

Einen Moment lang starrte ihn O'Manion finster an, ehe seine Gier nach dem Alkohol die Oberhand gewann. »Inna Nähe von Blind Man's Bluff«, murmelte er und leckte sich erneut über die Lippen.

»Hören Sie zu! Mir ist es egal, was Sie getan haben«, stellte Rafe fest und glaubte ein erleichtertes Aufatmen zu vernehmen. »Aber falls ich bei Blind Man's Bluff keine Überreste des Trecks finde, komme ich wieder.«

O'Manion schluckte heftig, aber er wich Rafes Blick nicht aus, als dieser ihn prüfend fixierte. Anscheinend hatte er die Wahrheit gesprochen. Rafe ließ die Flasche los, wandte sich um und sah nicht mehr, wie O'Manion sie an die Lippen setzte und gierig trank.

Der Ball der untergehenden Sonne berührte bereits die Hausdächer, als Rafe den Sattelgurt seines Pferdes festzog. Er wusste nicht, was ihn derart antrieb. Aber er hatte das Gefühl zu ersticken, wenn er noch eine Nacht länger in der Stadt verbrachte. Es geschah hin und wieder, dass sich die Zivilisation des Weißen Mannes wie ein Käfig um ihn zusammenzog. Ihm blieb dann nichts anderes übrig, als die Zwänge der Stadt, egal wie klein sie auch sein mochte, abzustreifen und hinauszuziehen in die unendliche Weite des Landes seiner Ahnen. Auch wenn nur zur Hälfte indianisches Blut in seinen Adern floss, so gab es Zeiten, in denen er diesen Teil doch wesentlich stärker spürte als das Erbe seines Vaters.

So war es jetzt.

»Mister?«

Rafe war so in Gedanken versunken gewesen, dass er die fast lautlosen Schritte des Mädchens nicht gehört hatte. Er schalt sich für seine Unachtsamkeit. In anderen Situationen hätte eine derartige Träumerei ihn das Leben kosten können.

»Was gibt es?«, fragte er deshalb schroffer als beabsichtigt. Es war das magere Schankmädchen, das im Licht der untergehenden Sonne noch unscheinbarer wirkte als am Tage.

»Die Münze, die Sie mir gegeben haben …« Sie verstummte.

»Was soll damit sein? Ich kann dir versichern, sie ist echt«, sagte Rafe, ohne sich ganz zu ihr umzudrehen, und überprüfte noch einmal den Sattelgurt. Sein Grauer neigte dazu, den Bauch aufzublähen, damit der Gurt lockerer saß.

»Das bezweifele ich nicht, Sir. Aber ich glaube, Sie haben mir die falsche Münze gegeben.«

Rafe hielt in der Bewegung inne und wandte sich um. Das Mädchen schluckte, aber zwang sich, nicht zurückzuweichen. Ihre schmale Hand zitterte nur unmerklich, als sie ihm die Münze auf ihrer schmutzigen Handfläche entgegenstreckte. Der Golddollar funkelte in den letzten Strahlen der sinkenden Sonne.

McKinlay sah das Mädchen an. Sie war noch jung, vielleicht fünfzehn, und für ihr Alter viel zu dünn. Ihre Kleider waren verwaschen und abgetragen und hatten offensichtlich schon viele Eigentümerinnen gehabt, ehe sie nun ihr gehörten. Hellgraue Augen blitzten ihn aus einem viel zu schmalen Gesicht mit hervorstehenden Wangenknochen an, und ihr schulterlanges Haar war strähnig und ungekämmt.

Anscheinend hatte das Schicksal es nicht gut mit ihr gemeint, und dennoch war sie bereit, ihm seinen Golddollar, von dem sie dachte, er hätte ihn ihr irrtümlich gegeben, zurückzugeben.

Rafe wandte sich ab und schwang sich in den Sattel. Gehorsam folgte sein Grauer dem leisen Druck seiner Schenkel, und das Mädchen sprang hastig einen Schritt zur Seite.

»Ich habe mich nicht geirrt«, sagte Rafe und gab seinem Pferd die Sporen.

IV

Majestätisch erhoben sich die Rocky Mountains mit ihren schneebedeckten Gipfeln gen Himmel, aber Rafe McKinlay hatte keinen Blick für ihre Schönheit. Die Berge waren eben da. Es gab sie schon, lange bevor Menschen auf der Erde waren, und sie würden sicher auch noch da sein, wenn schon längst keine Menschen mehr auf der Erde wandelten.

Rafe schlug den Kragen seiner Lammfelljacke höher gegen den beißenden Wind, der über die Ebene jagte, und spornte sein Pferd an. Anscheinend verspürte sein Grauer kein besonderes Verlangen, die Wärme seines Stalles gegen die Kälte des Trails einzutauschen. Auch die beiden Packpferde, die hinter ihm herzuckelten, würden wahrscheinlich lieber wieder umkehren, aber sie hatten keine Wahl.

Vielleicht, überlegte Rafe, wäre es besser, wenn er einfach einige Monate fortbliebe, um danach Charles Eaton mitzuteilen, dass er Emily Bradshaw nicht gefunden hatte. Oder besser noch, dass sie nicht mehr am Leben war, denn sonst würde dieser Narr sicher noch jemand anderen losschicken, um sie zu finden. Aber er hatte sein Wort gegeben, auch wenn Rafe bezweifelte, dass er der jungen Frau damit einen Gefallen tat. Schon zu oft hatte er miterleben müssen, wie aus der anfänglichen Freude der Angehörigen allzu schnell Ablehnung, wenn nicht sogar blanker Hass erwuchs.

Nicht eine der Frauen, die er bereits zurückgebracht hatte, war unverändert gewesen. Oft waren es nur Kleinigkeiten, aber es hatte auch schon Fälle gegeben, in denen die »Geretteten« lieber bei den Indianern geblieben wären, vor allem, wenn sie schon einige Jahre bei ihnen verbracht hatten. Die Welt der Weißen war ihnen fremd geworden, und jede von ihnen begriff sehr schnell, dass für sie kein Platz mehr in dieser Welt war. Jede noch so gute Absicht der Angehörigen – Eltern, Ehemänner, Verlobte – wurde vereitelt durch die mitleidigen Blicke der Nachbarn, das Getuschel hinter vorgehaltener Hand oder manchmal sogar durch die offenen Anfeindungen. Keine der Frauen hatte eine derartige Behandlung verdient, aber es war immer das Gleiche: Die Weißen konnten und wollten es einer weißen Frau nicht verzeihen, dass sie in der Gewalt von Rothäuten gewesen war. Auch Charles Eaton hatte auf ihn nicht den Eindruck gemacht, als würde er zu seiner Verlobten stehen, egal was kommen mochte.

Rafe schnaubte verächtlich, als er an all das Gerede von christlicher Nächstenliebe dachte, das man auch ihm in der Missionsschule im Fort hatte zuteil werden lassen – Nächstenliebe.

Jede dieser Frauen hätte diese Nächstenliebe verdient, ja sogar bitter nötig gehabt, aber soweit er sich erinnern konnte, hatte kaum eine von ihnen sie erfahren. Trotzdem waren die meisten Frauen froh gewesen, von den Indianern fortzukommen. Die Gefangenschaft in einem Indianerlager und die Sklavenarbeit waren nicht leicht, zumal die Weißen die Lebensweise der Indianer ebenso wenig verstanden wie umgekehrt. Dazu kam die Angst, denn es gab sowohl im Westen als auch im Osten Leute, die Horrorgeschichten über die Gräueltaten der roten Teufel verbreiteten. Ihnen plötzlich ausgeliefert zu sein, war für viele Betroffene wahrscheinlich schlimmer als die Gefangenschaft an sich.

Wie würde es Emily Bradshaw ergehen? War sie noch am Leben oder bereits tot, fragte sich Rafe. Er war sich nicht sicher, worauf er hoffen sollte.

Die Überreste des Trecks befanden sich genau an dem Ort, den der Büffeljäger genannt hatte. Rafe hatte nicht lange suchen müssen. Der Weg, den die Trecks nahmen, war unübersehbar. Die endlosen Kolonnen aus Pferden, Mulis, Ochsen und Wagen sowie unzähligen Füßen hatten einen Trampelpfad hinterlassen, der sich wohl nie wieder ganz von den Strapazen erholen würde, sodass auch dieser Einfaltspinsel von Treckführer ihm hatte folgen können. Rafe fragte sich, ob wohl Jahre ausreichen würden, die Spuren zu tilgen, oder ob sogar Jahrzehnte nötig waren.

Rafe verharrte auf der Anhöhe, von wo aus er das Tal überblicken konnte. Er hatte für die Strecke von Silver Springs hierher eine Woche gebraucht, der Treck hingegen fast sechs. Somit lag der Überfall gut sieben Wochen zurück, viel zu lange, um noch brauchbare Spuren zu finden, denen er folgen konnte. Die umgestürzten, teilweise verbrannten Überreste der Planwagen lagen wie Skelette halb verborgen im Präriegras. Einige kleine Bäume in der Nähe des schmalen Wasserlaufes, die dem Bedürfnis nach Feuerholz bislang entgangen waren, ragten beschützend daneben auf. Vogelstimmen erfüllten die Luft und ein leichter Wind strich sanft über die Rispen der blühenden Gräser. Alles war friedlich. Kein Feind, zwei- oder vierbeinig, schlich umher.

Nachdem McKinlay sich davon überzeugt hatte, dass er allein war, tippte er sein Pferd kurz mit den Fersen an und ritt den Hügel hinab. Auch aus unmittelbarer Nähe sahen die Wagenruinen nicht besser aus.

Rafe schwang sich aus dem Sattel. Sein Blick glitt noch einmal suchend umher, bevor er sich von seinem Pferd entfernte. Er untersuchte einige der Pfeile, die im Holz der Wagen steckten. Sioux, daran gab es keinen Zweifel. Blieb nur die Frage offen, um welche Gruppe es sich handelte. Aber Rafe war sich sicher, dass er die richtige Gruppe innerhalb weniger Wochen aufspüren würde.

Ohne Gewissensbisse machte er sich daran, die Wagen zu durchsuchen. Er war nicht der Erste, und er würde nicht der Letzte bleiben, der sich wie ein menschlicher Geier über die Überreste hermachte. Die Toten, deren hölzerne Grabkreuze am Rand des mageren Rinnsals wie Totenfinger anklagend gen Himmel zeigten, hatten nichts dagegen. Rafe schüttelte den Kopf. Noch ein Zeichen, wie unerfahren der Treckführer war. Man sah selten Grabkreuze auf den Spuren der Siedlertrecks. Seit die Regierung Prämien für Indianerskalpe eingeführt hatte, markierte kaum ein Treck die letzte Ruhestätte seiner Lieben. Auch hier wäre es besser gewesen, sie hätten es nicht getan, denn anscheinend waren Büffel nicht das Einzige, womit O'Manion und seine Kumpel ihr Geld verdienten. Prämienjägern war es egal, ob die Toten rot oder weiß gewesen waren, besonders wenn sie so leichte und schnelle Beute fanden. O'Manion hatte also einen guten Grund gehabt für seine anfängliche Feindseligkeit.

Rafe wandte den Blick ab.

Wie erwartet, gab es in den Wagen nichts Brauchbares mehr zu entdecken. Alles, was noch Verwendung finden konnte, war schon entfernt worden, entweder von den Büffeljägern oder zuvor schon von den Überlebenden des Siedlertrecks. Möglicherweise waren auch noch andere hier gewesen. Es war ein hartes Leben hier draußen und nur die Stärksten überlebten. Mitgefühl und Rücksichtnahme auf die, die es nicht geschafft hatten, konnte sich niemand leisten, denn das konnte tödlich sein.

Rafe wollte soeben vom Wagen springen, als sein Blick auf etwas fiel, das ihn verharren ließ. Was wie ein Stück abgesplittertes und angekohltes Holz des Wagenbetts ausgesehen hatte, erwies sich bei näherem Hinsehen als kleines, ledergebundenes Büchlein. Der Einband war angesengt, aber er hatte die innenliegenden Seiten geschützt. Vorsichtig hob Rafe das Büchlein auf. *Tagebuch* prangte in verblassten goldenen Lettern auf dem Einband. Die Büffeljäger mussten es übersehen haben, so wie er es beinahe übersehen hatte, denn ansonsten wäre es ohne Zweifel als Toilettenpapier geendet.

Zögernd schlug Rafe das Buch auf. Die klare, leicht geschwungene Handschrift war eindeutig weiblich: *Eigentum von Emily Bradshaw*. Rafes Herz schlug schneller. Das war ein Zufall, mit dem er nicht gerechnet hatte. Zwar würde es ihm nicht helfen, Miss Bradshaw zu finden, aber zumindest könnte er sich ein Bild von ihr machen. Wie war sie? Würde sie halbwegs besonnen reagieren, oder musste er damit rechnen, ein hysterisches Weibsbild mitzuschleifen? Er hatte Frauen erlebt, die äußerlich unversehrt schienen, aber deren Verstand der Angst nicht Stand gehalten hatte. Sie waren in sich gekehrt und so teilnahmslos wie leere, menschliche Hüllen zu ihren Angehörigen zurückgekehrt. Hin und wieder, wenn die Erinnerung übermächtig wurde, hatten sie geschrien und getobt, nur um anschließend erneut in Stumpfsinn zu verfallen. Drohte Emily Bradshaw das gleiche Schicksal, oder war sie stärker?

Rafe McKinlay widerstand der Versuchung, gleich in dem Tagebuch zu blättern. Er steckte es ein und schwang sich wieder in den Sattel. Hier gab es nichts mehr, was ihm weiterhelfen könnte, keine versteckten Hinweise. Der Überfall lag viel zu lange zurück, als dass er die Spuren der Angreifer verfolgen konnte. Also blieb ihm nichts anderes übrig, als die einzelnen Lager der Sioux aufzuspüren und zu hoffen, dass er Emily Bradshaw in einem von ihnen entdeckte.

V

Sieben Wochen zuvor

Das Leder ihrer Fesseln schnitt unbarmherzig in ihre zusammengebundenen Handgelenke. Ihre Arme, nein ihr gesamter Körper schmerzte, während sie weiterstolperte, immer einen Fuß vor den anderen. Wenn sie bis dahin geglaubt hatte, die Strapazen des Trecks waren fast unerträglich, so wurde Emily Bradshaw nun eines Besseren belehrt. Wieder ruckte die Lederschnur an ihren Handgelenken, riss sie vorwärts und drohte, ihr die Schultern aus den Gelenken zu drehen. Unterdrückt stöhnte sie auf und versuchte noch einmal, ihr Tempo zu steigern. Aber nach nur wenigen Schritten verfiel sie wieder in den langsameren Trott, den sie bereits seit einer Ewigkeit aufrecht erhielt. Neben ihr versuchte sich auch Carla Hemmings auf den Füßen zu halten. Emily warf ihr einen kurzen Blick zu, ehe sie sich wieder auf die Hinterbacken des Pferdes konzentrierte, hinter dem sie herstolperte.

Aber der kurze Blick hatte genügt, um ihr zu zeigen, dass Carla, ebenso wie sie selbst, beinahe am Ende ihrer Kräfte war. Was würde nur aus ihnen werden? Würden die Wilden sie ebenso abschlachten, wie sie es mit Lizzy Carstairs getan hatten? Schaudernd schloss Emily die Augen und sandte ein schnelles Gebet für Lizzys arme Seele zum Himmel. Schon auf dem Treck hatte Lizzys ständiges Gejammer gezeigt, dass sie für ein Leben in der Wildnis nicht geschaffen war, und jeder hatte sich gefragt, warum sie überhaupt nach Westen aufgebrochen war. Nachdem die Rothäute sie entführt hatten, war sie, nach anfänglicher Teilnahmslosigkeit, regelrecht hysterisch geworden. Vielleicht war es, so grausam es klang, das Beste für sie gewesen, dass die Wilden ihr die Kehle durchgeschnitten hatten. Dennoch wollte Emily dieses Schicksal nicht teilen. Was auch immer zum Überleben nötig war, sie wollte nicht sterben!

Wie von selbst fanden ihre Augen die langen Strähnen blonden Haares, die von der Lanze eines der roten Ungeheuer flatterte. Noch vor weniger als vierundzwanzig Stunden hatten diese Haare Lizzys Kopf geziert. Emilys Kopfhaut prickelte unangenehm bei dem Gedanken. Würden die Rothäute auch ihren Skalp nehmen? Aber warum schleppten sie sie dann mit? Warum töteten sie sie nicht gleich? Was hatten sie mit ihnen vor?

Ihre Gedanken wurden abrupt unterbrochen, als sie sich erneut darauf konzentrieren musste nicht zu stürzen. Das Gras war hoch, und sie hätte es nie für möglich gehalten, wie anstrengend es war, durch ein Meer aus Gras zu waten. Es war beinahe, als würden sie einen hüfttiefen See durchqueren.

Der Gedanke an Wasser erinnerte Emily daran, wie durstig sie war. Seit dem frühen Morgen hatten sie nichts mehr zu trinken bekommen, und die Sonne brannte unbarmherzig auf sie nieder. Carlas Wangen waren gerötet und sonnenverbrannt. Ihre eigenen sahen sicher nicht besser aus. Die Rothäute hatten ihr den Hut weggenommen, sodass sie den sengenden Strahlen der Sonne ungehindert ausgeliefert war. Hilflos blickte sie auf ihren Schutenhut, der jetzt auf dem Haupt eines der Wilden saß, der, so lächerlich er auch damit aussah, diesen mit stolzgeschwellter Brust zur Schau trug.

Verzweifelt versuchte Emily, ihre aufgesprungenen Lippen mit der Zunge zu befeuchten. Vergeblich, jeder Versuch war zum Scheitern verurteilt, weil ihr Mund fast ebenso trocken war wie ihre Lippen.

Neben ihr ging Carla mit einem verhaltenen Stöhnen zu Boden. Anstatt anzuhalten, ritt der Wilde, an dessen Pony sie gefesselt war, unbeirrt weiter und schleifte Carla hinter sich her. Emily stolperte zu ihr, versuchte ihr aufzuhelfen, um dann selbst in das hohe Gras zu stürzen. Schmerzhaft riss der Lederriemen an ihren Hand- und Schultergelenken. Emily wollte aufschreien, aber kein Laut entrang sich ihrer staubtrockenen Kehle. Endlich, nach einem Zeitraum, der sich fast wie eine Ewigkeit anfühlte, ließ der gnadenlose Zug an ihren Handgelenken nach. Schwer atmend und leise schluchzend blieb Emily liegen.

Sie konnte nicht mehr.

Sie würde keinen Schritt mehr weitergehen, schwor sie sich, egal was der unzivilisierte Wilde mit ihr machte. Sein Schatten fiel über sie, und Emily blinzelte in die Sonne, die sein hagerer, muskulöser Körper nicht ganz verdecken konnte. Mit einem Laut, der wie ein Grunzen klang, gab er ihr zu verstehen, dass sie aufstehen solle, aber Emily ignorierte ihn und schloss die Augen. Sie brauchte eine Pause. Sie konnte nicht mehr.

Emily spürte, dass er in die Hocke ging und riss entsetzt die Augen auf, als seine Finger sich in ihr Haar wühlten. Kalt und bedrohlich fühlte sie die Schneide des Messers an ihrer Stirn.

»Nein!«, schrie sie entsetzt auf. Ihre gefesselten Hände zuckten hinauf zu seinen Handgelenken, umklammerten sie, als könnte sie ihn daran hindern, sein Vorhaben in die Tat umzusetzen, während sie verzweifelt versuchte, wieder auf die Beine zu kommen.

Mit einem zufriedenen Grunzen erhob sich der Wilde und starrte sie einen Moment lang an, ehe er sich leichtfüßig wieder auf den Rücken seines Ponys schwang.

Emilys Röcke, wenn auch kurz genug, um darin meilenweit zu laufen, waren sehr hinderlich, und sie stolperte in ihrer Hast über ihre eigenen Füße. Sie wagte es nicht, den Indianer aus den Augen zu lassen, während er seine Fersen in die Flanke des Ponys drückte, um es anzutreiben.

Sehnsüchtig heftete sich Emilys Blick auf die Wasserflasche, die an der Kruppe des Ponys bei jedem Schritt auf und ab hüpfte. Sie konnte das Plätschern darin hören. Aber ihr Peiniger bot ihr nichts von dem lebensspendenden Nass an. Würde er sie verdursten lassen? Was hatte er wohl davon?

Hinter ihnen schloss eines der Ponys in leichtem Trab auf. Teilnahmslos starrte Emily das Pferd und den Reiter an, während sie an ihr vorüberritten. Der Indianer wechselte einige gutturale Laute mit ihrem Peiniger und sah sich kurz zu ihr um. Dann drückte er seinem Pony die Fersen in die Flanken und preschte davon.

Emily erstarrte. Sie stolperte, als der Lederriemen sie weiterriss, aber sie spürte den Schmerz nicht einmal.

Ihr suchender Blick glitt zur Seite, dann über ihre Schulter und schließlich zurück zu der davoneilenden Gestalt des Indianers. Tränen traten ihr in die Augen und rannen ungehindert über die Wangen, als ihr bewusst wurde, dass er das Pferd ritt, an das Carla gefesselt gewesen war.

VI

Dunkelheit senkte sich bereits über das Land, als Rafe endlich einen geeigneten Lagerplatz erspähte. Die weit überhängenden Zweige der riesigen Pinie würden ihn schützen, sollten die tief hängenden Wolken sich entschließen, sich in der Nacht ihrer Last zu entledigen. Außerdem würden sie auch zugleich den schwachen Rauch seines kleinen Feuers verbergen. Auch wenn er hier eigentlich nicht mit unliebsamen Besuchern rechnete, war es immer besser, vorsichtig zu sein. Er sattelte sein Pferd ab und nahm anschließend auch das Gepäck vom Rücken der Packtiere. Am nahe gelegenen Bach ließ er die Tiere trinken, dann hobbelte er ihre Vorderläufe zusammen. So konnten sie zwar grasen, sich aber nicht weit entfernen. Es gab genügend trockenes Holz für ein Lagerfeuer und bereits einige Minuten später brutzelten Speckstreifen in der Pfanne, während der Topf in der Glut den Duft von Kaffee verströmte.

Rafe lehnte sich gegen seinen Sattel zurück, während er darauf wartete, dass der Speck und die Brotscheiben kross wurden. Wie von selbst griff seine Hand in die Innentasche seines Mantels und zog das Tagebuch hervor – Emily Bradshaws Tagebuch.

Zögernd schlug Rafe es auf. Er war sich nicht sicher, was er über Miss Bradshaw erfahren würde. Er legte die Fotografie, die Charles Eaton ihm gegeben hatte, in den Einband und betrachtete sie eingehend, so wie er es fast jeden Abend getan hatte, seit er aufgebrochen war. Es zeigte eine ernste junge Frau, die Haare streng zurückgekämmt und zu einem Knoten zusammengebunden. Sie trug ein schwarzes Kleid, dessen einziger Schmuck aus einem weißen Kragen bestand. Eaton hatte gesagt, ihre Augen wären blau und ihre Haare braun, was auf der Aufnahme jedoch nicht zu erkennen war. Hier wirkten ihre Augen so strahlend hell, dass sie beinahe farblos erschienen. Ihre Haarfarbe war aufgrund der strengen Frisur auf dem Bild nicht einmal zu erahnen.

Seltsam, dachte Rafe, Eatons schlichte Beschreibung seiner Verlobten hatte so gar nicht wie das begeisterte Schwärmen eines Verliebten geklungen. Dabei hatte Eatons Erscheinung auf ihn den Eindruck gemacht, als wäre er der Typ für schöne Phrasen und blumige Poesie. Seine nüchternen Worte standen dazu im krassen Gegensatz. Nun, vielleicht war seine mangelnde Schwärmerei auf seine Angst zurückzuführen, die Frau, die er liebte, niemals wiederzusehen, aber dennoch ... Entschieden schüttelte Rafe den Kopf. Eatons dichterische Qualitäten in Bezug auf seine Verlobte gingen ihn nichts an. Seine Aufgabe bestand nur darin, Miss Emily Bradshaw aufzuspüren und unversehrt zu ihrem Verlobten zurückzubringen.

Was für ein Typ Mensch mochte sie sein? Sie erweckte nicht den Eindruck, dass sie für ein hartes Leben im Westen geschaffen wäre. Aber auch Charles Eaton hatte nicht unbedingt das Gefühl vermittelt, in Silver Springs zu Hause zu sein. So gesehen passten die beiden möglicherweise ganz gut zueinander. Auf dem Bild jedenfalls wirkte Emily Bradshaw steif und im Westen irgendwie deplatziert, aber wer tat das auf Fotografien nicht?

Rafe riss seinen Blick von Emilys ernstem Antlitz los und begann zu lesen.

6. Juni 1872

Übermorgen ist es so weit – endlich. Dann wird St. Louis auch für mich nicht länger meine Heimat sein, sondern das goldene Tor zum Westen. Ich kann es kaum noch erwarten, auch wenn man mir mindestens drei, wahrscheinlich sogar eher vier, anstrengende, nervenaufreibende und mühselige Monate auf dem Trail vorhergesagt hat und ich noch mindestens tausend Dinge zu erledigen habe. Ich habe mir festes Schuhwerk besorgt (Tante Ruthie wäre entsetzt, wenn sie mich in diesen derben Stiefeln sehen könnte) und strapazierfähige Kleider. Und dieses

Tagebuch. Ich möchte meine Eindrücke festhalten, auch wenn ich wahrscheinlich an den meisten Abenden zu müde sein werde, um viel zu schreiben.

Rafe zog überrascht eine Augenbraue hoch. Zwar hielt er Miss Emily Bradshaw nach wie vor für naiv, weil sie sich auf so etwas wie einen Treck freute, aber anscheinend war sie doch nicht ganz so blauäugig an die Sache herangegangen, wie er zunächst gedacht hatte. Ihre nächste Eintragung bestätigte ihn in seiner Vermutung.

Obwohl man mir versichert hat, dass es genügend junge Männer im Treck gibt, die abwechselnd die Wagen fahren können, so wollte ich mich doch nicht allein darauf verlassen, sondern habe während der letzten zwei Wochen in einem knochenbrecherischen Schnellkurs gelernt, mit einem Planwagen umzugehen. Jetzt kann ich auch Gespanne lenken. Ich hoffe, dass alles so glatt geht wie in den Übungsstunden, denn ein Maultiergespann unterscheidet sich ganz erheblich von einem einzelnen Pferd, das einen leichten Wagen zieht. Meine Schultern und Arme schmerzen noch immer – herrje, fast mein gesamter Körper tut weh – und meine Hände tragen trotz der ledernen Handschuhe die Spuren der Zügel. Ich habe mich einer jungen Familie angeschlossen, die bereit war, meine wenigen Habseligkeiten auf ihrem Wagen, einem so genannten Prärieschoner, mitzunehmen. Sie heißen Jefferson und Mary-Ellen Cartwright und sind vor kurzem Eltern geworden. Die kleine Helena ist ein süßer Engel und Mary-Ellen kann meine Hilfe gut gebrauchen.

Beinahe noch anstrengender als das Wagenlenken war das Schusswaffentraining. Meine Güte, ich hätte nie gedacht, dass eine Waffe härter tritt als ein Maultier. (Ich weiß, wovon ich rede. Gestern hat mein Hinterteil Bekanntschaft mit den Hufen einer jener unglückseligen Bestien gemacht).

Rafe schmunzelte, während er weiterlas.

Meine Schulter ist grün und blau, und wir wurden gezwungen, so oft zu schießen und nachzuladen, dass ich das Gefühl habe, ein Gewehr jetzt sogar im Dunkeln laden zu können, auch wenn meine Treffsicherheit sehr zu wünschen übrig lässt. Natürlich besitze ich keine eigene Waffe. Allein die Vorstellung, etwas derart Todbringendes auf ein Tier oder gar einen Menschen zu richten, jagt mir einen kalten Schauer nach dem anderen über den Rücken.

Rafe schnaubte verächtlich. Diese Reaktion war so typisch für Menschen vom Schlage einer Emily Bradshaw. Was nutzte es schon, einem Menschen das Schießen beizubringen, wenn er schon im Vorfeld wusste, dass er die Waffe nicht auf einen Menschen richten konnte? Es gab Frauen, die waren hart und robust und für ein Leben hier an den Grenzen der Zivilisation wie geschaffen. Sie standen ihren Männern bei, schufteten wie die Tiere und gaben alles, was sie zu geben imstande waren, um ihre Familien zu versorgen. Und es gab Frauen wie Emily Bradshaw, verwöhnt und zimperlich, die schon das Heben einer Teetasse beim Kaffeekränzchen für Arbeit hielten und die bei dem Gedanken an Schweiß oder sogar Blut in Ohnmacht fielen. Sie taten besser daran, im Osten oder den größeren Städten zu bleiben, wo sie hingehörten, anstatt den Männern hier mit ihrem vornehmen Gehabe den Kopf zu verdrehen. Wenn sie schon unbedingt in den Westen reisen wollten, dann sollten sie zumindest so viel Verstand haben, mit der Eisenbahn zu fahren, die ein gewisses Maß an Sicherheit versprach. Er glaubte nicht, dass Emily Bradshaw noch am Leben war. So wie er sie einschätzte, war sie eine Gewächshauspflanze, zart und empfindlich und gänzlich ungeeignet für die Strapazen, die ein Siedlertreck mit sich brachte. Um durchzukommen musste man so zäh sein wie Unkraut. Miss Bradshaw erweckte in ihm eher das Bild einer Orchidee. Daran konnte auch ihre nächste Tagebucheintragung nichts ändern.

Aber ich werde es schaffen!

Rafes Lippen verzogen sich zu einem freudlosen Grinsen. Nun, er hatte ja gesehen, wie weit sie bisher gekommen war.

Dennoch hoffte er, dass sie mit der optimistischen Einschätzung ihrer Ausdauer Recht behielt.

Gestern habe ich den letzten Brief an Charles abgeschickt und ihm mitgeteilt, wann er mich in etwa erwarten kann. Ich bin schon auf seinen Gesichtsausdruck gespannt, wenn ich plötzlich, so auch nicht gänzlich unerwartet, vor seiner Tür stehe, und hoffe nur, dass wir nicht allzu lange hinter unserem Zeitplan zurückbleiben werden. Zur Aufmunterung habe ich ihm eine Fotografie von mir mitgeschickt, denn Charles hat so unglücklich geklungen in seinem letzten Brief. Ich weiß nicht, wieso ich es so empfunden habe, hat er doch in höchsten Tönen von Silver Springs und seinem florierenden Unternehmen geschwärmt. Nun, egal, was immer es auch gewesen sein mochte, das ihn bedrückt hat, gemeinsam werden wir alle Probleme, die sich ergeben, schon meistern.

Rafe ließ das Tagebuch sinken. Er bezweifelte, dass Emily Bradshaw die Richtige war, um ihre eigenen Probleme zu meistern, geschweige denn die eines anderen.

Noch einmal warf er einen Blick auf ihr Bild. Ihrem Gesicht fehlte die Härte, die man brauchte, um hier im Westen zu überleben. Ihre vor dem Körper gefalteten Hände waren schlank, und Rafe war sich sicher, dass sie noch niemals ein Werkzeug gehalten, geschweige denn Schwielen gehabt hätten.

Ihr Körper wirkte grazil, keineswegs zäh genug, um den Strapazen im Westen gewachsen zu sein. Sie erschien ihm wie eine zerbrechliche Rose, die irgendein Spaßvogel versucht hatte, in die Prärie zu verpflanzen.

Er seufzte. Worauf hatte er sich da nur eingelassen?

7. Juni 1872

Ich bin schon ganz aufgeregt. Diese Nacht verbringe ich bereits in der Wagenburg. Zusammengerollt auf meinem Schoß liegt Mary-Ellens schwarzweißer Kater (der beste Mauser, der je gelebt hat – wenn ich ihren Worten glauben darf) und schnurrt von all der Aufregung völlig unbeeindruckt vor sich hin. Morgen in aller Herrgottsfrühe werden die Gespanne angeschirrt, und dann geht es los. Ich weiß, ich sollte schlafen, aber ich werde wahrscheinlich sowieso kein Auge zutun, also kann ich auch noch ein wenig schreiben. Wer weiß, wann ich wieder dazu komme.

Der Treckführer macht auf mich keinen guten Eindruck. Er redet viel, sagt aber wenig, und ich kann ein gewisses Gefühl der Unruhe nicht verhehlen, wenn ich an seine Befähigung denke, uns sicher ans Ziel zu geleiten.

Rafe zog überrascht eine Braue hoch. Anscheinend besaß Miss Bradshaw mehr Menschenkenntnis, als er ihr zugestanden hatte. Aber wenn ihr der Treckführer nicht zusagte, warum war sie dann um Himmels Willen aufgebrochen? Die Antwort folgte sofort.

Aber, so versicherte man mir, dieser sei wahrscheinlich der letzte Treck, der vor Hereinbrechen des Winters die Berge überqueren wird. Die nächsten Siedlertrecks werden irgendwo monatelang Rast machen, bis die Pässe im Frühling wieder passierbar sind. Wenn ich also noch in diesem Jahr zu Charles gelangen möchte – und mein Herz verzehrt sich nach ihm, jetzt noch mehr, da Tante Ruthie – Gott hab sie selig! – nicht mehr bei mir ist, um mich von meiner Sehnsucht abzulenken –, so muss ich diese Gelegenheit nutzen oder mich noch ein weiteres quälendes halbes Jahr gedulden.

Rafe war sich nicht sicher, aber er hatte den Eindruck, als wäre Miss Bradshaws Liebe zu ihrem Charles sehr viel größer als umgekehrt. Nun, die Sache ging ihn nichts an. Sein Job war es, Emily Bradshaw aufzuspüren und mehr oder weniger unversehrt zu ihrem Verlobten zu bringen. Danach war es dann an ihr, Unstimmigkeiten mit dem Mann ihrer Wahl zu bereinigen.

VII

Verstohlen sah Emily sich um. Sie befand sich bereits seit zwei Wochen im Lager der Indianer, und auch wenn sie nach wie vor keinen Augenblick lang unbeaufsichtigt war, so hatte die Wachsamkeit ihrer Häscher merklich nachgelassen. Anscheinend rechnete niemand mehr damit, dass sie versuchen könnte zu fliehen. Tatsächlich, stellte sie leise seufzend fest, würde sie am hellichten Tag auch keine Chance haben, zu Fuß allzu weit zu kommen. Das Lager befand sich am Ufer eines kleinen Flusses im Schatten einiger vereinzelter Bäume. Die sanften Hügel um sie herum boten trotz des hohen Grases keinen ausreichenden Schutz vor den Blicken möglicher Verfolger. Weit entfernt, am Horizont, ragte eine schroffe, schneebedeckte Gebirgskette auf. War es dieselbe, die sie bereits vom Wagentreck aus gesehen hatten?

Entmutigt wandte Emily sich wieder ihrer Aufgabe zu und zog den knöchernen Schaber über die Büffelhaut, die vor ihr auf dem Boden gespannt war. Immer wieder versuchte sie, sich mit dem Gedanken an eine Flucht aufzumuntern und Mut zu machen, nur um jedes Mal zu dem Schluss zu kommen, dass es kein Entkommen aus ihrer Gefangenschaft gab. Das kurze Hochgefühl, das sich einstellte, wenn sie einen neuen Fluchtplan ersann, erstarb mit der bitteren Gewissheit, dass sie ihre Pläne niemals würde in die Tat umsetzen können.

Müde strich sie sich eine Haarsträhne aus der Stirn. Schweißperlen liefen ihr ungehindert übers Gesicht und Emily fühlte, wie sich die klebrige Feuchtigkeit auch zwischen ihren Brüsten sammelte. Sie fühlte sich schmutzig und ungewaschen. Zwar hatte sie einige Male versucht, ihre Kleidung zu reinigen, hatte es aber unter den wachsamen Augen der Krieger und Squaws, die jeden ihrer Schritte zu beobachten schienen, nicht gewagt, sich ganz zu entkleiden. So waren ihr nur kurze, beinahe vollständig bekleidete Bäder im Fluss geblieben, während derer sie sich nach einem Stück duftender Seife gesehnt hatte.

Sie hatte gesehen, dass die Indianer eine seifenähnliche Substanz zum Waschen verwendeten, aber nicht gewusst, wie sie danach fragen sollte.

Emily lehnte sich zurück auf ihre Fersen, während sie ihre Hände in ihr schmerzendes Kreuz stemmte. Obwohl sie bereits seit Wochen hier war, fiel es ihr noch immer schwer, den ganzen Tag auf den Knien zu verbringen. Manchmal fragte sie sich, wie viel Tierhäute es wohl noch zu gerben gab.

Wenn es ihr nur gelingen konnte, eines der Pferde zu entwenden ...

Ängstlich, dass jemand ihren sehnsüchtigen Blick in Richtung der kleinen Pferdeherde bemerkt haben könnte, wandte sie die Augen ab. Tagsüber hatte es keinen Sinn, vielleicht aber in der Nacht ... Anfangs war sie nachts gefesselt worden, aber bereits seit mehren Nächten hatte ihr Häscher darauf verzichtet, als wäre sie ein Tier, das sich inzwischen an sein neues Zuhause gewöhnt hatte.

Was, wenn sie sich aus dem Zelt schleichen konnte? Würde es ihr gelingen, an den Wachen vorbeizukommen, die zweifelsohne aufgestellt waren, und eines der Pferde zu stehlen? Sie hoffte es und schöpfte neuen Mut. Mit einem Pferd wäre ihre Flucht nicht von vornherein zum Scheitern verurteilt. Zwar würde sie ohne Sattel und Zaumzeug reiten müssen, aber die Pferde waren klein, eher Ponys, sodass sie zumindest keine Schwierigkeiten haben würde aufzusitzen.

Ein Schatten fiel über sie, und Emily macht sich hastig wieder an die Arbeit. Ein ängstlicher Blick über die Schulter bestätigte ihr, dass es der Krieger war, der sie gefangen genommen hatte und der sie nun wie eine Sklavin für sich schuften ließ. Seine Lippen verzogen sich zu einem überlegenen Lächeln, als wüsste er genau, wie viel Angst Emily vor ihm hatte, und sie hasste ihn dafür. Es machte ihm Spaß, sich als ihr Herr und Besitzer aufzuspielen.

Niemand in dem kleinen Stamm, in den man sie verschleppt hatte, war untätig. Es gab viel zu tun, und besonders die Hände der Frauen waren niemals müßig. Aber sie wurde von allen als Arbeitstier angesehen. Ihr wurden die schwersten und schmutzigsten Aufgaben übertragen, und wenn sie drohte, vor Erschöpfung zusammenzubrechen, hatte niemand Hemmungen, sie zu schlagen oder sie in einer Sprache zu beschimpfen, die sie nicht verstand. Der Krieger, der noch immer bedrohlich neben ihr stand, schien eine besondere Freude dabei zu empfinden, sie zu quälen, egal, wie sehr sie sich auch anstrengte.

Zumindest ließ er sie nicht mehr hungern. Anfangs hatte sie kaum genug zu essen bekommen, um ihren Magen zu füllen, aber nun, wo sie jeden Tag schwer arbeitete, bekam sie ihren gerechten Anteil.

Emily atmete auf, als sich der Schatten entfernte. Ihre hektischen Bewegungen wurden langsamer. Allerdings nicht zu langsam, um nicht den Argwohn der anderen auf sich zu ziehen, sie würde faulenzen.

Noch immer kreisten ihre Gedanken um eine mögliche Flucht. Wenn es ihr nur gelänge, ein Pferd zu stehlen … Immer wieder überlegte Emily, wie sie diese Tat bewerkstelligen könnte. Sie schlief im Zelt ihres Besitzers, und auch wenn er sie nicht mehr fesselte, so würde es schwer sein, ihm zu entrinnen. Die meiste Zeit war sie zu müde gewesen, um nachts wachzuliegen. Aber hin und wieder war sie aus dem Schlaf hochgeschreckt, schweißgebadet und angsterfüllt durch die Albträume, in denen sie den Überfall wieder und wieder durchlebte. Und jedes Mal hatte sie feststellen müssen, dass der Krieger ebenfalls erwacht war. Sein Schlaf schien sehr leicht zu sein. Wie also sollte sie aus dem Zelt entkommen, ohne ihn zu wecken?

Die Gelegenheit ergab sich eine knappe Woche später. Emily konnte ihr Glück kaum fassen, als der Krieger zusammen mit einigen anderen das Lager verließ und bis zum Abend noch nicht zurückgekehrt war. Sie weigerte sich, in einem anderen Zelt zu schlafen. Selbst als die Frau, die anscheinend in Abwesenheit des Kriegers die Aufsicht über sie hatte, sie wütend anschrie und mehrmals mit der flachen Hand ins Gesicht schlug. Emily senkte den Blick, blieb aber standhaft. Schließlich zuckte die Frau ergeben mit den Schultern und führte Emily in das übliche Tipi, wo sie ihre Hände mit Lederriemen fesselte. Dunkelheit und Stille senkten sich über das Lager, während Emily in ihrem Zelt lag und lauschte. Längst schon hatte sie die Stricke mit dem kleinen Messer, von dem sie wusste, wo es versteckt lag, durchtrennt und wartete auf ihre Gelegenheit. Schließlich wagte sie es, vorsichtig die Tierhaut über dem Eingang zur Seite zu schlagen. Kein Ruf erklang. Niemand schrie sie an, ins Zelt zurückzukehren.

Die Nacht war sternenklar, ohne Mond, als Emily durch das Lager schlich. Sie hatte sich eine zusammengerollte Decke mit Lederriemen über die Schulter gehängt und einen Beutel mit Trockenfleisch sowie eine Lederblase mit Wasser als Wegzehrung dabei. Das Messer steckte im Schaft ihres Schnürstiefels, während die Kriegskeule, die sie im Zelt an sich genommen hatte, schwer in ihrer Hand wog. Leise näherte sie sich dem Wachposten, der, eine Decke um die Schultern, in der Nähe der Herde kauerte. Es war einer der jungen Männer, mehr noch ein Knabe, und es war unübersehbar, dass er gegen die Müdigkeit ankämpfte. Immer wieder sackte sein Kopf nach vorn, nur um wieder hoch zu zucken, ehe er den Kampf gegen den Schlaf endgültig verlor.

Emily hatte noch nie in ihrem Leben einem anderen Menschen Schaden oder Schmerzen zugefügt. Sie bedauerte zutiefst, dass sie den Knaben niederschlagen musste, aber sie konnte auch nicht zulassen, dass er erwachte und ihre Flucht vereitelte. Weit holte sie aus, zielte und presste dann die Augenlider fest zusammen, als die Keule mit einem dumpfen Laut auf seinen Schädel niederkrachte. Der Schlag erschütterte ihren Arm bis hinauf in die Schulter. Der Bursche kippte wie ein Stein zur Seite. Ängstlich starrte Emily ihn an. Hatte sie ihn umgebracht? Sie hoffte es nicht. Wenn doch, konnte sie jetzt nicht die Zeit für Mitgefühl aufbringen: Sie hatte keine Wahl gehabt.

Schnell schritt sie auf die Pferde zu, die sie erst neugierig musterten, dann aber schnaubend ihre Köpfe hochwarfen und vor ihren zupackenden Händen zurückwichen. Frustriert stellte Emily fest, dass es nicht so einfach war, wie sie gedacht hatte. Aber schließlich gelang es ihr doch, eines der Tiere an der Mähne zu fassen und eine Lederschnur um seinen Hals zu legen. Mit einem letzten Blick zurück schwang sie sich auf den Rücken des Ponys und schlug ihm ihre Fersen in die Seiten. Einen kurzen Moment lang fürchtete sie, es würde sich weigern, die Herde und somit die Gemeinschaft der anderen Tiere zu verlassen, aber dann setzte es sich gehorsam in Bewegung. Erleichtert atmete Emily auf.

Sie hatte keine Ahnung, wo genau sie sich befand, und sie wusste nicht, in welche Richtung sie auf eine Stadt oder auf weiße Siedler treffen würde, aber da der Treck zuvor Kurs auf die Berge genommen hatte, erschien es ihr sinnvoll, das ebenfalls zu tun. Irgendwo jenseits der Berge wartete Charles auf sie. Sie wusste noch nicht, wie sie die in der Ferne aufragenden Gipfel überqueren sollte – ob sie sie überhaupt überqueren konnte – aber diese Sorgen würde sie sich machen, wenn sie erst einmal dort war.

Alles um sie herum wirkte im Dunkel der Nacht fremd und Furcht einflößend, aber sie würde nicht aufgeben.

Charles.

Sie musste an Charles denken, der in Silver Springs sicher schon ungeduldig auf ihre Ankunft wartete. Hatte der Treck es geschafft, oder hatten die Indianer alle umgebracht? Wenn es Überlebende gegeben hatte, dann mussten sie längst angekommen sein, überlegte Emily. Oh Gott, was würde Charles wohl denken, wenn sie nicht bei den Siedlern war? Würde er sie für tot halten? Würde er nach ihr suchen, oder würde er sie vergessen und sein Leben ohne sie weiterleben?

Das lang gezogene, klagende Heulen eines Wolfes hallte über die Prärie, und Emily fröstelte. Ihr Pony warf schnaubend den Kopf hin und her, aber sie konnte es daran hindern, umzudrehen und zurückzukehren. Unermüdlich trieb sie das Tier an, bis ihre Beine schmerzten, wie sie es nie zuvor getan hatten. Wieder erklang das Heulen und Emily trieb ihr Pferd an, schneller zu gehen. Auf dem Treck hatte sie gehört, dass Präriehundbauten besonders im Dunkel der Nacht tödliche Stolperfallen für jedes Tier bedeuteten. Aber auch wenn der Gedanke, ihr Pony könnte in eines der Löcher treten und sich die Beine brechen, ihr eisige Schauer über den Rücken jagte, gestattete sie ihm nicht, langsamer zu werden. Ganz sicher gab es hier keine Präriehunde. Wie oft hatte sie die Indianer im vollen Galopp auf das Lager zupreschen sehen? Hätten sie das getan, wenn Gefahr bestanden hätte?

Sie durfte nicht langsamer werden, und sie würde nicht aufgeben. Egal, wie viel Angst sie hatte. Egal, was auch mit ihr geschehen mochte. Die Wildnis um sie herum schien endlos, und wahrscheinlich würde sie irgendwo allein verhungern und verdursten. Aber selbst das war besser, als bei den Indianern zu bleiben. So hatte sie zumindest die Chance, in ihre Welt zurückzukehren.

Die Sonne stand schon hoch am Himmel und Emily wünschte sich verzweifelt einen Hut, um ihren Kopf vor den gnadenlosen Strahlen zu schützen. Sie hob ihren Zopf, der wie ein dickes Tau warm und schwer über ihrer Schulter hing, ein wenig an, damit die sanfte Brise, die kaum merklich über die Ebene strich, ihre heiße Haut ein wenig kühlen konnte.

Noch immer war um sie herum nichts als Ödnis, so weit das Auge reichte. Vielleicht sollte sie Rast machen, um sich und dem Pferd eine Pause zu gönnen. Aber sie fürchtete, dass ihre Entfernung zum Indianerlager noch nicht groß genug war, um schon in Sicherheit zu sein.

Emily lächelte. Vielleicht war ihre Sorge unbegründet. Warum sollten sie sie verfolgen? Wahrscheinlich waren sie froh, dass sie sie los waren. Zumindest hoffte sie das.

Das sanfte Schaukeln des Pferderückens und die Wärme des Tages hatten etwas Einschläferndes, sodass Emily das nahende Unheil erst bemerkte, als es bereits zu spät war. Sie sah auf, als ihr Pony den Kopf hochwarf und wie zur Begrüßung leise wieherte.

Was …?

Beinahe im selben Moment vernahm sie das Trommeln von Hufen auf dem weichen Prärieboden. Ohne sich umzusehen, wer dort auf sie zugeprescht kam, hieb sie dem Pony die Fersen in die Seiten. Das Tier flog förmlich dahin, aber Emily konnte spüren, wie der Abstand zu ihrem Verfolger dahinschmolz.

Ein schriller Schrei erklang, der ihr das Blut in den Adern gefrieren ließ. Emily wagte nicht, sich umzusehen. Tief beugte sie sich über den Pferdehals und versuchte, das Tier noch mehr anzuspornen. Wieder erklang der Schrei und sandte einen eisigen Schauer über ihren Rücken.

Emily schrie auf, als ihr plötzlich der Atem abgeschnürt wurde. Sie wirbelte durch die Luft, dann kam der Boden rasend schnell auf sie zu. Verzweifelt versuchte sie, die Arme hochzureißen und sich zusammenzurollen, um ihren Aufprall zu dämpfen. Wie aus weiter Ferne hörte sie das Wiehern ihres Pferdes, dann nichts mehr.

Der Aufprall war mörderisch.

Emily hatte das Gefühl, jeder Knochen in ihrem Körper sei gebrochen. Ihre Ohren waren erfüllt von einem dumpfen Rauschen, und sie schmeckte Blut, aber seltsamerweise verspürte sie keinen Schmerz. Benommen blieb sie liegen. Der Aufprall hatte ihr die Luft aus den Lungen gepresst. Einen Augenblick lang fürchtete sie, sie würde ersticken, ehe ihre Atmung wieder einsetzte und sie Luft in ihren schmerzenden Brustkorb saugen konnte. Sie stöhnte leise auf, als der Schmerz schließlich mit brachialer Gewalt über sie hereinbrach, und schloss verzweifelt die Augen.

Sie wollte nicht sehen, wer sie verfolgt und zu Fall gebracht hatte, denn sie wusste es, ohne dass ihre Augen es ihr verrieten.

Warum?

Warum hatte er sie verfolgt?

Warum ließ er sie nicht einfach gehen?

Hunderte von Fragen wirbelten durch ihren benebelten Verstand, ohne dass sie eine Antwort darauf finden konnte. Sie hörte, wie der Indianer sich um ihr Pferd kümmerte, und presste ihre Augenlider noch fester zusammen.

Das Pferd!

Hatte er sie nur wegen des Pferdes verfolgt? Sie wusste es nicht, aber es war ihr auch egal. Es zählte nur, dass sie wieder in der Gewalt der Indianer war.

Groß und bedrohlich fiel sein Schatten über sie, aber Emily weigerte sich ihn anzusehen. Was immer er mit ihr vorhatte, sie wollte es nicht sehen. Vielleicht würde er sie ja umbringen und so ihr Leid beenden oder er würde sie einfach hier liegen lassen.

Sie bemerkte, dass er in die Hocke ging und ein Knie neben ihr aufstütze. Aber noch immer weigerte sie sich aufzublicken. Emily stockte der Atem, als eine Hand sich fest auf ihre Brust legte. Oh Gott, was würde ihr Kidnapper jetzt tun? Würden die Horrorgeschichten, die sie gehört hatte, jetzt wahr werden? Sie fühlte, wie er den nachgiebigen Hügel massierte, dann glitt seine Hand weiter hinauf. Beinahe zärtlich umschloss er einen Moment lang ihre Wange, ehe seine Finger sich um ihren Zopf schlossen und ihn um sein Handgelenk wanden.

Schmerzerfüllt schrie Emily auf und öffnete die Augen. Tränen strömten über ihre Wangen, als ihre Blicke sich trafen. Wütend starrte der Indianer sie an. Braune Augen bohrten sich in blaue, ehe er sie herumriss und wieder zu Boden stieß, ohne jedoch ihr Haar loszulassen. Emily stöhnte auf, als sein Knie in ihrem Rücken sie auf dem Boden festnagelte. Es fühlte sich an, als würde er ihr das Haar ausreißen. Sie kreischte entsetzt auf, als sie erneut die kalte Klinge seines Messers an ihrer Stirn spürte. Verzweifelt fasste sie nach seinen Handgelenken.

»Nein«, schluchzte sie. »Bitte nicht. Tu das nicht«, aber sie spürte bereits, wie die Klinge sich knirschend und schmerzhaft in ihr Haar fraß.

»Nein, bitte nicht! Ich tue alles, was du willst! Alles!«, kreischte Emily in Panik.

Der Ruck war grauenvoll.

Flammender Schmerz durchzuckte Emily, dann verspürte sie einen Augenblick lang gar nichts. Aufschluchzend brach sie zusammen. Das Gewicht ihrer Haare war verschwunden. Der Indianer hatte sie skalpiert.

VIII

Atemlos verharrte Emily am Boden, wie betäubt, unfähig das Geschehene zu begreifen, während ihr Kopf sich anfühlte, als hätte man ihr jedes Haar einzeln ausgerissen. Tränen schossen ihr so plötzlich in die Augen, dass es wehtat, und ihre Kehle war wie zugeschnürt. Aus den Augenwinkeln sah sie, wie ihr langes, zum Zopf geflochtenes Haar in der Faust des Wilden baumelte und sie schluchzte verzweifelt auf. Als er sich drohend zu ihr umwandte, presste sie eine Faust auf ihre Lippen, um die klagenden Laute zu unterdrücken.

Er hatte sie skalpiert!

Großer Gott, er hatte sie bei lebendigem Leibe skalpiert.

Noch immer konnte sie es nicht fassen. Geschichten, die man sich auf dem Treck erzählt hatte, fielen ihr ein, und sie fragte sich verzweifelt, was noch kommen würde. Würde er sie foltern? Oder würde er sie einfach umbringen?

Beinahe sehnte sie den Tod herbei. Was konnte ihr denn noch Schlimmeres widerfahren? Der Wilde hatte ihren Skalp genommen! Sie war entstellt, auf Lebzeiten verstümmelt. Nie wieder würde sie ihr Gesicht in einer Stadt der Weißen zeigen können, ohne dass jeder mit Fingern auf sie zeigte.

Charles.

Verzweifelt schloss Emily die Augen. Was würde Charles sagen, wenn er sie so sehen könnte? Würde er sich ihrer schämen? Würde er sich entsetzt von ihr abwenden, oder würde er trotz allem zu ihr stehen? Der Gedanke an Charles war es, der ihr Kraft gab. Er würde von ihr erwarten, dass sie stark war. Er würde von ihr erwarten, dass sie nicht aufgab. Wärme erfüllte sie.

Charles.

Sie versuchte, sich sein geliebtes Antlitz vor Augen zu rufen, die ebenmäßigen Züge, das sorgsam frisierte Haar und seine blauen Augen. Er würde sie aufmunternd anlächeln und ihr Trost und Mut zusprechen, dessen war sie sich sicher.

Schniefend zog Emily die Nase hoch. Sie würde es den Rothäuten nicht so leicht machen. Sie würde zu Charles zurückkehren. Eines Tages würde sie es sicher schaffen – falls die Roten sie nicht vorher umbrachten.

Einen Moment lang blieb Emily liegen. Der Schmerz auf ihrer Kopfhaut hatte nachgelassen. Zwar brannte ihre Haut noch immer, aber Emily stellte überrascht fest, dass ihr kein Blut übers Gesicht lief.

Zögernd, bereit, die Hand sofort zurückzuziehen, sollten ihre Finger nur rohes Fleisch berühren, wo einst ihre Kopfhaut gewesen war, tastete sie über ihren Kopf. Sie fühlte Haarstoppeln und vereinzelte kurze und längere Strähnen, aber keine klaffende, blutende Wunde. Noch einmal strich sie darüber und konnte es kaum fassen: Er hatte sie nicht skalpiert, sondern nur ihr Haar abgeschnitten!

Erleichtert atmete Emily auf. Ihr Blick traf den ihres Peinigers, der sie mit unbewegtem Gesicht anstarrte. Seine Augen waren dunkel und so starr wie die einer Schlange, aber dennoch glaubte Emily, Stolz und Spott darin funkeln zu sehen. Er hatte ihr das Haar abgeschnitten, sie nicht skalpiert, aber dennoch genoss er die Furcht und die Panik, in die er sie versetzt hatte. Triumphierend hob er die Faust mit seiner Trophäe und schüttelte sie unter lautem Kriegsgeheul vor ihren Augen, bis Emily es nicht länger ertragen konnte und entmutigt den Blick abwendete.

26. Juni 1872

Obwohl wir noch nicht einmal drei Wochen unterwegs sind, kommt es mir bereits vor wie drei Monate – oder sogar drei Jahre. Ich kann mich nicht daran erinnern, schon jemals so müde gewesen zu sein. Wir sind heute nicht allzu weit gekommen, sondern mussten recht früh unser Lager aufschlagen, daher will ich die Gelegenheit nutzen und einige Zeilen zu Papier bringen, ehe mir – wie an den anderen Abenden zuvor – die Augen zufallen, kaum dass die Nachtlager bereitet sind. Nichts, was ich mir ausgemalt hatte, hätte mich auf die Strapazen dieses Trecks vorbereiten können.

Tobias Jenkins ist heute von einer Schlange gebissen worden, deshalb die frühe Rast. Ich habe zunächst nur das Schreien gehört und bin dann ebenfalls zu seinem Wagen geeilt, wie auch alle anderen in der Nähe es getan haben. Gottlob wusste Mister Sayer, was zu tun war, und hat die Bisswunde kurzerhand mit seinem Messer aufgeschnitten und das Gift ausgesaugt. Dennoch ist Tobias' Bein verfärbt und geschwollen. Das Fieber hat inzwischen eingesetzt und steigt und steigt und steigt. Die arme Gloria ist völlig verzweifelt. Ich weiß nicht, was ihr mehr Sorgen bereitet, ihren Mann zu verlieren oder den Treck ganz allein weiterführen zu müssen, wohl wissend, dass sie am Ziel angekommen ganz auf sich gestellt sein wird. Beten wir zu Gott, dass sie es nicht herausfinden muss. Wir haben Weidenrinde gesammelt, um einen fiebersenkenden Tee daraus zu brühen und jeder hofft nun verzweifelt, dass er Tobias zur Besserung verhilft.

Nachtrag: Tobias Jenkins hat trotz aller Bemühungen die Nacht nicht überlebt. Wir haben ihn heute Morgen bestattet. Möge Gott seiner Seele gnädig sein.

Nachdenklich setzte Rafe das Fernrohr ab und schob die Segmente mit einem leisen metallischen Geräusch ineinander. Das Indianerlager – Sioux – in der Senke am Fuße des Hügels, auf dem er sich befand, war klein, nicht mehr als zwanzig Tipis. Gottlob war es kein Kriegslager, denn er hatte deutlich die Frauen und Kinder gesehen, die es in einem Kriegslager nicht gegeben hätte. Das Dorf war nicht sehr wohlhabend. Nur eine relativ kleine Pferdeherde graste am Fluss, der sich in unmittelbarer Nähe des Dorfes durch das Grasland schlängelte. Die Entfernung zwischen ihm und dem

Dorf war zu groß, als dass er eine weiße Frau hätte ausmachen können. Er hatte gehofft, vielleicht einen Sonnenstrahl auf hellbraunem Haar zu erspähen, aber vergeblich. Die einzige Möglichkeit herauszufinden, ob Emily Bradshaw sich in diesem Lager befand, war hinunterzureiten.

Emily schrie erschrocken, dann schmerzerfüllt auf, als eine Hand sich von hinten fest in ihr kurzes Haar grub und sie vom Boden hochzerrte. Ihre Finger schlossen sich um das stahlharte Handgelenk, um den Schmerz zu mildern, während sie von der Büffelhaut, über der sie gekniet hatte, um sie zu gerben, in Richtung Zelt geschleift wurde.

»Aua!«, schrie sie, obwohl sie wusste, dass ihr Peiniger ihre Worte nicht verstand. »Du tust mir weh!«

Unbeeindruckt schleppte er sie weiter, bis sie das Spitzzelt erreicht hatten und er sie unsanft durch die Öffnung ins Innere stieß. Stöhnend massierte Emily ihre schmerzende Kopfhaut, während sie ihren Kidnapper wütend anfunkelte. Es schien ihm eine diebische Freude zu bereiten, sie an den verbliebenen und langsam nachwachsenden Haaren herumzuzerren, anstatt ihr anderweitig zu verstehen zu geben, dass sie ihm folgen sollte. Auch wenn sie seine Sprache nicht verstand, warum hatte er nie versucht, ihr ein paar Worte beizubringen? Bedeutete ihm eine weiße Frau so wenig?

Dunkle Augen schienen sich einen Augenblick lang in die ihren zu bohren, bevor ihr der Indianer durch ein ruckartiges Hochwerfen seines Kinns und ein begleitendes Grunzen zu verstehen gab, dass sie im Zelt bleiben sollte.

Gehorsam kroch Emily einige Zentimeter zurück, während die Zeltöffnung von außen geschlossen wurde. Es wurde nicht dunkel im Tipi. Gedämpftes Sonnenlicht fiel durch die gegerbten und bemalten Häute, aus denen die Außenwände des Zeltes bestanden. Emily krabbelte zögernd auf die lederne Plane des Eingangs zu, nachdem sie sicher war, dass der Krieger sich entfernt hatte. Warum wurde sie am hellichten Tage ins Zelt geschickt? Normalerweise wurde sie bereits bei Tagesanbruch zur Arbeit gezwungen und durfte erst bei völliger Dunkelheit todmüde und erschöpft wieder zu ihrem Schlafplatz zurückkehren, bis die Tortur am nächsten Morgen von Neuem begann. Wenn sie gedacht hatte, sie hätte schon vorher schwer geschuftet, so war sie in den fast zwei Monaten seit ihrer Flucht eines Besseren belehrt worden.

Was geschah dort draußen, dass man sie nicht dabeihaben wollte? Vorsichtig schob Emily die Plane ein wenig zur Seite und spähte hinaus. Sie konnte nichts Ungewöhnliches erkennen, aber eine spürbare Anspannung hatte sich über das ganze Lager gelegt. Die Kinder hatten aufgehört herumzutoben und hielten sich in der Nähe der Zelte auf. Die Frauen hatten ihre Tätigkeiten eingestellt und sich ebenfalls zurückgezogen. Überall standen Krieger, die Bögen griffbereit in den Händen, Pfeile eingelegt, und starrten angestrengt in eine Richtung. Was passierte dort?

Emily sog hörbar den Atem ein, als sie den Reiter erblickte, der – scheinbar unbekümmert – ins Lager ritt. Die Sonne stand hoch am Himmel, ein wenig in seinem Rücken, sodass sie seine Züge nicht erkennen konnte, aber seine Kleidung war eindeutig die eines Weißen! Emilys Herz schlug einen Purzelbaum bei seinem Anblick.

Ein Weißer!

Wurde sie jetzt endlich gerettet? Hatte man sie nach all den Wochen endlich gefunden? Es zuckte ihr in den Fingern, die Zeltplane zurückzuschlagen und sich dem Unbekannten zu erkennen zu geben, aber sie widerstand der Versuchung. Man hatte sie nicht umsonst ins Zelt geschickt. Anscheinend wollte der Krieger nicht, dass der Weiße sie sah. Falls sie sich bemerkbar machte – wer sollte die Rothäute daran hindern, ihn ebenso umzubringen wie die Angehörigen des Siedlertrecks? Nein, sie musste eine andere Möglichkeit finden, mit dem Mann in Kontakt zu treten. Was hatte er hier vor? Ganz bestimmt war er nicht ihretwegen hier, auch wenn sie noch immer hoffte, dass nach ihr gesucht wurde. Wollte er mit den Indianern Tauschhandel betreiben? Sie hatte auf dem Treck davon gehört, dass es Weiße gab, die von Lager zu Lager zogen und Messer und Schmuck gegen Pelze tauschten, und dieser Mann führte zwei Packpferde bei sich. War er ein solcher Händler? Wenn ja, würde er ihr überhaupt helfen? Oder würde er nicht vielmehr darauf bedacht sein, sein gutes Verhältnis zu den Indianern nicht zu belasten?

Emilys Finger schlossen sich unbewusst fester um die Plane, bis ihre Fingerknöchel weiß hervortraten. Der Rettung so nah zu sein und dennoch nicht zu wissen, ob sie erlöst werden würde ...

Rafe McKinlay duckte sich und betrat das große Zelt in der Mitte des Lagers. Die Krieger waren zurückhaltend, aber freundlich genug. Er war eingeladen worden, sodass er zumindest für den Augenblick nichts zu befürchten hatte. Sein suchender Blick beim Durchqueren des Lagers hatte nichts ergeben. Er hatte keine weißen Gefangenen gesehen. Aber das sollte nicht heißen, dass es nicht dennoch welche gab, sie aber versteckt gehalten wurden. Die wenigsten Stämme verrieten dem Weißen Mann, wenn sie Angehörige seines Volkes gefangen hielten.

Den Traditionen gemäß »trank« er den Rauch der Pfeife, hielt ihn in seiner Lunge, ehe er den Rauch langsam entweichen ließ und dann die Pfeife weiterreichte. Der Häuptling, der ihm gegenüber saß, nickte anerkennend.

»*Waŋbláka ›Ciŋksí wašícuŋ Suŋkmanitu taŋká‹ wicóhaŋ kiŋ el ektá Oyáte uŋkíta kiksúya.* – Wie ich sehe, erinnert sich ›Sohn des Weißen Wolfes‹ an die Sitten und Gebräuche unseres Volkes«, sagte er dann.

»*Wicóhaŋ kiŋpi el oyáte nitá mitáwa nakuŋ heca.* – Die Sitten und Gebräuche Eures Volkes sind auch die meinen«, entgegnete Rafe, wohl wissend, worauf der Häuptling anspielte. Er hatte nicht damit gerechnet, von ihm erkannt zu werden. Er hatte gedacht, er lebte schon zu lange bei den Weißen, als dass die Indianer noch wussten, wer er war. Dennoch hatte der weise alte Mann in ihm sofort den »Sohn des Weißen Wolfes« erkannt.

Genüsslich füllte der Häuptling seine Lungen mit dem Tabakrauch, den Rafe ihm als Gastgeschenk überreicht hatte. Rafe wusste, dass noch Stunden höflichen Geplauders vor ihm lagen, ehe er sein eigentliches Ansinnen vorbringen konnte. Nicht, dass es ihn sonderlich gestört hätte. Er war es gewöhnt, geduldig stundenlang ruhig, mit unterschlagenen Beinen zu sitzen und Belanglosigkeiten auszutauschen – eine Tugend, die vielen weißen Männern fehlte.

Endlich war es so weit.

»Was führt ›Sohn des Weißen Wolfes‹ in unsere Mitte?«, fragte der Häuptling.

Rafe wusste, dass der Zeitpunkt gekommen war. »Ich bin auf der Suche nach einer Frau«, stellte er ruhig fest.

Der Häuptling zog überrascht eine Braue hoch. »Eine Frau? Du möchtest eine Squaw meines Volkes zum Weibe nehmen? Gibt es denn keine Frau bei dem Weißen Mann, die dein Auge erfreut?«

»Das wäre eine große Ehre für mich, eine Frau aus Eurem Stamm zum Weibe zu nehmen, aber ich habe nicht die Absicht, eine Eurer Töchter in die Ferne zu entführen.«

»Also … suchst du nur eine Gefährtin für eine Nacht?«

Rafe schüttelte leise lächelnd den Kopf. »Nein, großer Häuptling. Ich suche eine weiße Frau.«

»Hier? Bei uns?«

Der Häuptling versuchte, überrascht zu klingen, aber Rafe war sich sicher, dass er mehr wusste, als er zugab.

»Ich war schon in vielen Lagern der Sioux. Ihre Familie weint um sie, und ich möchte sie zu ihr zurückbringen. Habt ihr sie vielleicht gesehen?«

»Warum sollten wir eine weiße Frau bei uns haben? Weiße Gefangene bedeuten nur, dass die Armee uns überfällt.«

»Ich bin nicht die Armee. Ich ersuche euch um eure Hilfe.«

»Aber warum suchst du die Frau, wenn sie nicht die deine ist?«

Rafe überlegte einen Augenblick, um seine Worte wohl zu formulieren. »Weil ich zu viele Familien gesehen habe, die ihre Kinder verloren haben. Familien des Roten Mannes – und auch des Weißen Mannes. Ich bin ein Freund ihrer Familie. Ihr Leid ist auch das meine. Deshalb versuche ich, ihre verlorene Tochter zu finden.« Er machte eine kleine Pause und sagte dann: »Und ich möchte sie finden, ehe die Armee sich nach ihr auf die Suche macht.«

Betroffenes Schweigen empfing seine Worte, gefolgt von wildem Stimmengewirr. Jeder wusste, was es bedeutete, wenn die Armee ausgesandt wurde, um weiße Gefangene zu befreien. In den seltensten Fällen liefen diese Einsätze friedlich ab, und die Indianer waren immer die Leidtragenden, selbst wenn die Weißen sich freiwillig im Lager aufhielten und gar nicht zurück wollten zu ihren Familien, an die sie sich häufig nicht einmal mehr erinnerten.

Schweigend lauschte Rafe der Diskussion, die entbrannt war. Besonders ein Krieger schien sich wütend gegen den Befehl des Häuptlings zu stellen. Aber endlich gab er doch nach. Wütend wandte er sich um und stampfte hinaus, wobei er Rafe hasserfüllt anfunkelte.

Kurze Zeit später kehrte er zurück und schleifte eine widerstrebende Frau hinter sich her. Mit einem wütenden Grunzen stieß er sie so heftig in die Mitte des Zeltes, dass sie zu Boden stürzte.

Rafe erkannte sie sofort, auch wenn sie keine große Ähnlichkeit mehr aufwies mit der kühlen, jungen Frau auf der Fotografie.

Emily Bradshaw.

Daran gab es nicht den geringsten Zweifel. Ihr langes hellbraunes Haar war verschwunden, die kläglichen Reste ungekämmt und verfilzt. Sie hatte einen verzweifelten, gehetzten Ausdruck in den Augen, aber ansonsten schien sie unverletzt zu sein.

»Bitte helfen Sie mir«, flehte sie leise, ehe ein heftiger Stoß ihres Peinigers sie verstummen ließ.

»*Wiŋyaŋ le oyále hwo?* – Ist das die Frau, nach der du suchst?«, hörte er die Stimme des Häuptlings.

Rafe nickte.

»*Haŋ, wiŋyaŋ kiŋ.* – Ja, das ist sie.«

»*Icu wo wiŋyaŋ kiŋ le na tiwáhe kiŋ le ta yaglapi.* – Dann nimm sie mit dir und bringe sie zu ihrer Familie zurück.«

»*Hiyá!* – Nein!«, zerriss die Stimme des Kriegers, der aufgesprungen war und kampfbereit über ihr stand, die Stille.

»*Wiŋyaŋ kiŋ le okáške mitáwa. Mitawicu na wakaŋheža mitáwapi wicóŋte kiŋpi napé le wašícu.* – Diese Frau ist meine Gefangene. Meine Frau und meine Kinder starben durch die Hand des Weißen Mannes!« Seine Augen funkelten zornig in die Runde, forderten jeden heraus, ihm seinen Anspruch streitig zu machen.

Emily ließ den Weißen nicht aus den Augen. Verstand er die Worte, die hier gewechselt wurden und die für sie so fremd und unverständlich waren?

»Also wird sie als Sklavin in meinem Tipi arbeiten, bis ich eine neue Frau gefunden habe«, setzte »Roter Büffel« hinzu, ehe er sich, eine Hand besitzergreifend auf Emilys Schulter, neben ihr wieder zu Boden sinken ließ.

»›Roter Büffel‹ sollte seine Worte überdenken. Er gefährdet damit den ganzen Stamm«, gab der Häuptling zu bedenken.

»Wodurch? Niemand weiß, dass sie hier ist. Ich sage: Wir töten ›Sohn des Weißen Wolfes‹ und können in Frieden leben.«

Schweigend sah der Häuptling ihn einen Augenblick lang an, ehe er langsam sein graues Haupt schüttelte. »›Sohn des Weißen Wolfes‹ hat sie gefunden, also kann es auch anderen gelingen. Es ist mein Wunsch, dass die Frau zu ihrer Familie zurückkehrt. ›Sohn des Weißen Wolfes‹ wird dich angemessen für sie entschädigen.« Sein Blick traf Rafe, der zustimmend nickte.

»Roter Büffel« starrte ihn an. »Ich werde die Frau nicht aufgeben. Wenn ›Sohn des Weißen Wolfes‹ sie will, dann muss er mit mir um sie kämpfen«, zischte er. Seine Finger krallten sich in Emilys Haar, bis sie vor Schmerz aufwimmerte, als könnte er so seinen Anspruch bekräftigen.

Der Häuptling schwieg einen Moment, nachdenklich, ehe er Rafe anblickte. »Bist du bereit, um die Frau zu kämpfen?«, fragte er dann.

Rafe saß still. Kein Muskel zuckte in seinem Gesicht, als er den Blick des Häuptlings erwiderte. »*Haŋ, waciŋ*. – Ja, ich bin bereit.«

»Gut. Sei in dieser Nacht unser Gast. Wenn die Sonne im Zenit steht, möge der Kampf beginnen.«

Emily schrie erschrocken auf, als man sie unsanft am Arm packte und wieder aus dem Zelt schleifte. Hilfe suchend richtete sie ihre Augen auf den Fremden, der zwar die Sprache der Indianer sprach, sie jedoch überhaupt nicht zur Kenntnis nahm. Verstand er sie denn nicht?

»Bitte, Sir«, flehte sie noch einmal, verzweifelt, »helfen Sie mir!«

Sein Blick schien an ihr vorbeizugehen, als wäre sie nicht anwesend. Wie konnte er nur so grausam sein? Warum hatte man sie überhaupt hierher gebracht? Suchte er jemand anderen? Aber konnte er ihr dann nicht auch helfen?

Ihre Hände klammerten sich an die Zeltstangen, ehe man sie vollends nach draußen zerren konnte. »Bitte Mister, ich werde Sie dafür bezahlen.« Noch nicht einmal die Aussicht auf Geld schien irgendeinen Eindruck auf ihn zu machen. Konnte er sie vielleicht nicht verstehen? Sie hatte ihn ja nur in der Sprache der Indianer sprechen hören.

Eiseskälte erfüllte Emilys Herz, als ihre Finger den Halt verloren und sie in die Dunkelheit gestoßen wurde. Die helle Öffnung des Zelteingangs blieb wie ein leerer Hoffnungsschimmer hinter ihr zurück. Mit schleppenden Schritten folgte sie der Indianerin, die sie zurück zu ihrem Zelt geleitete, und ließ sich widerstandslos durch den Eingang schieben. Tränen brannten wie Säure in ihren Augen. Der Fremde würde ihr nicht helfen. Auch wenn er weiß war, so war sie doch immer noch allein.

IX

Emily schlug die Augen auf und erstarrte, als sie in das Gesicht ihres Peinigers blickte. Er war am Abend zuvor nicht ins Zelt zurückgekehrt, und sie hatte sich sicher gefühlt. Nun aber hockte er ihr gegenüber und starrte sie mit seinen unergründlichen Augen unverwandt an. Was hatte das zu bedeuten?

Langsam streckte er den Arm aus. Emily zuckte zurück, als er ihr überraschend sanft über die Wange strich. Seine Finger waren warm auf ihrer Haut. Noch einmal strich er über ihr Gesicht.

»Waštéšta heníca. Wiŋyaŋ wašicu waštéšta hénica. Wiŋyaŋ wašicu ohítika heníca waciciŋ. Tataŋka lúta miyelo. Ħtálehay wóhitika nitá icú waciŋ. Caŋte ohítika hayhépi aŋpétu ma wicáci yula kte.«

Seine Worte klangen anders als sonst, weicher, beinahe schmeichelnd, aber auch nach den vielen Wochen ihrer Gefangenschaft verstand Emily nicht, was sie bedeuteten. Sie warf den Kopf zurück und kroch aus seiner Reichweite. Was immer er sagte, sie wollte nicht, dass er sie berührte. Er war ihr Feind, und es konnte keine Vertrautheit zwischen ihnen geben. Schon gar nicht, wo er es war, der – da war Emily sich sicher – ihre Rettung durch den weißen Händler verhindert hatte.

Schließlich stand er auf und verließ ohne einen weiteren Blick das Zelt.

Emily war überrascht, als man sie nicht wie sonst zur Arbeit nötigte. Hatte es etwas mit der Anwesenheit des Fremden zu tun?

Als sie das Tipi verlassen wollte, wurde sie von der alten Frau, die sie am Abend begleitet hatte und die nun anscheinend ihre Wache war, aufgebracht schimpfend ins Zelt zurückgescheucht und der Eingang verschlossen.

»Hiyá!«, schrie sie immer wieder. *»Hiyá! Típi el iya we!«*

Ratlos blieb Emily im Zelt. Sie aß ein wenig Trockenfleisch und spülte es mit schalem Wasser aus der Flasche hinunter.

Was geschah dort im Lager?

Sie hörte Stimmen, aufgeregt, aber anders als sonst. Sie waren nicht vermischt mit Kinderlachen oder -kreischen und auch die Frauen schienen zu schweigen.

Endlich, gegen Mittag, öffnete sich Emilys Gefängnis. Nach dem Dämmerlicht im Zelt blinzelte sie in die hoch am Himmel stehende Sonne. Es war in den letzten zwei Wochen merklich kälter geworden, und sie fröstelte in den kaum noch wärmenden Strahlen.

Fast alle Dorfbewohner waren in der Mitte des Lagers, dort wo sich der große Pfahl befand, versammelt und sahen ihr erwartungsvoll entgegen.

Was hatte das zu bedeuten? Sollte sie jetzt etwa am Marterpfahl sterben? Entsetzt stemmte Emily ihre Fersen in den Boden. Nein, das würde sie nicht zulassen! Sie wollte nicht sterben!

In dem Moment erblickte sie den Fremden.

Erstaunt starrte Emily ihn an.

Er trat aus dem Zelt des Häuptlings, in das man auch sie am Abend zuvor gebracht hatte, nur mit ledernen Hosen und Stiefeln bekleidet. Emilys Blicke glitten über seinen nackten Oberkörper. Die Sehnen an seinen Armen schienen aus Stahlseilen zu bestehen und seine Muskeln spielten bei jeder Bewegung unter seiner sonnengebräunten Haut.

Was ging hier vor?

Aus der anderen Richtung kommend trat Emilys Peiniger in ihr Blickfeld. Auch er war bis zur Taille nackt, trug aber an Stelle von Hosen einen Lendenschurz. Beide Männer traten in die Mitte des Kreises, der von den Umstehenden gebildet wurde. Die Stimme des Häuptlings erklang, und auch, wenn Emily seine Worte nicht verstand, so begriff sie, dass eine wichtige Entscheidung bevorstand.

Nur kurz schweifte Rafes Blick hinüber zu Emily Bradshaw. Sie stand zwischen den anderen und starrte ihn Hilfe suchend an. Er hatte ihre Verzweiflung am Abend zuvor wie einen körperlichen Schmerz gespürt, aber es war ihm nicht möglich gewesen, ihr Mut zuzusprechen. Jeder Versuch wäre als Schwäche ausgelegt worden und hätte ihm nur zum Nachteil gereicht. Diese eine Nacht noch hatte er Miss Bradshaw mit ihren Ängsten allein lassen müssen.

»Roter Büffel« wollte um sie kämpfen. Nun gut. Rafes Blick senkte sich auf den Gegner. Er versuchte ihn einzuschätzen. »Roter Büffel« war hoch gewachsen und sehnig. Seine Bewegungen waren geschmeidig, und er schien ein geübter Kämpfer zu sein. Nein, »Roter Büffel« würde es ihm nicht leicht machen. Aus welchen Gründen auch immer, er wollte Miss Bradshaw ganz offensichtlich nicht aufgeben. Tief atmete Rafe durch. Er hatte nicht vor, sich auf einen langen, zermürbenden Kampf einzulassen. Wenn es ihm gelang, seinen Kontrahenten zu überraschen, würde er es schnell zu Ende bringen.

Ruhig ließ Rafe es zu, dass jemand ein Seil um seine Hüfte knotete, dessen anderes Ende an den Totempfahl gebunden wurde. Auch »Roter Büffel« wurde auf diese Weise daran gehindert, sich aus dem zulässigen Kampfradius zu entfernen.

»Ihr werdet um die weiße Frau kämpfen!«, erklang die Stimme des Häuptlings. »Eure Waffen werden lediglich eure Messer und eure Körper sein. Der Sieger dieses Kampfes darf die weiße Frau mit sich nehmen, ohne dass der andere sie ihm streitig macht.«

Rafe zog sein Messer. Die Klinge war lang und scharf geschliffen, und die Waffe lag gut in seiner Hand. Auch »Roter Büffel« zückte sein Messer. Einen Moment lang taxierte er Rafe mit seinen Blicken, dann knickte er leicht in den Knien ein. Offensichtlich hatte er sich zu einer Strategie entschieden. Sein Oberkörper pendelte hin und her, so als wollte er es dem Gegner erschweren, ihn als Ziel zu fixieren. Auch Rafe begab sich in Kampfstellung. Lauernd wartete er den ersten Zug seines Gegners ab. Lange musste er nicht warten: Mit einem wütenden Geheul stürzte sich »Roter Büffel« auf ihn. Rafe steppte zur Seite, ließ ihn ins Leere stoßen, während er gleichzeitig das Seil, das »Roter Büffel« an den Pfahl band, ergriff und ihn heftig zu sich herumriss.

»Roter Büffel« verlor das Gleichgewicht. Dennoch zuckte sein Messerarm in einer oft geübten Bewegung herab. Heiß fuhr die Klinge über Rafes linken Arm. Blut quoll aus dem flachen Schnitt.

»Roter Büffels« Triumphgeheul zerriss die angespannte Stille, doch verstummte jäh, als Rafes Faust sein Kinn traf.

»Roter Büffel« wurde zurückgeworfen. Benommen starrte er Rafe an, ehe sein Blick sich verfinsterte. Hasserfüllt wischte er sich mit der freien Hand übers Kinn, ehe er wieder seine Kampfhaltung einnahm. »Ich hörte viel vom ›Sohn des Weißen Wolfes‹, aber du kämpfst wie ein Weib«, zischte er verächtlich und warf sein Messer von einer Hand in die andere. »Meine Klinge hat dein Blut bereits gekostet, und sie wird noch mehr davon trinken.«

Rafe enthielt sich einer Antwort, aber er ließ den Gegner nicht aus den Augen. Wann würde er wieder angreifen?

Da war es, das Funkeln, das einen Angriff signalisierte. Und tatsächlich stürmte »Roter Büffel« wieder vor. Erneut zuckte die Klinge ins Leere, aber Rafes Hand schloss sich wie eine Stahlklaue um »Roter Büffels« Messerarm und hieb dessen Ellenbogen seitlich hart auf sein hochgerissenes Knie.

»Roter Büffel« heulte auf, diesmal vor Schmerz. Das Messer entfiel seiner plötzlich kraftlosen Hand. Als Rafe ihn losließ, umklammerte »Roter Büffel« seinen schmerzenden Arm.

Überraschtes Gemurmel erklang.

Rafe hob das Messer auf, wog es einen Moment in seiner Hand, ehe er es davonschleuderte, sodass es sich bis zum Heft vor Emily Bradshaws Füßen in den Boden bohrte. Er hielt sein eigenes Messer empor, ehe er es dem von »Roter Büffel« folgen ließ, sodass beide Waffen vor Emily im Boden zitterten.

Zustimmendes Geheul brandete rings um ihn auf. Füße stampften im Staub des Kampfplatzes, und Waffen wurden geschwenkt. Der Stamm billigte diese großmütige Geste.

»Roter Büffel«, bis zur Weißglut gereizt, ließ nun alle Vorsicht außer Acht. Mit wutverzerrtem Gesicht und auf seine überlegenen Körperkräfte vertrauend stürzte er sich auf seinen Widersacher. Diesmal jedoch wich Rafe ihm nicht aus. Ihre Körper prallten mit einem hässlichen Laut aufeinander, und Emily schlug entsetzt die Hände vor den Mund.

Während »Roter Büffel« seinen Gegner zu umklammern versuchte, hämmerte Rafe seine Handkanten auf beiden Seiten hart gegen »Roter Büffels« Körper, knapp unterhalb des Rippenbogens. Rafe hörte, wie »Roter Büffel« überrascht den Atem einsog. Noch ehe er sich von dem Schlag erholen konnte, setzte Rafe nach und stieß seine Fingerspitzen in »Roter Büffels« Solarplexus.

Pfeifend entwich die Luft aus seinen Lungen. Einen Augenblick lang starrte »Roter Büffel« ihn verdutzt an. Dann drohten seine Augen aus den Höhlen zu treten, und er stürzte wie ein gefällter Baum zu Boden. Rafe stieg über ihn hinweg und ging auf Emily zu. Vor ihr zog er sein Messer aus dem Boden und schnitt das Seil durch, das ihn an den Pfahl band, dann steckte er es in die Lederscheide an seinem Gürtel.

»Kommen Sie«, sagte er nur und ergriff Emilys Hand. Ohne Widerstand folgte sie ihm zum Zelt des Häuptlings. Hinter ihnen blieb ein hustender »Roter Büffel« zurück, der noch immer umringt von seinen Stammesgenossen am Boden hockte und verzweifelt versuchte, Luft in seine schmerzenden Lungen zu saugen.

»Was haben Sie mit ihm gemacht?«

Rafe warf einen kurzen Blick zurück über die Schulter, aber »Roter Büffel« kämpfte sich bereits wieder auf die Beine, wobei er die Hände der Helfenden wütend abwehrte.

»Ihn dort getroffen, wo es wehtut«, antwortete Rafe. »Können Sie reiten?«, fragte er unvermittelt.

»Ja, natürlich«, erwiderte Emily überrascht.

»Gut. Wir werden nämlich ein wenig Tempo machen. Ich möchte ungern noch in der Nähe sein, falls mein Gegner es sich vielleicht doch noch anders überlegt.«

Damit verschwand er im Halbdunkel des Tipis, um seine Sachen zu holen.

X

»Wie kann ich Ihnen danken?«, fragte Emily, nachdem sie das Indianerlager hinter sich gelassen hatten. Es war bereits Nachmittag, und die Sonne wurde immer mehr von dichten Wolken verhüllt. Was auch immer zum Abschied dort im großen Zelt gesprochen worden war – sie hatte von der seltsamen Sprache wieder kein Wort verstanden – Emily hatte die ganze Zeit über mit angehaltenem Atem und einem flauen Gefühl im Magen neben dem unbekannten Weißen gekauert. Sie hatte es nicht gewagt, von seiner Seite zu weichen, auch wenn sie genau wusste, dass er ihr keinen Schutz bieten konnte, sollten die Roten es sich anders überlegen. Aber sie hatten sie ziehen lassen, und das Indianerlager blieb mit jedem Hufschlag weiter hinter ihnen zurück.

»Sie brauchen mir nicht zu danken«, antwortete der Mann, der in leichtem Trab vor ihr herritt, ohne sich umzudrehen. »Ihr Verlobter hat mich angeheuert, Sie zu suchen.«

»Charles?«

»Haben Sie noch einen anderen?«, fragte er spöttisch.

»Nein, natürlich nicht.« Sie zögerte, ehe sie fragte: »Geht es Charles gut?«

»Soweit ich das beurteilen kann, schon. Warum fragen Sie?«

Rafe wusste nur zu gut, warum sie fragte. Immerhin hatte sie seit Monaten nichts von Eaton gehört, ihn noch länger nicht gesehen, und jetzt erfuhr sie, dass er jemanden beauftragt hatte, sie aus der Gewalt der Indianer zu retten. Er wandte sich kurz zu ihr um, aber Miss Bradshaw war anscheinend in Gedanken versunken.

Eaton hatte gesagt, ihr Haar wäre hellbraun. Nun, möglicherweise konnte man das so sagen, auch wenn er das im

Moment schlecht beurteilen konnte. Die Haarbüschel und Strähnen, die jetzt unter einem breitkrempigen Hut verborgen waren, schienen aber eher die Farbe geschmolzenen Waldhonigs oder dunklen Bernsteins zu haben. Sie waren nicht einfach nur braun, sondern glänzten im Sonnenlicht in einer Vielzahl von Brauntönen, einer schöner als der andere. Rafe fragte sich, wie ihr Haar wohl aussah, wenn es nachgewachsen war. Würde es golden schimmern?

Abrupt wandte er sich ab. Was kümmerten ihn Emily Bradshaws Haare? Die Haare einer Frau hatten in noch nie interessiert, außer wenn er seine Hände darin vergraben konnte, während er sich über ihren weichen, willigen Körper schob oder wenn ihr Haar seinen Körper streichelte, während ihr Mund …

Verärgert über sich selbst schüttelte Rafe den Kopf. Was war nur los mit ihm? Aber die Vorstellung, es könnte Emily Bradshaws Honighaar sein, das seinen Körper liebkoste, ließ ihn unruhig im Sattel hin und her rutschen. Verdammt!

Er sollte sie nur zurückbringen. Miss Emily Bradshaw würde schon sehr bald Mrs. Charles Eaton sein, und dann wäre es allenfalls Eatons Körper, den Emilys Haare streichelten. Rafe biss bei dem Gedanken die Zähne zusammen. Auch wenn Eaton sie wahrscheinlich nicht verdient hatte, so war es nicht seine – Rafes – Aufgabe, darüber zu richten.

»Sir?«

Emilys Stimme brachte Rafe in die Wirklichkeit zurück.

»Was?«, fragte er. Seine Stimme war noch rauer als sonst. Er räusperte sich. »Was?«, fragte er noch einmal, als Miss Bradshaw offensichtlich eingeschüchtert schwieg. Fahrig zuckte ihre Hand zu ihrem Haar, ehe sie sie zurückriss, als ihr wieder einmal schmerzlich bewusst wurde, dass ihr wunderbares, langes Haar, dessen Ende sie sonst um ihren Finger wickeln konnte, wenn sie nervös war, verschwunden war. Sie war dankbar für den Hut, den ihr Retter ihr zum Schutz gegen die Sonne gegeben hatte. Er schützte sie jetzt auch vor seinen Blicken.

Sie fragte sich, wie sie wohl aussah. Was mochte ihr Retter gedacht haben, als er sie dort im Indianerlager erblickt hatte? War sie sehr entstellt? Sie errötete leicht bei dem Gedanken. Sie hatte sich nie für eitel gehalten. Schließlich hatte ihr bestenfalls durchschnittliches Aussehen nie Anlass für Eitelkeit gegeben. Sie war ganz sicher nicht der Typ Frau, nach dem sich die Männer auf der Straße umwandten, aber sie war immer stolz gewesen auf ihr volles und glänzendes Haar, das, wenn sie es zum Zopf geflochten hatte, so dick gewesen war wie ihr Unterarm. Und nun war es fort, abgeschnitten als Trophäe eines roten Ungeheuers. Zusammen mit anderen Skalps hatte ihr Zopf an einer Lanze vor dem Zelt ihres Kidnappers gehangen.

Emily fühlte, wie ihre Augen sich mit Tränen füllten. Natürlich hatte es im Indianerlager keine Spiegel gegeben, und die wenigen Male, wo sie sich in einem Gefäß mit Wasser gesehen hatte, war der verzerrte Anblick, der sich ihr geboten hatte, so entsetzlich gewesen, dass sie sofort den Blick abgewendet hatte. Solange sie im Indianerlager gefangen gewesen war, hatte ihr Aussehen keine Rolle gespielt. Es war ihr egal gewesen, was die Rothäute, die sie sowieso mit Verachtung gestraft hatten, von ihr dachten.

Aber nun war es ein Weißer, der sie so sah, ein Angehöriger ihres Volkes, dem sie schon bald wieder gegenüberstehen würde. Allein die Vorstellung, was ihre Mitmenschen von ihr denken, über sie sagen würden, erfüllte Emily mit Angst. Würden sie sie verspotten oder sie bemitleiden? Oh Gott, sie könnte es nicht ertragen, wenn sie Mitleid in ihren Gesichtern lesen würde.

Und was dachte ihr Retter? Emily atmete tief durch. Sie würde noch geraume Zeit in seiner Gesellschaft verbringen. Früher oder später würde sie ihn ansehen müssen. Also konnte sie es ebenso gut gleich hinter sich bringen. Immerhin war sie noch nie einer Herausforderung feige aus dem Weg gegangen.

Noch einmal atmete Emily tief durch und sammelte all ihren Mut. Dann hob sie zögernd den Blick und sah ihn an. »Nun«, sagte sie und bemühte sich seinem Blick nicht auszuweichen, »wir sind uns nicht vorgestellt worden. Ich bin Emily Bradshaw.« Sie streckte ihm ihre Hand entgegen.

Rafe musste sich zwingen, ein Schmunzeln zu unterdrücken. Sie hatte wirklich eine elegante Art, ihn nach seinem Namen zu fragen.

Ihr Griff zu ihrem verstümmelten Haar war ihm nicht entgangen. Er ahnte, wie sehr Emily mit dem Verlust ihres Haares zu kämpfen hatte. Ähnlich wie bei den Indianern, war das lange Haar der weißen Frauen ein Statussymbol, auch wenn die Bedeutung bei den Indianern noch weit darüber hinausging. Die Stämme des Roten Mannes glaubten, mit dem Haar ihrer Gegner im Jenseits Macht über sie zu erlangen. Selbst er, der wie ein Weißer erzogen worden war, verbrannte noch immer sein ausgekämmtes oder abgeschnittenes Haar. Aber auch wenn für Emily Bradshaw der Verlust ihrer Haarpracht lediglich eine schmerzhafte Demütigung bedeutet hatte, so fragte er sich dennoch, warum ihr Häscher seine Macht über sie hatte demonstrieren wollen. Was hatte sie getan, um ihn zu provozieren?

Anders, als er es erwartet hatte, wich Emily seinem forschenden Blick nicht aus, sondern sah ihm fest in die Augen. Sie war überhaupt ganz anders, als er sie sich vorgestellt hatte, auch wenn er noch nicht so genau zu sagen vermochte, worin dieses Anderssein bestand. Vielleicht ihre ruhige Art, ihre Ausstrahlung …

»Rafael McKinlay«, erwiderte er, als ihm bewusst wurde, dass sie ihm noch immer die Hand entgegenhielt, während er sie nur unverwandt anstarrte. Er ergriff ihre dargebotene Hand und war angenehm überrascht von ihrem kräftigen Händedruck, keine weiche, zögerliche Berührung, wie er erwartet hatte. »Meine Freunde nennen mich Rafe.« Er hielt ihre Hand einen Augenblick länger als nötig, und wieder erstaunte sie ihn, als sie ihre Finger nicht zurückriss, sondern die Berührung gestattete, bis er sie freigab.

»Angenehm.« Sie sah ihn einen Moment lang an. »Gibt es davon viele?«, wollte sie dann wissen.

»Wovon? Menschen, die Rafael heißen?«

»Nein. Leute, die Sie Freunde nennen.«

Verblüfft sah Rafe sie an. Er hatte nicht erwartet, dass Miss Bradshaw so direkt wäre – oder dass sie ihn so schnell durchschaute.

»Warum fragen Sie?«, wich er aus.

Emily zögerte einen Augenblick. »Nun, Sie machen auf mich nicht gerade den Eindruck, als hätten Sie gerne viele Menschen um sich, wahrscheinlich deshalb.«

Ihre Intuition war schon beinahe beängstigend, stellte Rafe mit Unbehagen fest. Sie waren sich erst vor wenigen Stunden zum ersten Mal begegnet, und schon schien sie in ihm wie in einem offenen Buch zu lesen.

»Und was ist mit Ihnen?«, stellte er die Gegenfrage, damit er nicht antworten musste. »Haben Sie viele Freunde?«

Emily schüttelte den Kopf. »Eigentlich nicht. Die meisten Bekannten, die ich hatte, waren ältere Damen, Freunde meiner Tante Ruthie. Ich bin erst zu ihr gezogen, als meine Eltern starben. Vielleicht habe ich deshalb kaum Kontakte in St. Louis geknüpft. Als meine Tante gestorben ist, war ich mehr oder weniger allein.«

»Bis auf Charles«, stellte Rafe fest und war überrascht, dass er einen kleinen Stich bei diesem Name verspürte. Eifersucht? Unsinn!

»Bis auf Charles«, bestätigte Emily. »Der Gedanke an Charles hat mir Kraft gegeben und mir über diese schlimme Zeit hinweggeholfen.« Sie schwieg einen Moment und sah auf ihre Hände. »Ich habe mir nur solche Sorgen um ihn gemacht«, fuhr sie dann leise fort.

»Um Charles?«, fragte Rafe erstaunt. »Weshalb?«

»Nun, er muss tausend Tode gestorben sein, als er von meiner Entführung erfahren hat. Die Vorstellung, wie sehr er meinetwegen leiden musste …«

»Sie klingen, als würden Sie sich die Schuld an der Entführung geben.«

»Nein … vielleicht … Ich meine, wenn ich mich nur ein wenig stärker gewehrt hätte, härter gekämpft hätte …«

»Dann wären Sie jetzt tot«, schnitt Rafe ihr unbarmherzig das Wort ab. »Die Indianer haben nicht viel Verwendung für widerspenstige Gefangene. Wenn der Aufwand den Nutzen übersteigt, dann …« Er fuhr sich mit dem Finger über die Kehle. Emily erschauderte.

»Ja«, wisperte sie heiser, »ich habe es gesehen.«

Rafe verfluchte sich im Stillen. Verdammt! Wie hatte er nur vergessen können, dass die beiden anderen Frauen es nicht geschafft hatten? Auf seine Fragen nach ihrem Schicksal hatte er immer nur eine Antwort erhalten: Es gab nur eine weiße Frau im Lager. Das konnte nur bedeuten, dass die beiden anderen umgekommen waren. War Emily Bradshaw Zeugin gewesen? Falls ja, konnte er nur hoffen, dass ihre zur Schau getragene Ruhe nicht nur Fassade war, die irgendwann in sich zusammenfiel.

»Warum haben Sie Ihren Verlobten nicht in den Westen begleitet?«, wechselte Rafe das Thema, um Emily von ihren düsteren Erinnerungen abzulenken. Dankbar atmete Emily auf und lächelte ihn zögernd an. Rafe stockte der Atem, als ihr Lächeln ihr Gesicht erstrahlen ließ. Sein Körper spannte sich und er fühlte, wie ihm das Blut in die Lenden schoss. Hastig wandte er den Blick ab.

»Das hätte ich gern getan«, erwiderte Emily, ohne Rafes Reaktion zu bemerken, »aber meine Tante Ruthie war der Ansicht, dass sie mich dringender brauchte als Charles.« Sie seufzte. »In ihren letzten Monaten hat sie sich tatsächlich voll und ganz auf mich verlassen. Ich glaube nicht, dass sie ohne mich zurechtgekommen wäre. Und außerdem meinte Charles, er wolle erst auf eigenen Füßen stehen, ehe er mich nachkommen lasse. Er betreibt nämlich ein Geschäft in Silver Springs, das ›French Emporium‹. Haben Sie es gesehen?«, fragte Emily hoffnungsvoll.

Rafe schüttelte den Kopf. »Bedauere, Ma'm, nicht dass ich wüsste.« Angestrengt überlegte er, ob eines der Bordelle »French Emporium« hieß, konnte sich aber nicht erinnern. Seltsam, ein Bordell zu leiten hatte er Eaton eigentlich nicht zugetraut.

»Es ist ein Geschäft für Importwaren aus Frankreich. Luxusartikel«, hörte er in dem Moment Emilys Stimme. Er wirbelte so schnell herum, dass sein Grauer scheute und er beinahe aus dem Sattel stürzte.

»In Silver Springs?!«, keuchte Rafe ungläubig.

»Warum nicht in Silver Springs?«, erwiderte Emily ein wenig beleidigt. »Überall auf der Welt kaufen Menschen schöne Dinge. Ganz sicher sind die Bewohner von Silver Springs da keine Ausnahme.«

Rafe ärgerte sich, dass er Eaton nicht, wie zunächst beabsichtigt, noch einen Besuch abgestattet hatte. Dann hätte er sich selbst ein Bild davon machen können, ob das Unternehmen florierte. Er persönlich bezweifelte das. Als Eaton sein Geschäft erwähnte, war er davon ausgegangen, es handele sich um einen normalen Gemischtwarenladen, denn der mochte in Silver Springs Zukunft haben. Aber ein Geschäft für Luxusartikel? Damit konnte man vielleicht an der Ostküste oder einer größeren Stadt wie St. Louis oder New Orleans Gewinn erwirtschaften, aber ganz sicher nicht in so einem Nest wie Silver Springs.

Anscheinend musste sein Gesicht mehr verraten haben, als ihm lieb war, denn Emily begann sofort, ihren Verlobten in Schutz zu nehmen.

»Charles ist sehr tüchtig, müssen Sie wissen. Er hat einen ausgezeichneten Geschäftssinn.«

»Und warum ist er mit seinem ausgezeichneten Geschäftssinn nicht in St. Louis geblieben?«

Rafe dachte an Eatons Erscheinung. Ganz sicher würde er in St. Louis nicht so fehl am Platze wirken, wie er es in der »Goldenen Gans« getan hatte.

»Es gab einige Konkurrenzunternehmen, die sein Geschäft systematisch kaputtgemacht haben. Außerdem lockte ihn das Abenteuer. Deshalb zog er in den Westen.«

Also wie ein Abenteurer, dachte Rafe grimmig, hatte Eaton eigentlich auch nicht ausgesehen. Hoffentlich entpuppten Eatons Geschäfte sich nicht als herbe Enttäuschung für Miss Bradshaw. Nun, immerhin hatte Eaton ihn beauftragt, Miss Bradshaw aus der Hand der Indianer zu befreien. Das musste man ihm zugute halten. Wobei Rafe sich noch immer nach Eatons Motiv fragte. Denn eines glaubte er auf keinen Fall: Dass Charles Eaton seine Emily von ganzem Herzen liebte und gänzlich uneigennützig gehandelt hatte.

XI

»Mister McKinlay?«

Rafe straffte die Schultern, als er Emilys Stimme hinter sich hörte. Es waren Stunden vergangen, seit sie das letzte Mal gesprochen hatte, was für eine Weiße äußerst ungewöhnlich war. Er hatte es aber dankbar zur Kenntnis genommen. Nach Rafes Erfahrung schwatzten weiße Frauen unaufhörlich wie ein Wasserfall, was ein Grund dafür sein mochte, dass er Kontakte zum weiblichen Geschlecht, wenn möglich, vermied. Und die Frauen, mit denen er es für gewöhnlich zu tun hatte, redeten nicht, wenn er bei ihnen war. Nun, einmal abgesehen von kurzen lustvollen Schreien, die man wohl kaum als Reden bezeichnen konnte.

Rafael wandte sich kurz im Sattel um. Emilys förmliche Anrede erstaunte ihn. Er hatte irgendwie damit gerechnet, sie würde ihn beim Vornamen nennen, nachdem er es ihr ja mehr oder weniger angeboten hatte. Offensichtlich hatte sie die Einladung nicht als solche verstanden – oder aber sie betrachtete ihn nicht als Freund.

»Was gibt es, Miss Bradshaw?«, fragte er deshalb ebenso förmlich zurück, auch wenn ihm der Name »Emily« schon auf der Zunge brannte.

»Könnten wir wohl ein wenig rasten? Ich möchte Ihnen zwar nicht zur Last fallen, und natürlich möchte ich auch so schnell wie möglich nach Hause, aber …«

Rafe zügelte sein Pferd und warf einen Blick in den wolkenverhangenen Himmel. Es würde noch vor Einbruch der Dunkelheit regnen, also war es sinnvoll, schon bald ein Nachtlager aufzuschlagen. Allerdings noch nicht hier. Er brauchte sich nicht erst umzusehen, um zu wissen, dass das Gelände, in dem sie sich befanden, keinen guten Rastplatz abgab. Die Fähigkeit zu solchen Einschätzungen war ihm schon lange in Fleisch und Blut übergegangen. Instinktiv wählte er die besten Routen, mied mögliche Stellen für einen Hinterhalt und nutzte, wann immer möglich, die natürliche Deckung des Terrains. Ebenso sicher erkannte er geeignete Schlafplätze, und in ihrer unmittelbaren Umgebung gab es keinen.

Rafe schlug seinem Pferd die Hacken in die Seiten und ritt langsam weiter.

»Wir werden bald rasten«, versprach er, ohne sich noch einmal umzusehen.

Emily seufzte. Mister McKinlay schien ein sehr charismatischer Mann zu sein, aber leider war er auch sehr verschlossen. Seit Stunden schon blickte sie auf seinen Rücken, der sich scheinbar unermüdlichen im sanften Rhythmus seines Pferdes bewegte. Einige Male war sie versucht gewesen, ihn anzusprechen, einfach, um den Klang einer menschlichen Stimme zu hören, die sie verstand und die sie nicht nur anbrüllte. Aber angesichts seiner abweisenden Haltung hatte sie darauf verzichtet. Er schien nicht sehr glücklich darüber zu sein, sich in ihrer Gesellschaft zu befinden, auch wenn es sein Auftrag war, sie zu finden.

Nun aber konnte sie nicht länger warten. Auch wenn sie bislang versucht hatte, das stetig wachsende Drängen ihres Körpers zu ignorieren, so machte sich ihre Blase immer hartnäckiger bemerkbar. Wenn sie nicht bald rasteten …

Emily versuchte sich abzulenken, indem sie ihren Blick wieder auf Rafe McKinlays Rücken richtete. Sein schwarzes Haar war so lang, dass es im Nacken sogar seinen Kragen berührte. Seine Schultern unter der ledernen Jacke erschienen ihr unglaublich breit. Sie hatte ja selbst gesehen, dass er keine Schulterpolster trug wie viele der eitlen, jungen Männer in St. Louis es taten. Seinen Hut trug er gewohnheitsmäßig tief ins Gesicht gezogen, damit ihn die Sonne nicht blenden konnte, sofern sie schien. Der untere Bereich seines Gesichtes wurde von einem dichten, schwarzen Bart verdeckt. Sie fragte sich, wie er wohl glatt rasiert aussehen mochte. Bislang war von seinem Gesicht nicht allzu viel zu erkennen gewesen, lediglich das Feuer seiner Augen brannte in ihrer Erinnerung. Seine Schenkel waren lang und kräftig und Emily konnte das Spiel seiner Muskeln, wenn er sein Pferd dirigierte, unter dem brauen Leder seiner Hose erkennen. Noch nicht ein einziges Mal hatte sie gesehen, dass er die Zügel zu Hilfe genommen hätte, um seinen Grauen zu lenken. Im Gegensatz zu den Männern, mit denen sie auf dem Treck gereist war, trug Rafe McKinlay keine Stiefel aus festem Leder und auch keine Sporen. Vielmehr bestand seine Fußbekleidung aus einer Art Mokassins in Stiefelform, wie sie sie eher bei einem Indianer vermutet hätte.

Um seine schmalen Hüften trug er unübersehbar einen Revolvergurt geschnallt. Aber die beiden Furcht einflößenden Revolver in den Holstern waren nicht seine einzigen Waffen. In einem Scabbard am Sattel führte er eine robuste, zuverlässig wirkende Winchester bei sich. Auch wenn ihr Waffen eigentlich Angst machten, so fühlte Emily sich dennoch sicherer, als wenn er unbewaffnet gewesen wäre.

»Wir werden dort vorn übernachten«, riss seine raue Stimme sie aus ihren Gedanken.

Überrascht zügelte Emily ihr Pferd und sah sich um. Enttäuschung machte sich breit, als sie weit und breit keine Wasserstelle erkennen konnte, wo sie sich hätte waschen können. »Benötigen die Pferde denn kein Wasser?«, fragte sie und hoffte, dass ihre Stimme ihre Sehnsucht nach ein wenig Reinlichkeit nicht verriet.

»Doch.« Damit trieb er sein Pferd wieder an. Emily folgte ihm, nur um unterdrückt aufzuschreien, als sie wenige Schritte weiter den kleinen Wasserlauf erspähte, den McKinlay wohl schon zuvor entdeckt hatte. Unwillkürlich trieb sie ihr Pferd zu mehr Eile an, aber Rafes Hand an der Trense ihres Tieres hielt sie zurück.

Fragend sah sie ihn an, sagte aber nichts, als er nur schweigend lauschte, den Kopf leicht geneigt, während sein Blick das hohe Gras nach Bewegungen absuchte. Endlich lockerte sich sein Griff um die Trense, und Emilys Pferd steuerte ohne ihr Zutun das flache Ufer an.

Emily glitt aus dem Sattel, als das Pferd zu trinken begann, und wäre beinahe gestürzt, als ihre Beine ihr den Dienst versagten. Harte Arme schlossen sich von hinten um sie und hielten sie aufrecht. Überrascht sog Emily den Atem ein und erstarrte. Sie war es nicht gewohnt, Stunde um Stunde im Sattel zu verbringen, aber sie war es ebenso wenig gewohnt, von muskulösen Armen an die stahlharte Brust eines Mannes gepresst zu werden. Deutlich konnte sie das Heben und Senken seines Brustkorbes in ihrem Rücken spüren. Auch wenn seine Arme sie nicht so fest hielten, dass es unangenehm gewesen wäre, so war der Druck seiner kräftigen Schenkel gegen ihr Gesäß und ihre Beine doch unverkennbar. Verstohlen versuchte sie, seinen Griff zu lösen, aber sofort schlossen sich seine Arme fester um sie. Emily spürte wie ihr Atem stockte, als sie den Druck seiner großen Hand nur ganz knapp unterhalb ihrer Brust auf dem Rippenboden spürte.

»Ganz ruhig«, hörte sie in diesem Augenblick seine Stimme. »Ich tue Ihnen nichts.« Sein warmer Atem streichelte ihr Ohr und sandte einen Schauer über ihren Rücken. »Geben Sie Ihren Beinen Zeit, sich wieder an den Boden zu gewöhnen. Entspannen Sie sich.«

Entspannen? Wie sollte sie sich entspannen, wenn sein Körper sie förmlich zu umschließen schien? Auch wenn er nichts anderes tat, als sie festzuhalten, bis sie wieder allein stehen konnte, so brachte Emily es doch nicht über sich, sich gegen ihn sinken zu lassen. Zwar hatte er ihr versichert, er würde ihr nichts tun, aber sie spürte instinktiv die Bedrohung, die von ihm ausging.

Rafe schalt sich einen Narren. Für ihn war es eine Selbstverständlichkeit, den ganzen Tag im Sattel zu verbringen, aber Miss Bradshaw war derart lange Ritte nicht gewohnt. Sie hätten früher Rast machen sollen, damit sie sich die Beine vertreten konnte, aber er hatte so viel Abstand wie nur möglich zwischen sich und das Indianerlager bringen wollen. Warum hatte sie nichts gesagt? Er konnte spüren, wie ihr Herz unter seiner Hand rasend schlug. Hatte sie Angst vor ihm, oder war sie es nur nicht gewohnt, von einem Mann in den Armen gehalten zu werden? Würde ihr Herz bei Eatons Berührung genauso rasen?

»Geht's wieder?«, fragte er schließlich und gab sie frei, als sie nickte.

Halt suchend klammerte sich Emily an den Sattel ihres Pferdes, dankbar, dass Rafe McKinlay einen Schritt zurückgetreten war. Es war ein seltsames Gefühl gewesen, ihm derart nahe zu sein. Sein harter Körper, der sich der Länge nach an sie gepresst hatte, hatte ihr klar gemacht, wie verletzlich sie war, ganz allein mit ihm in der Wildnis. Auch wenn er angeheuert worden war, um sie zu finden, so war er doch ein Fremder für sie. Und sie hatte keine Beweise, dass Charles ihn tatsächlich beauftragt hatte!

Emily erstarrte.

Hatte er überhaupt gesagt, wer ihn geschickt hatte? Ihr Verlobter, hatte er gesagt, und sie war natürlich davon ausgegangen, dass er von Charles gesprochen hatte. Aber was, wenn es nur eine Vermutung von ihm gewesen war, ein Schuss ins Blaue, und sie daruaf hereingefallen war? Sie überlegte angestrengt, konnte sich aber nicht daran erinnern, dass McKinlay von sich aus einen Namen genannt hatte. Sie selbst war es gewesen, die Charles ins Spiel gebracht hatte. Was sollte sie nur tun, wenn er überhaupt nicht in Charles' Auftrag handelte? Andererseits konnte sie froh sein, dass er sie überhaupt aus dem Indianerlager herausgeholt hatte. Sie hatte ihn ja sogar angefleht, ihr zu helfen, obwohl sie nicht gewusst hatte, wer er war. Und selbst wenn er nicht von Charles für ihre Rettung bezahlt wurde, welchen Grund sollte er haben zu lügen? Sie wäre sowieso mit ihm gegangen, egal ob er in Charles' Auftrag unterwegs war oder nicht.

Rafe blieb noch einen Moment hinter Emily Bradshaw stehen, um sich zu vergewissern, dass sie wieder sicher auf ihren Beinen stand. Beinahe bedauerte er es, dass sie sich so schnell gefangen hatte. Sie hatte sich gut angefühlt unter seinen Händen: weich und nachgiebig, dennoch fest und wohl gerundet an all den richtigen Stellen. Er konnte noch immer spüren, wo ihre Kehrseite seine Oberschenkel berührt hatte. Er fragte sich, wie sie sich wohl anfühlen mochte, wenn sie in seinen Armen läge, aber schob den Gedanken dann weit von sich. Er hatte gemerkt, wie sie zusammengezuckt war, als seine Hände ihren Körper berührt hatten. Wovor hatte sie Angst? Dass er über sie herfiel? Oder hatte sie gelernt, die Berührungen eines Mannes zu fürchten?

Rafes Brauen zogen sich unheilvoll zusammen. Sie wirkte unversehrt, aber wer konnte schon sagen, was in den Wochen seit ihrer Gefangennahme geschehen war? Nun, Miss Bradshaw konnte es, aber würde sie darüber reden? Mit einem grimmigen Lächeln wandte Rafe sich ab.

»Wenn Sie sich wieder im Griff haben, sammeln Sie Holz für ein Feuer«, wies er sie barscher an als beabsichtigt. »Aber bleiben Sie in meiner Nähe.«

Überrascht von seinem plötzlich so schroffen Ton sah Emily ihn an, aber er drehte ihr bereits wieder den Rücken zu. Hatte sie sich die Wärme, die sie zuvor in seiner Stimme gehört hatte, nur eingebildet? Beinahe glaubte sie es. Ihre Knie bebten noch immer, aber sie konnte es wagen, den Sattel loszulassen und einige zitternde Schritte zu gehen. Ihr verlängerter Rücken tat beinahe noch mehr weh als zuvor, als sie noch im Sattel gesessen hatte, und sie stöhnte auf bei dem Gedanken, dass sie sich morgen wieder auf das Pferd schwingen musste.

»Ist alles in Ordnung mit Ihnen?«

Emily zuckte zusammen, als sie Rafes Stimme unmittelbar an ihrem Ohr vernahm.

»Schleichen Sie sich immer so an?«, fragte sie atemlos und presste ihre Hand auf ihr rasend klopfendes Herz.

»Hören Sie immer so schlecht auf das, was um Sie herum geschieht?«, fragte er zurück. Emily war sich nicht sicher, ob die Frage ernst gemeint war oder ob er sie neckte.

»Ich habe Sie nicht kommen hören«, gab sie zu.

»Hier draußen kann so etwas tödlich sein.«

Ein Schauer rann über Emilys Rücken. Er war zu nahe, sie glaubte beinahe, die Wärme seines Körpers zu spüren. Jeden Moment würde er ihr die Hände auf die Schultern legen … Stattdessen trat er einen Schritt zurück, und Emily konnte nicht sagen, ob sie erleichtert oder enttäuscht war. Auch wenn er ein Fremder war, den sie nicht kannte, so hatte seine Berührung, als er sie gehalten hatte, etwas sehr Beruhigendes ausgestrahlt.

»Sie haben gestöhnt. Haben Sie Schmerzen?«

Emily musste gegen ihren Willen lächeln.

»Nein«, antwortete sie. »Jedenfalls keine, die sich nicht ertragen ließen.«

»Sie sagen es mir besser«, erwiderte Rafe kühl. »Ich kann es mir nicht erlauben, dass Sie krank werden und uns aufhalten.«

Emily spannte die Schultern und wurde ernst. Wie hatte sie auch glauben können, der verschlossene Rafe McKinlay würde sich zu freundlichem Geplänkel herablassen?

»Es ist nichts, was Ihnen Sorgen bereiten müsste, Mister McKinlay. Es ist nur, dass die Vorstellung, meine schmerzende Kehrseite morgen wieder in den Sattel hieven zu müssen, nicht sehr attraktiv für mich ist.«

Rafes Lippen verzogen sich zu einem Grinsen. Es war erstaunlich, wie würdevoll Miss Bradshaw formulieren konnte, dass ihr der Hintern vom Reiten wehtat. Aber sie hatte Recht. Den ganzen Tag lang im Sattel zu sitzen war sicherlich ungewohnt für sie, und ihnen wäre nicht geholfen, wenn sie sich wund ritt. Er würde etwas dagegen tun müssen. Ohne ein weiteres Wort wandte er sich ab, und Emily blickte ihm verwirrt nach.

Über dem Feuer brutzelte Speck und verströmte einen Duft, bei dem Emily das Wasser im Mund zusammenlief. Wie lange war es her, seit sie etwas so Köstliches gerochen hatte? Zwar hatten auch die Indianer ihre Mahlzeiten gekocht oder über dem Feuer geröstet, aber das war kein Vergleich zu dem leckeren Duft von geräuchertem Speck. Dazu hatte McKinlay Kartoffelspalten in die Pfanne gegeben, die jetzt im Fett rösteten, und er backte Lagerbrot. Außerdem hatte er eine Dose Bohnen geöffnet und in die Glut gestellt, sodass der Inhalt sich erwärmte.

Und es gab Kaffee, den sie – wie es ihr schien – bereits seit einer Ewigkeit nicht mehr getrunken hatte. Auch wenn sie in St. Louis Tee bevorzugt hatte, so war auf dem Treck Kaffee das vorherrschende Getränk gewesen. Stark und schwarz wie die Nacht hatte er, wann immer sie Rast gemacht hatten, am Rande der Feuerstellen geköchelt. Rafe McKinlay gab ein wenig Zucker hinein und überließ ihr dann großzügig als Erste den Becher. Emily umklammerte das emaillierte Blech mit beiden Händen und nippte vorsichtig an dem heißen, zu starken Gebräu, das auch mit Zucker nicht viel besser wurde, aber auf das sie um nichts auf der Welt hätte verzichten mögen. Aufseufzend trank sie den letzten Schluck und reichte den Becher dann an ihren Begleiter zurück. Der, so stellte sie fest, hatte sie amüsiert dabei beobachtet, wie sie beinahe andächtig ihren Kaffee getrunken hatte. Emily errötete, hoffte aber, dass er es im Schein der Flammen nicht bemerkte.

»Es tut mir Leid, dass es so lange gedauert hat«, murmelte sie, als Rafe sich den Becher mit Kaffee aus der Kanne füllte. »Aber nach dem Indianerlager bedeutet der Kaffee für mich irgendwie die Zivilisation.« Sie lächelte. »Das klingt verrückt, nicht wahr?«

»Nein, eigentlich nicht.« Er trank einen Schluck Kaffee, dann begann er, das Essen zu verteilen. Er reichte Emily ihre Portion auf dem Teller, während er selbst aus der Pfanne aß. Hungrig machte sich Emily über ihren Teller her. Selbst wenn es sich um ein einfaches Gericht handelte, das ihr noch dazu in einem Blechnapf serviert wurde, so war es dennoch ihre erste Mahlzeit in Freiheit und somit besser als jedes Festmahl. Sorgsam wischte sie den letzten Rest Tomatensoße mit einem Kanten Brot vom Teller. Wenn sie jetzt noch Gelegenheit bekam, sich zu waschen, dann wäre sie der glücklichste Mensch auf der Welt. Emily lächelte leise. Nun, warum eigentlich nicht?

»Mister McKinlay?«

Fragend sah er sie an.

»Wäre es wohl möglich …«, sie stockte, als sie seinen forschenden Blick bemerkte. »Wäre es wohl möglich, dass ich eine halbe Stunde ungestört am Fluss verbringen könnte? Ich weiß, ich soll in ihrer Nähe bleiben, aber … ich möchte mich so gerne …« Sie schlug den Blick nieder. »Ich fühle mich so entsetzlich schmutzig«, sagte sie dann leise.

Rafe musterte sie lange und nachdenklich.

»Sind Sie von den Indianern vergewaltigt worden?«, fragte er dann so unvermittelt, dass Emily sich erst nicht sicher war, ob sie die Frage richtig verstanden hatte. Es dauerte einen Moment, bis die Bedeutung seiner ruhig ausgesprochenen Worte in ihr Bewusstsein sickerte.

Empört setzte sie sich auf. »Nein!«, rief sie und verschränkte die Arme vor dem Körper, als könne sie sich so vor weiteren Fragen dieser Art schützen. Oder bedeutete die Geste mehr? »Nein!«, wiederholte sie heftig. Ihre Augen funkelten, und sie hatte die Hände zu Fäusten geballt.

»Ich wollte Sie nicht beleidigen, Miss Bradshaw«, versuchte Rafe sie zu beruhigen, »aber ich bin es nicht gewohnt, um den heißen Brei herumzureden. Viele Frauen geben es nicht zu, wenn sie von Indianern vergewaltigt wurden.« Emily sog empört die Luft ein, aber Rafe hob beschwichtigend eine Hand und sprach weiter. »Sie versuchen die Erinnerung daran zu verdrängen, so zu tun, als wäre es nie geschehen, und ich kann es ihnen nicht einmal verdenken. Aber irgendwann wird die Erinnerung an das Erlebte Sie innerlich zerfressen, wenn Sie mit niemandem darüber sprechen können. Und Sie werden mit niemandem darüber sprechen können, wenn Sie erst wieder in der so genannten Zivilisation sind. Nicht, ohne als ausgestoßen gebrandmarkt zu werden. Ich weiß, dass die Erinnerung unangenehm ist.« Tief sah er ihr in die Augen.

Emily Bradshaw sah aus, als würde sie jeden Augenblick in Tränen ausbrechen – oder ihm an die Kehle springen. Ihre Augen schienen Funken zu sprühen und im Schein des Feuers unnatürlich zu glänzen.

»Aber bedenken Sie, dass es manchmal hilft, über unangenehme Erlebnisse zu sprechen. Ich bin ein guter Zuhörer und werde Sie ganz sicher nicht für etwas verurteilen, das nicht Ihre Schuld ist. Bei mir ist Ihr Geheimnis sicher.«

»Da gibt es nichts zu erinnern, Mister McKinlay«, fauchte Emily wütend. »Und es gibt auch kein Geheimnis. Die Indianer haben mich nicht angefasst, zumindest nicht so, wie Sie offensichtlich glauben. Oh, sie haben mich geschlagen und herumgeschubst. Sie haben mich an den Haaren gerissen und mich sogar fast skalpiert.« Sie zerrte demonstrativ an ihrer verstümmelten Haarpracht. »Sie haben mich zu Tode geängstigt und zur Arbeit gezwungen«, fuhr sie dann aufgebracht fort, »aber sie haben nicht … sie haben nicht …« Sie brach ab und schluckte, dann wandte sie den Blick ab.

Rafe beobachtete sie aufmerksam. Ihre Wangen brannten, ob vor Scham oder Verlegenheit vermochte er nicht zu sagen.

Er gab ihr einen Moment, um sich zu sammeln, ehe er leise weitersprach. »Was auch immer geschehen ist, mein Angebot steht. Sie können jederzeit mit mir darüber sprechen oder auch nicht, das überlasse ich Ihnen. Aber bedenken Sie: Es wird später niemanden geben, dem Sie sich anvertrauen können, ohne als Indianerhure verschrien zu werden.«

Er hörte, wie sie scharf die Luft einsog, aber sprach unbeirrt weiter. »Sie sollten sich darauf einstellen, dass die meisten der guten Bürger von Silver Springs, einschließlich Ihres Verlobten, sowieso annehmen werden, Sie seien vergewaltigt worden.« Rafe versuchte, sich nicht von ihrem verwundeten Blick, den sie fassungslos auf ihn richtete, beirren zu lassen.

»Aber das ist nicht wahr«, wisperte sie erstickt.

Der flehende Ausdruck in ihrem leichenblassen Gesicht hätte ihn beinahe überzeugt, und vielleicht hatte Miss Bradshaw wirklich Glück gehabt. Er hatte die Wahrheit gesagt, als er behauptet hatte, dass nicht jeder Stamm darauf aus war, weibliche Gefangene zu missbrauchen, auch wenn es ihm schwer fiel, bei »Roter Büffel« daran zu glauben. »Roter Büffel« war von Hass zerfressen, Hass auf alle Weißen. Es war beinahe undenkbar, dass er die Gelegenheit, eine Weiße für die Vergehen ihrer Mitmenschen auf jede erdenkliche Weise zu bestrafen, ungenutzt verstreichen ließ. Aber um

Miss Bradshaws Willen hoffte er, dass ihr diese Erfahrung erspart geblieben war.

»Ich sage das nicht, um Ihnen wehzutun, auch wenn Sie mir das im Moment wahrscheinlich nicht glauben werden.« Emilys Blick war Bestätigung genug, falls er auch nur die leisesten Zweifel gehabt haben mochte. »Aber Sie sollten darauf gefasst sein, so schwer es Ihnen fallen mag.«

Emily reckte ihr Kinn in die Höhe und funkelte ihn kämpferisch an. »Wenn Sie damit fertig sind, mich zu beleidigen, darf ich dann vielleicht mein Bad nehmen?« Sie erhob sich so würdevoll, wie es ihr mit ihren vor Muskelkater schmerzenden Beinen möglich war, und verfluchte sich, als sie stolperte und seine mit überraschender Schnelligkeit vorschießende Hand sie stützte. Emily bemühte sich, die Wärme, die von seinen Fingern an ihrem Handgelenk ausging, zu ignorieren.

»Ich wollte Sie nicht beleidigen«, stellte er ruhig fest.

Wütend warf Emily den Kopf in den Nacken und entriss ihm ihren Arm. »Gratuliere, es ist Ihnen dennoch hervorragend gelungen.« Dann stolzierte sie mit steifen Schritten davon.

XII

Emilys Zähne schlugen hörbar aufeinander, als sie sich langsam in das kalte Flusswasser sinken ließ. Der Untergrund war felsig, und sie musste Acht geben, dass sie auf den algenbewachsenen Steinen nicht ausglitt. Dennoch war das Gefühl des eisigen, träge dahinfließenden Wassers auf ihrer Haut einfach himmlisch. Einen Moment lang bedauerte sie, dass sie keine Seife hatte, aber sie würde sich eben mit Sand abschrubben, so wie sie es auch auf dem Treck schon häufiger getan hatte. Wenn sie sich nur endlich wieder sauber fühlte ...

Emilys Atem stockte, und sie schnappte nach Luft, als sie in die Knie ging und das Wasser über ihren Schultern zusammenschlug. Es war leider nicht tief genug, um darin zu schwimmen, aber immerhin tief genug, um sich treiben zu lassen. Zu schade, dass sie nicht mehr Zeit hatte und dass das Wasser so eisig war. Emily streckte sich auf dem Rücken aus, und ihre Kopfhaut prickelte, als das kalte Wasser ihre Haare benetzte. Aber sie genoss das Plätschern des leichten Wellenschlages an ihrem Körper. Sie hatte abgenommen, stellte sie mit Bedauern fest. Schon während des Trecks hatten das ständige Laufen und die Strapazen an ihren Reserven gezehrt, aber die Zeit im Indianerlager hatte ihre letzten Polster schwinden lassen. Ihre Rippen traten deutlich hervor, und an ihren Hüften, sonst sanft gerundet, konnte sie die spitzen Vorsprünge der Beckenknochen erkennen.

Emily seufzte. Ob Charles sie so auch lieben würde? Wie oft hatte sie ihn dabei ertappt, dass sein Blick während ihrer Spaziergänge zu den eher üppigen Damen geglitten war, die ebenfalls im Park flanierten. Offensichtlich schienen ihm frauliche Hüften und kräftige Schenkel zu gefallen, auch wenn er sich nie dahingehend geäußert hatte. Dazu war er viel zu sehr Gentleman gewesen.

Nun, ihrer Oberweite zumindest brauchte sie sich nicht zu schämen, auch wenn der Rest ihres Körpers für seinen Geschmack wohl eher zu zierlich war. Trotz aller Entbehrungen waren ihre Brüste rund und fest und durchbrachen keck die Wasseroberfläche. Ihre sonst rosigen Nippel hatte die Kälte in harte Knospen verwandelt und sie erschienen im schwachen Licht der Sterne beinahe schwarz.

Erschrocken schrie Emily auf, als sie aus den Augenwinkeln eine Bewegung am Ufer wahrnahm. Furcht umklammerte mit eisiger Faust ihr Herz, während sie sich strampelnd bemühte, unter die Wasseroberfläche zu sinken und gleichzeitig die Arme vor der Brust zu verschränken. Ihr Atem stockte. Sie bebte vor Zorn, als sie erkannte, wer sie beobachtet hatte.

»Wie können Sie es wagen!«, schimpfte sie mit vor Kälte klappernden Zähnen. Sie bemühte sich, noch tiefer zu sinken, aber war sich nicht sicher, ob das flache klare Wasser überhaupt einen Schutz vor seinen Blicken versprach. Wie lange stand er dort schon? Hatte er sie beobachtet? Wie viel hatte er gesehen? Flammende Röte überzog ihre Wangen trotz der eisigen Kälte des Flüsschens. McKinlays Lippen verzogen sich zu einem Lächeln, bei dem Emily am liebsten vor Wut geschrien hätte. Es war eine unglaubliche Dreistigkeit ihr nachzuschleichen. Wie hatte sie ihm nur so viel Anstand zutrauen können, sie nicht beim Baden zu beobachten? Zu allem Überfluss stellte Emily fest, dass die Kälte allmählich in ihre Glieder zu kriechen begann. Sie zitterte, mehr vor Kälte als vor Wut, und sie konnte spüren, wie ihre Lippen taub wurden. Wie lange hatte McKinlay vor, dort stehen zu bleiben? Glaubte er allen Ernstes, sie würde nackt wie eine Nymphe den Fluten entsteigen, damit er sie ungehindert begaffen konnte? Sie hätte ihm gern ihr ganzes, leider nicht allzu umfangreiches Repertoire an Schimpfwörtern an den Kopf geworfen, aber ihre Zähne schlugen inzwischen so heftig aufeinander, dass sie kein vernünftiges Wort hätte artikulieren können. McKinlays Blick glitt über das gegenüberliegende

Ufer und Emily biss die Zähne zusammen, bis sie knirschten. Tat er etwa so, als würde er sie beschützten, anstatt sie anzuglotzen? Hah! Als würde sie das glauben!

»Ich habe Ihnen ein Stück Seife mitgebracht!«, rief McKinlay ihr zu, und Emily konnte den schmalen Klumpen gerade noch auffangen, ehe er neben ihr ins Wasser klatschte.

»Außerdem eine Decke, falls Sie Ihre schmutzigen Kleider nach dem Bad nicht wieder anziehen wollen.« Noch einmal sah er sich um. »Bleiben Sie nicht zu lange. Das Wasser ist ziemlich kalt. Sie könnten sich erkälten.«

Emily musste an sich halten, um nicht hysterisch aufzulachen. Erkälten? Ohne sein Erscheinen wäre sie schon längst wieder aus dem Wasser heraus, das inzwischen fast ihren ganzen Körper betäubt hatte. Am liebsten hätte sie ihm seine Seife an den Kopf geworfen, aber das Verlangen nach Sauberkeit gewann die Oberhand. Ohne den Felsen, auf dem McKinlay gestanden hatte, aus den Augen zu lassen, schrubbte Emily sich hastig ab und wusch ihr Haar, wobei sie den Schaum so fest in ihre Kopfhaut einmassierte, dass es schmerzte. Wenn sie daran dachte, wie ihr Kopf gejuckt hatte, konnte sie nur hoffen, dass sie sich keine Blut saugenden Plagegeister eingefangen hatte, unter denen viele der Treckteilnehmer gelitten hatten. Sie warf einen letzten Blick zum Felsen, ehe sie ans Ufer watete, beruhigt, dass sie anscheinend allein war. Die Unverschämtheit dieses Mannes kannte keine Grenzen. Erst seine Unterstellung, ihr sei Gewalt angetan worden, und dann wagte er es auch noch, ihr beim Baden nachzuspionieren.

Wütend rubbelte Emily sich trocken. Sie sollte dankbar sein für die Decke, die McKinlay ihr gebracht hatte, aber sie war viel zu aufgebracht, um im Augenblick so etwas wie Dankbarkeit für ihn zu empfinden. Sobald sie wieder am Lagerplatz war, würde sie ihn zur Rede stellen und ihm gehörig die Meinung sagen!

In der Ferne hörte Emily Donnergrollen. Als hätte der Himmel nur darauf gewartet, dass sie den Kopf hob, erhellte Wetterleuchten das Firmament, und schwarze Regenwolken türmten sich bedrohlich gegen den dunklen Himmel.

Na wunderbar, dachte Emily. Allem Anschein nach würde es in der Nacht regnen. Seufzend machte sie sich daran, ihre Kleider zu waschen. Zwar konnten sie bis zum Morgen unmöglich trocknen, aber vielleicht konnte sie eines von Mister McKinlays Hemden tragen. So viel zumindest schuldete er ihr, nachdem, was er sich geleistet hatte.

Die Decke fest um sich geschlungen und die nasse Wäsche in der Hand, stampfte Emily zurück zum Lager, während sie sich in Gedanken auf die Rede vorbereitete, die sie Mister McKinlay in Bezug auf Ehre und Anstand halten wollte. Retter oder nicht, er hatte kein Recht gehabt, sie beim Baden zu beobachten. Der Schein des munter flackernden Feuers empfing sie und …

Emily blieb wie angewurzelt stehen.

Sie traute ihren Augen nicht, als sie nur ein Nachtlager unter dem schmalen felsigen Überhang erblickte. Glaubte McKinlay etwa allen Ernstes, sie würde ein Lager mit ihm teilen? Dachte er wirklich, nur weil sie die Gefangene eines Indianers gewesen war, könnte er sich jetzt Frechheiten herausnehmen? Hatte er deshalb gefragt, ob sie vergewaltigt worden war, und hätte es einen Unterschied gemacht, wenn sie ja gesagt hätte? Vermutlich nicht. Da er offensichtlich der Überzeugung war, jeder würde sowieso das Schlimmste von ihr denken, schien er tatsächlich zu glauben, es machte keinen Unterschied mehr, ob sie einem Mann mehr oder weniger zu Willen gewesen war, ehe er sie wieder bei Charles ablieferte.

Eisige Kälte erfüllte ihr Innerstes, als Emily bewusst wurde, was Rafe McKinlay ganz augenscheinlich mit ihr vorhatte. Seine Versicherungen, er würde ihr nichts tun, waren nichts als leere Worte. Hatte er von Anfang an beabsichtigt, sich an ihr zu vergehen? Wahrscheinlich.

Ihre Knie zitterten bei dem Gedanken, und Emily zog die Decke noch fester um ihren Körper. Wie aufmerksam von ihm, dachte Emily zynisch, dass er ihr überhaupt noch die Decke gebracht hatte, anstatt ihre Kleider an sich zu nehmen und sie somit zu zwingen, nackt ins Lager zurückzukehren. Hatte er sie so in Sicherheit wiegen wollen?

Wozu, dachte Emily bitter. *Ich bin ihm doch so oder so ausgeliefert. Wohin soll ich denn fliehen?*

Hatte sie denn eine Wahl? Zwar konnte sie am Rande der Lichtung stehen bleiben oder sich irgendwo verstecken, aber das würde im Endeffekt nichts ändern. McKinlay würde sie finden und notfalls mit Gewalt ins Lager schleifen. Und falls er sie wider Erwarten nicht finden würde – dann würde er sie eben zurücklassen und sie würde sterben müssen. Aber sie wollte nicht sterben, nicht nach allem, was sie schon erduldet hatte. War ihr Körper im Tausch gegen ihr Leben da nicht ein geringer Preis? Aber zu was machte es sie? Emily schreckte vor dem Wort zurück, das ihr bei der Vorstellung immer wieder durch den Kopf zuckte:

Hure.

Auch wenn ihr Kinn gefährlich zitterte, reckte Emily es entschlossen in die Höhe und näherte sich mit bebenden Gliedern dem Feuer. Sie würde sich nicht vor McKinlay erniedrigen. Sie würde ihn nicht anflehen, sie zu verschonen. Sie würde nicht …

Erschrocken sog Emily den Atem ein, als der Unhold, dem ihre Gedanken gegolten hatten, aus der Dunkelheit auftauchte. Sie bemerkte nicht einmal, dass ihre nassen Kleider die Vorderseite der Decke durchnässten, weil sie sie krampfhaft gegen ihre Brust gepresst hielt.

Rafe hatte ein letztes Mal nach den Pferden gesehen und sich vergewissert, dass sie zwar grasen, nicht aber davonlaufen konnten, wenn sich das zusammenbrauende Gewitter im Laufe der Nacht verschlimmern sollte. Allmählich wurde es auch Zeit, dass Miss Bradshaw ihr Bad beendete, falls sie nicht vorhatte, im Fluss festzufrieren. Der Wind hatte in den letzten Minuten aufgefrischt, und das Donnergrollen war lauter geworden. Nicht mehr lange, und das Unwetter würde losbrechen. Er würde es sehr begrüßen, wenn er und Miss Bradshaw dann warm und trocken unter der Plane lägen, die er über sie breiten würde.

Rafe sah auf, als er einen leisen, beinahe erstickten Laut vernahm. Miss Bradshaw stand neben dem Feuer und starrte ihn an, als hätte sie einen Geist gesehen. Unbewusst glitt sein Blick über sie, das struppige Haar, die leichenblassen Wangen und die bloßen Füße, die unten aus der Decke, die er ihr gebracht hatte, herauslugten. Er runzelte unwillig die Stirn, als er bemerkte, dass die Decke bereits fast ebenso nass war wie ihre Kleidung.

»Meinen Sie nicht, es wäre besser, die nassen Sachen zum Trocknen aufzuhängen, anstatt sie mit ins Bett zu nehmen?«, fragte er spöttisch. Er fragte sich, was wohl in ihrem Kopf vorging, dass sie nicht selbst daran gedacht hatte. Entgegen seinen Erwartungen machte sie nämlich nicht den Eindruck, als wäre sie einfältig. Er wandte sich ab, um etwas aus seiner Satteltasche zu nehmen, als ihm ein tropfnasser Unterrock klatschend um die Ohren schlug und ihm die Sicht versperrte.

»Was zum Teufel …?«, brüllte Rafe und versuchte, die nasse, klebrige Baumwolle, die ein Eigenleben zu entwickeln schien, von seinem Gesicht zu reißen. Wasser rann in seinen Kragen, während ihr Unterrock wie eine durchweichte Chinchilla-Stola auf seinen Schultern thronte.

»Sind Sie …« *übergeschnappt?*, wollte er wütend fragen, als die grob gesponnene, triefende Wolle eines Damenkleides seine Worte erstickte. Blindlings warf Rafe sich vorwärts, ehe Miss Bradshaw weitere Teile ihrer tropfnassen Garderobe nach ihm werfen konnte. Seine zupackenden Arme umklammerten einen weichen, schlanken Körper und rissen ihn mit sich zu Boden. Noch im Fallen drehte sich Rafael, sodass er die Wucht des Aufpralls bremste und Miss Bradshaw auf ihm zu liegen kam. Dennoch hörte er ihren erschrockenen Aufschrei, der in ein schmerzerfülltes Stöhnen überging. Er verwünschte den Umstand, dass er noch immer nichts sehen konnte. Mit einer Hand versuchte er, den widerspenstigen Wollstoff von seinem Kopf zu zerren, während er mit der anderen darum bemüht war, eine wild um sich schlagende und ihn mit Schimpfworten überhäufende Miss Bradshaw im Zaum zu halten.

Verdammt! Was war nur plötzlich in sie gefahren? Hatte sie den Verstand verloren?

Mit einem letzten Ruck gelang es ihm endlich, das Kleid beiseite zu schleudern. Rafe stöhnte auf, als ihr plötzlich hochgerissenes Knie ihn hart am Oberschenkel traf, nur wenige Zentimeter von seinen edelsten Teilen entfernt. Einen Augenblick lang glaubte er Sterne zu sehen und hatte einen metallischen Geschmack im Mund. Wütend rollte er sich über die strampelnde Frau und presste sie mit beiden Händen auf den Boden.

Rafael McKinlay und Emily Bradshaw erstarrten beide im selben Moment. Ihre Blicke prallten aufeinander, als seine behandschuhte Rechte sich um einen der weißen Hügel schloss, den die Decke während des Kampfes entblößt hatte.

Emilys Atem kam in kurzen abgehackten Zügen. Jedes Heben und Senken ihres Brustkorbes presste ihre Brust in seine Hand und sandte einen heißkalten Schauer durch ihren Körper. *Oh Gott,* dachte sie verzweifelt und wollte die Augen schließen. Aber sie brachte es nicht fertig, ihren Blick von dem wutverzerrten Gesicht mit den darin wie Bernstein glühenden Augen abzuwenden. Sie fühlte seinen heißen, keuchenden Atem auf ihrer Wange und erwartete jeden Moment seine harten, fordernden Lippen auf ihrem Mund. Die Decke war während ihres Gerangels zur Seite geglitten, und sie spürte seinen Körper, der sich der Länge nach auf den ihren presste. Er war schwer, und Emily riss entsetzt die Augen auf, als Rafe McKinlay seine Hüften bewegte und sie den Druck seiner anschwellenden Männlichkeit am Scheitelpunkt ihrer Schenkel verspürte. Das zunächst kühle Leder seines Handschuhs erwärmte sich, und seine Finger schlossen sich einen Augenblick lang fester um ihre Brust, beinahe zärtlich, ehe der Druck urplötzlich verschwand, als er sich zur Seite rollte und sie freigab.

Schwer atmend starrte er sie an. »Darf ich erfahren, was das eben zu bedeuten hatte?«, stieß er hervor, während er seinen schmerzenden Oberschenkel, wo ihr Knie ihn getroffen hatte, massierte. Sein Bein war nicht die einzige Stelle seines Körpers, die schmerzte, aber zumindest war es die einzige, der er in Emilys Gegenwart ein wenig Erleichterung verschaffen konnte, ohne sie beide in Verlegenheit zu stürzen. Wütend funkelte er Miss Bradshaw an, die, die Decke vor ihren wogenden Busen haltend, wie ein Häufchen Elend vor ihm saß.

Nur mit Mühe konnte Rafe seinen Blick von dem weißen Schenkel losreißen, den die Decke nicht ganz verhüllte. Beinahe noch schwerer war es, die Erinnerung an ihren Anblick, wie sie auf dem Rücken treibend im Wasser gelegen hatte, aus seinem Gedächtnis zu verbannen. Heiß war ihm das Blut in die Lenden geschossen, als er sie erblickt hatte. Selbst als sie sich unter Wasser zusammengekauert hatte, hatten die klaren Fluten nicht allzu viel von ihren Reizen vor seinen Blicken verbergen können. Deutlich hatte er ihre vollen Brüste gesehen und sich vorgestellt, es wären seine Hände, die sie bedeckten, und nicht die ihren. Dazu das dunkle Dreieck am Scheitelpunkt ihrer weißen, schlanken Schenkel und der Rest ihres wundervollen biegsamen Körpers. Die zarten Schultern, die auch jetzt rosig im Schein des Feuers glänzten …

Gut, vielleicht hatte er eine Standpauke verdient, auch, wenn es gar nicht in seiner Absicht gelegen hatte, sie zu beobachten, aber ganz sicher bot sein Verhalten keinen ausreichenden Anlass für diesen … diesen Angriff.

»Nun?«, knurrte er finster, als Miss Bradshaw mit niedergeschlagenen Augen noch immer schwieg. Nervös befeuchtete sie ihre Lippen mit der Zunge. Rafe zuckte zusammen, denn er hatte beinahe das Gefühl hatte, die rosige Spitze wäre über seine Lippen geglitten.

Verzweifelt umklammerte Emily die feuchte Decke vor ihrer Brust. Oh Gott, was war nur in sie gefahren? In einem Augenblick war sie noch fest entschlossen gewesen, sich in ihr Schicksal zu ergeben, und im nächsten … Sie konnte sich selbst nicht erklären, was über sie gekommen war, aber als sie den leisen Spott in seiner Stimme gehört hatte, während sie vor Furcht tausend Tode gestorben war, hatte irgendetwas in ihrem Denken ausgesetzt. Sie konnte sich nicht genau daran erinnern, wie sie nach ihm geschlagen hatte. Aber ihre nasse Wäsche war die einzige Waffe gewesen, die sie im wahrsten Sinne des Wortes zur Hand gehabt hatte.

»Es tut mir Leid«, wisperte sie unglücklich und sah ihn an. In ihren Augen glänzten Tränen und sie wandte hastig ihren Blick ab. Ihre Unterlippe zitterte und Rafe verspürte den unbändigen Wunsch, sie zu küssen. Nur mit Mühe widerstand er der Versuchung.

»Darf ich fragen, warum Sie plötzlich wie eine Furie auf mich losgegangen sind?«, fragte er, seine Stimme war rau vor unterdrücktem Verlangen.

Emily zuckte mit den nackten Schultern und ließ den Kopf hängen. »Ich habe … nun, das Nachtlager … also ich dachte, Sie wollten … Sie wollten ….«, sie schluckte und verstummte.

Rafes Gedanken rasten. »Sie dachten, ich würde über Sie herfallen?«, fragte er dann ungläubig.

Emily nickte betreten. Als er nichts erwiderte, sah sie auf. Sie konnte nicht sagen, was sie in seinen Augen las. Er schien verletzt zu sein, dass sie ihm etwas Derartiges zugetraut hatte, aber da war noch etwas Anderes, etwas, das sie nicht einordnen konnte und das sie veranlasste, den Blick hastig wieder abzuwenden.

Was auch immer hinter seiner verschlossenen Miene vorging, so wusste sie jetzt zumindest, dass sie bei ihm sicher war. Sie hatte die Veränderung in seinem Körper gespürt, als er auf ihr gelegen hatte, die Anspannung und der wachsende Druck seiner Männlichkeit. Auch wenn sie noch niemals einen Mann völlig unbekleidet zu Gesicht bekommen hatte, so wusste sie genug, um eine ungefähre Vorstellung von dem zu haben, was sie dort gefühlt hatte. Schließlich hatte sie unterwegs genügend Gelegenheit gehabt, den Unterschied zwischen Stuten und Hengsten zu bemerken, Kühen und Bullen und all den anderen Tieren, die die Farmer so mitgeführt hatten.

Sie seufzte leise. Einem Mann, der seinen Körper angesichts solcher Versuchung derart unter Kontrolle hatte, konnte sie mit Sicherheit vertrauen. Sie fand es nur seltsam, dass sich das erhoffte Gefühl der Erleichterung nicht einstellen wollte.

Rafes Gedanken wanderten in ähnliche Richtungen. Er hatte ihren Gesichtsausdruck gesehen und richtig gedeutet. Anscheinend hatte Miss Bradshaw beschlossen, dass sie bei ihm sicher war. Tief atmete er durch. Was dachte sie denn, wer er war? Ein verdammter Eunuch? Allein die Vorstellung, dass sie fast nackt vor ihm saß, verschaffte ihm einen Ständer, der nahe daran war, die Knöpfe seiner Hose zu sprengen. Miss Bradshaw hingegen schien diesen Zustand noch nicht einmal wahrzunehmen!

Noch einmal atmete Rafe tief durch. Andererseits war es seine Aufgabe, sie sicher zu ihrem Verlobten zu bringen. Sie konnte schließlich nichts dafür, dass er sie nackt gesehen hatte. Verdammt, es war sein Job, dass sie sich bei ihm sicher fühlte und nach all dem, was sie durchgemacht hatte, hatte sie sogar ein Recht darauf. Es war blanker Irrsinn, dass er sich wünschte, sie würde in ihm etwas anderes sehen als ihren Retter und Beschützer.

Um sich abzulenken, ergriff Rafe ihre Kleider und hängte sie über einen nahen Busch. Angesichts des kommenden Regens würden sie zwar nicht trocknen, aber zumindest lagen sie nicht im Dreck.

Emily wickelte sich fester in ihre Decke. Ihr Blick ging zu dem einzigen Nachtlager, von dem Mister McKinlay anscheinend erwartete, dass sie es teilten, und dann zurück zu ihm. Er würde ihr nichts tun, so viel stand für sie nun fest. Ihre Sorge war unbegründet, ja sogar ungerecht gewesen. Rafe McKinlay war ein Ehrenmann, der zu seinem Wort stand. Dennoch war der Gedanke, eine ganze Nacht in seinen Armen zu verbringen, mehr als beunruhigend.

»Mister McKinlay?«

Er wandte sich nicht um, sondern suchte etwas in seinen Satteltaschen. Emily ließ sich jedoch nicht entmutigen. Ganz sicher war schon alles, was peinlich werden könnte, an diesem Abend zwischen ihnen geschehen. Wozu sollte sie sich also genieren?

»Wäre es nicht ratsamer, wenn ich ein eigenes Nachtlager hätte?«, fragte sie seinen abweisenden Rücken.

Rafe drehte sich zu ihr um. »Nein.«

Emily straffte die Schultern, aber bevor sie etwas sagen konnte, fuhr er fort.

»Es wird regnen und ich habe nur eine Regenhaut, die ich über uns ziehen kann. Es sei denn, Sie ziehen es vor, nass zu werden.«

Damit war deutlich, dass er die Regenhaut nicht zu ihren Gunsten aufgeben würde. Nun, warum sollte er auch? Schließlich war es seine, und er hatte immerhin angeboten, sie mit ihr zu teilen. Emily seufzte. Nun gut. Sie hatte es zumindest versucht.

»Ziehen Sie das an.« Überrascht fing Emily das Hemd auf, das er ihr zuwarf. Ohne Aufforderung drehte er ihr den Rücken zu. Emily ließ die Decke fallen, ehe sie hastig in das Hemd schlüpfte. Es war aus dickem Flanell, weich und anschmiegsam vom vielen Waschen und Tragen, aber sauber und wunderbar warm. Dazu war es so lang, dass es ihr bis zu den Knien reichte. Sie wusste, es war unschicklich, dass ihre Knöchel und ihre Waden unbedeckt blieben, aber auf keinen Fall würde sie ihre nassen Röcke nur der Schicklichkeit halber wieder überziehen. Auch die Decke war inzwischen ziemlich feucht, und ihr schauderte bei dem Gedanken, dass das herrlich trockene Hemd ebenfalls nass werden könnte. Außerdem, so sagte sich Emily, hatte Mister McKinlay schon mehr von ihr gesehen als nur ihre Knöchel und Waden und war trotzdem nicht über sie hergefallen. »Sie können sich umdrehen«, meinte sie deshalb, während sie die Ärmel aufkrempelte, deren Schulterpartie ihr bis zu den Ellenbogen reichte.

Rafe wandte sich um, und ihm stockte der Atem, als er sie erblickte. Verdammt! Wer hätte gedacht, dass ein so unerotisches Kleidungsstück wie ein dickes Männerhemd einen Frauenkörper so sinnlich umschmeicheln könnte? Die Schöße hingen ihr zwar bis zu den Knien, aber ihre sanft gerundeten Waden, die darunter hervorlugten, schienen seine Aufmerksamkeit direkt auf darüber liegende Regionen zu lenken. Ihre Brüste beulten die Front des Hemdes aus, wie keine Männerbrust es jemals vermocht hätte, und ihre in der Nachtluft harten Brustspitzen waren wie kleine Kiesel darunter zu erkennen. Hastig wandte Rafe sich ab. Sein Körper entwickelte schon wieder ein Eigenleben, und er fragte sich, wie zum Teufel er mit ihr in den Armen den nötigen Schlaf finden sollte.

»Legen Sie sich hin«, wies er Emily schroffer als beabsichtigt an und ignorierte ihren leicht verletzten Gesichtsausdruck. Bei dem, was er vorhatte, konnte er auf ihre Sensibilitäten oder gar ihr Schamgefühl keine Rücksicht nehmen.

Gehorsam legte Emily sich auf das Lager, bemüht, nicht mehr als unbedingt nötig von ihrem Körper zu entblößen.

Als wenn das etwas ändern würde, dachte Rafe bei sich. Schweiß trat ihm auf die Stirn, bei dem Gedanken an das, was ihm noch bevorstand. »Drehen Sie sich auf den Bauch.«

Überrascht sah Emily ihn an. Wäre es nicht bequemer, wenn sie beide auf der Seite schliefen? Nun, ein Blick in Rafe McKinlays Gesicht belehrte sie, dass es nicht klug war ihm zu widersprechen. Sie konnte sich nicht erklären, warum seine Züge so angespannt waren, aber es erschien ihr im Augenblick nicht ratsam, mit ihm zu streiten. Sie rollte sich auf den Bauch und bettete ihren Kopf auf ihre Arme. Gleich würde er sie wahrscheinlich zudecken …

Empört kreischte Emily auf, als eine schwielige Männerhand ihr Hemd hochschob und sich auf ihre Hinterbacken legte.

»Mister McKinlay!«, schrie sie und wollte aufspringen, aber sein Gewicht, als er sich rittlings auf ihre Oberschenkel setzte, verhinderte das.

»Halten Sie in Gottes Namen still!«, knurrte Rafe. Dachte sie etwa, es machte ihm Spaß? Er hatte gewusst, dass sie protestieren würde, und ehe er sich auf stundenlange Diskussionen einließ, hatte er sie eben im Dunkeln gelassen über das, was er zu tun beabsichtigte.

»Mister McKinlay!«

Unter anderen Umständen hätte ihr entrüsteter Tonfall ihn sicherlich amüsiert, aber im Augenblick war er viel zu sehr damit beschäftigt, sich auf seine Aufgabe zu konzentrieren und sich nicht von den verführerischen Rundungen ihres weißen Gesäßes ablenken zu lassen.

»Verdammt!«, brüllte Rafe, so laut er konnte, und tatsächlich lag Miss Bradshaw jetzt still. »Denken Sie vielleicht, ich mache das zum Spaß?«

Wütend klatschte er eine Hand voll Liniment auf ihre Pobacken. Emily begann erneut zu kämpfen, als er mit kräftigen, fast schon unpersönlichen Bewegungen ihren Hintern massierte. Sie quietschte wütend auf, als er ihr einen Klaps versetzte.

»Liegen Sie endlich mal still! Sie werden morgen auch so schon genug zu leiden haben. Machen Sie es nicht noch schlimmer.«

Schwer atmend blieb Emily liegen. Tränen liefen ihr über die Wangen, als sie ihr Gesicht schluchzend auf ihren Armen barg. Hatte sie wirklich geglaubt, es könnte nicht mehr peinlicher werden? Welche Erniedrigungen hielt er noch für sie bereit? Selbst die Indianer hatten sie nicht derart gedemütigt. Peinlich berührt ließ sie es über sich ergehen, dass Rafe McKinlay ihren Po und ihre Oberschenkel mit kräftigen Griffen massierte. Hin und wieder stöhnte sie unterdrückt auf, wenn er eine besonders empfindliche Stelle berührte. Als er begann, auch die Innenseite ihrer Schenkel zu massieren, stockte ihr der Atem. Kannte dieser Mann denn kein Erbarmen?

Erleichtert atmete Emily auf, als McKinlay sich endlich erhob. Hastig zog sie das Hemd tiefer und bedeckte so ihren entblößten Körper vor seinen Blicken. Sie wollte aufspringen, aber sein kalter Befehl stoppte sie.

»Denken Sie nicht einmal daran.«

Mit vor Zorn funkelnden Augen sah sie sich um. »Falls Sie immer noch glauben, ich würde hier schlafen, dann haben Sie sich gewaltig geschnitten«, fauchte sie. »Lieber werde ich nass und friere, als dass ich dieses Lager mit Ihnen teile.«

»Sie werden es mit mir teilen«, entgegnete McKinlay ruhig und knöpfte sein Hemd auf. Emilys Augen weiteten sich ungläubig, während sie verzweifelt nach einem Fluchtweg Ausschau hielt. Stück für Stück rutschte sie vom Lager fort, aber ehe sie sich erheben und davonhasten konnte, schlossen sich harte Finger um ihren Knöchel und zogen sie unerbittlich zurück. Emily blieb einen Moment lang liegen, dann begann sie, mit ihren Fäusten gegen seine Brust zu trommeln.

Rafe hatte genug. Er umklammerte ihre Handgelenke, die erstaunlich zerbrechlich in seinem Griff wirkten, und schüttelte sie, bis sie ihn ansah. »Seien Sie vernünftig, Emily. Es ist kalt und es wird heute Nacht regnen.«

Wie zur Bestätigung zerplatzten die ersten Tropfen um sie herum. Der Wind wurde stärker, und innerhalb weniger Sekunden wurde das Trommeln von Regentropfen lauter. Fluchend stopfte Rafe ihre Sachen unter den Überhang, dann drängte er Emily tiefer in den Spalt und streckte sich hinter ihr aus. Sie erstarrte, als sie seinen großen Körper entlang ihres Rückens fühlte. Aber dann spürte sie, wie er die Decken und anschließend die Regenhaut über sie beide zog.

»Es ist nicht viel, aber es wird uns hoffentlich trocken halten«, hörte sie ihn sagen und spürte dabei seinen warmen Atem in ihrem Genick. Erneut lief ein Schauer über ihren Rücken.

Rafe drängte sich fester an sie und legte seine Arme um sie, als sie weiter von ihm abrücken wollte. »Geteilte Körperwärme ist das Beste in nasskalten Nächten wie diesen. Liegen Sie still. Sie zittern.«

Wieder lief ein Schauer über ihren Körper, aber Emily wusste nur zu gut, dass es nicht die Kälte war, die sie erbeben ließ. Wie sollte ihr kalt sein, wenn McKinlays Körper in ihrem Rücken wärmer als ein Ofen war und sie die Hitze seiner Handflächen durch die Baumwolle des Hemdes fühlen konnte? Sein Atem streichelte ihr Ohr und kitzelte eine Haarsträhne. Sie konnte das nicht länger ertragen!

McKinlays Arme schlossen sich fester um sie, so als würde er spüren, dass sie sich von ihm fortbewegen wollte. Sie hörte auf, gegen seine muskulösen Oberarme anzukämpfen, und ließ es widerstrebend zu, dass er ihren Kopf an seine Schulter bettete. Sein Körper schützte sie wie ein Bollwerk vor dem Unbill der Elemente, und sie war sich sicher, dass er es lange nicht so bequem hatte wie sie. Er hatte seine Stiefel ausgezogen, und sie spürte, wie er ihre kalten Füße mit den seinen wärmte.

»Halten Sie still«, wisperte er erneut. »Sie brauchen Ruhe, und Sie schlafen besser, wenn Ihnen warm ist.«

Seine Stimme war so rau, dass sie meinte die Vibrationen in ihrem Rücken zu spüren. Wieder fühlte sie den wachsenden Druck seines Schaftes an ihren Pobacken, die er noch kurz zuvor massiert hatte. Aber die Furcht, die sie bei diesem Beweis seiner Leidenschaft verspürt hatte, war verschwunden. Sie fühlte sich in seinen Armen sicher und wohl.

Sie hätte sich längst nicht so sicher gefühlt, wenn sie geahnt hätte, was in Rafes Gedanken vor sich ging. Der warme Druck ihres Körpers in seinen Armen und ihr zarter Duft trieben ihn beinahe in den Wahnsinn. Welcher Teufel hatte ihn geritten, als er sich entschlossen hatte, ihren Hintern mit Liniment einzureiben?

Verdammt!

Aber er konnte schließlich nicht zulassen, dass sie morgen Höllenqualen litt. Es würde auch so schon schlimm genug für sie werden. Ihre Kehrseite war noch nicht abgehärtet, und sie würde das Gefühl haben, auf dem rohen Fleisch zu sitzen. Sicher, vielleicht hätte er ihr das Liniment geben sollen, damit sie sich selbst den Hintern damit hätte einreiben können, aber er wusste genau, dass nur eine kräftige Massage die verspannten Muskeln entkrampfen konnte. Das hätte sie alleine nicht zustande gebracht. Außerdem hätte er dann nicht seine Hände auf die weißen Halbmonde ihres Hinterteils legen können.

Es war ihm noch nie schwer gefallen, seine Finger von den Frauen zu lassen, die er aus Indianerlagern herausgeholt hatte, und es waren ganz sicher einige dabei gewesen, die wesentlich hübscher waren als Miss Bradshaw mit ihrem verstümmelten Haar. Warum also ausgerechnet sie?

Er fühlte, wie sie allmählich begann, sich in seinen Armen zu entspannen. Ihr Körper wurde schwerer, und sie seufzte leise, als sie den Kampf, ihn nicht zu berühren, aufgab und sich gegen ihn sinken ließ. Sie grub ihren Kopf fester an seine Schulter, und er zog sie an sich, um sie noch mehr an seiner Körperwärme teilhaben zu lassen. Sein Schwanz hatte schon lange ein Eigenleben entwickelt und drängte sich verlangend gegen ihre runde, so gut wie unbekleidete Kehrseite. Gott, bemerkte sie es etwa nicht, oder konnte sie es einfach so ignorieren? Nur gut, dass er seine Hosen anbehalten hatte. Wie er in diesem Zustand schlafen sollte, war ihm ein Rätsel. Die einzige Alternative wäre jedoch ein separater Schlafplatz gewesen, wozu er nicht bereit war. Lieber durchlitt er für eine Nacht die Qualen der Hölle.

Emily kuschelte sich tiefer in die sie umgebende Wärme. Das stetige Prasseln des Regens war wie ein Schlaflied, und sie spürte nicht einmal mehr, wie sie von Rafes in Morpheus' Arme glitt.

XIII

Emily erwachte, als ein Blauhäher direkt über ihrem Kopf seinen krächzenden Schrei ausstieß. Verschlafen blinzelte sie in den trüben, wolkenverhangenen Morgen. Einen Moment lang war sie überrascht, weder in ihrem eigenen Bett noch in einem Indianerzelt zu erwachen, aber dann wusste sie wieder, wo sie war.

Sie lag allein unter den Decken. Der Platz, wo Rafe McKinlay die Nacht verbracht hatte, war bereits abgekühlt, also schien er sich schon vor einiger Zeit erhoben zu haben. Warum hatte er sie schlafen lassen?

Emily streckte sich und stellte überrascht fest, dass ihre Glieder weitaus weniger schmerzten, als sie es unter den Umständen erwartet hatte. Die Massage, die Mister McKinlay ihr am Abend zuvor gegen ihren Willen verabreicht hatte, fiel ihr ein und trieb ihr erneut die Schamesröte auf die Wangen.

Sie hätte sich ihm stärker widersetzen sollen. Sie hätte sich weigern sollen, ein Lager mit ihm zu teilen, sie hätte ... Tief sog Emily die Luft ein, um ein Aufschluchzen zu unterdrücken. Gar nichts hatte sie tun können. Hatte er ihr auch nicht wehgetan, so hatte Mister McKinlay ihr mehrmals demonstriert, wie weit seine Körperkräfte den ihren überlegen waren. Außerdem wäre es dumm gewesen, nur aus verletztem Schamgefühl nass zu werden und zu frieren. Und ohne McKinlays Körperwärme hätte sie zweifellos gefroren, vom Regen ganz zu schweigen.

Noch einmal atmete Emily tief durch. Nein, sie hatte sich ganz sicher nichts vorzuwerfen. Sie befand sich mitten in der Wildnis und war gerade aus indianischer Gefangenschaft entkommen. Bestimmt galt für eine solche Situation nicht die volle Strenge der Anstandsregeln, wie sie sie bislang in zivilisierten Kreisen befolgt hatte.

Der Duft von Kaffee vertrieb den Schlaf vollends, und Emily erhob sich. Die Luft war kalt und kondensierte beim Atmen in kleinen Wolken vor ihrem Gesicht. Emily rieb sich mit den Händen über die Arme, um sie zu wärmen. Auch ihre Beine und Füße waren eisig. Angesichts der Kälte sollte sie Rafe McKinlay tatsächlich dankbar sein, dass er sie gezwungen hatte, das Nachtlager mit ihm zu teilen. Die Erinnerung an seine beinahe animalische Wärme ließ sie erbeben. Doch sie schob den Gedanken hastig von sich.

Sie würde nicht an ihn denken!

Sie würde nicht daran denken, wie sein Brustkorb sich bei jedem seiner Atemzüge gegen ihren Rücken gepresst oder wie sein Atem die feinen Härchen in ihrem Nacken gestreichelt hatte. Flammende Röte überzog Emilys Wangen. Sie verbarg ihr plötzlich heißes Gesicht mit ihren Händen, als ihr ein anderer Körperteil einfiel, der sich ganz ungeniert an sie gedrängt hatte. Oh Gott, wie konnte sie nur jetzt daran denken? Sie hatte versucht, ihn nicht zu berühren, aber je länger sie in seinen Armen gelegen hatte, desto stärker hatte die Müdigkeit von ihr Besitz ergriffen. War sie wirklich gegen ihn gesunken? Hatte sie wirklich McKinlays Handfläche auf ihrem Bauch gespürt?

Emily stöhnte unterdrückt auf. »Oh mein Gott«, wisperte sie erstickt. Was, wenn er ihr Verhalten als Einladung verstanden hätte? Unsinn, versuchte, sie sich selbst zu beruhigen. Warum hätte er das tun sollen? Allerdings konnte sie eine gewisse Neugier nicht verhehlen über das, was genau es gewesen war, das sie so heiß und hart an ihren Pobacken gespürt hatte. Emily schlang ihre Arme um sich. Ihre Brüste kribbelten und ihre Nippel waren so hart, dass sie beinahe schmerzten.

Das ist die Kälte, dachte Emily zitternd. Aber warum spürte sie dann so eine wohlige Wärme in ihrem Schoß? Einen Moment lang dachte sie entsetzt, ihre monatliche Zeit wäre schon wieder gekommen, aber dafür war es noch zu früh.

Bebend erhob Emily sich und lief zu ihren Kleidern hinüber, die noch immer auf dem Busch hingen, auf den Rafe McKinlay sie am Abend zuvor gehängt hatte.

Nass.

Natürlich, wie hätte es auch anders sein können. Selbst ohne den Regen wären sie über Nacht bei den niedrigen Temperaturen nicht getrocknet. Einen Moment lang kaute Emily unschlüssig auf ihrer Unterlippe, ehe sie zum Nachtlager zurückkehrte. Der Gedanke, den ganzen Tag in nassen Kleidern zu verbringen war wenig erbaulich, und Emily hatte vor, den Moment, bis sie sie tatsächlich anziehen musste, so lange wie möglich herauszuzögern. Sie erschauderte, als sie ohne Strümpfe in ihre Stiefel schlüpfte, dann wickelte sie eine Decke um ihren Körper, so wie sie es bei den Squaws im Indianerdorf gesehen hatte. Anschließend sah sie sich um.

Von ihrem Begleiter war noch immer nichts zu sehen, aber der Topf mit Kaffee stand in der Glut. Emily goss sich eine Tasse ein. Der heiße Becher wärmte ihre Hände, sein Inhalt ihr Inneres. Als Rafe, nachdem sie ihren Kaffee getrunken hatte, noch nicht erschienen war, machte Emily sich daran, das Frühstück zuzubereiten. Sie schnitt Speck in Streifen und legte ihn zum Braten in die Pfanne, dann schlug sie zwei Eier, die sie in McKinlays Packtaschen gefunden hatte, in den Teller und verquirlte sie für Rührei. Kartoffelspalten, die sie mit dem Speck in der Pfanne röstete, rundeten das Mahl ab.

»Das riecht köstlich«, hörte sie hinter sich eine Stimme und wirbelte herum.

»Mein Gott«, schnaufte sie und presste eine Hand auf ihr wie rasend hämmerndes Herz. »Müssen Sie sich immer so anschleichen? Sie erschrecken mich noch zu Tode.«

Geschmeidig ließ Rafe sich neben ihr nieder und legte zwei abgezogene und ausgenommene Kaninchen sowie die Schlingen, mit denen er sie gefangen hatte, beiseite.

»Die Pferde haben mich schon vor mehreren Minuten bemerkt, und die Vögel sind verstummt, als sie mich kommen hörten. Hören Sie denn überhaupt nicht darauf, was Ihre Umgebung Ihnen mitteilt?«

»In St. Louis war es nicht nötig, darauf zu achten, ob die Tauben auf dem Dach heftiger gurrten als sonst. Da hat sich niemand an mich herangeschlichen«, wies sie ihn zurecht.

Rafe zeigte sich unbeeindruckt. »Hier draußen kann Sie eine solche Unachtsamkeit das Leben kosten.« Er sah sie an. »Ich werde Ihnen ab sofort einen Revolver dalassen, wenn ich auf die Jagd gehe. Falls Sie jemanden kommen hören, der sich nicht zu erkennen gibt, dann schießen Sie erst und stellen mögliche Fragen später.«

Emily schluckte. Er meinte es ernst. »Aber wer sollte denn hier kommen?«, fragte sie und war überrascht, wie heiser ihre Stimme klang.

»Ich habe Spuren von Reitern gesehen. Weiße. Vier Reiter und drei Packpferde. Wahrscheinlich sind sie harmlos, aber man weiß nie. Vor allem wissen wir nicht, wie lange sie schon keine Frau mehr gesehen haben, erst recht keine weiße.«

»Und wie lange haben Sie schon keine Frau mehr gesehen?«, entfuhr es Emily, ehe sie sich entsetzt auf die Zunge biss und eine Hand vor den Mund hielt. Was war nur in sie gefahren, ihm eine solche Frage zu stellen?

»Noch nicht lange genug«, antwortete Rafe unverbindlich und zog die Pfanne aus dem Feuer, ehe das Essen verbrennen konnte. Wie am Abend zuvor bekam Emily den Teller, und er nahm die Pfanne. Nach dem Frühstück machte Rafe sich an den Satteltaschen zu schaffen. Emily sah ihn überrascht an, als er ihr ein in Ölhaut verpacktes Bündel zuwarf, das vor ihr auf den Boden fiel.

»Auch wenn Ihnen die Decke hervorragend steht, ist das für unterwegs sicher bequemer«, stellte er fest und nahm das Geschirr an sich. »Beeilen Sie sich.«

Unschlüssig wickelte Emily das Bündel aus der Ölhaut.

»Oh«, entfuhr es ihr, als sie eine Bluse und einen geteilten Rock auseinander schüttelte, dazu frische Unterwäsche und Strümpfe. Überglücklich drückte sie die Kleider an ihre Brust.

»Oh Charles«, wisperte sie, »du bist ein Engel, dass du daran gedacht hast.« Einen Moment lang barg sie ihr Gesicht in den neuen Kleidern, um die aufsteigenden Tränen zurückzuhalten. Dann wickelte sie sich aus der Decke. Nach einem letzten Blick, ob sie wirklich allein war, knöpfte sie das Hemd auf und ließ es von ihren Schultern gleiten.

Wütend stampfte Rafe hinunter zum Fluss. *Oh Charles,* dachte er wütend, überrascht, dass Emilys Annahme, sie verdanke die frischen Kleider ihrem Verlobten, ihn derart verärgert hatte. Er hatte gespannt auf ihre Reaktion gewartet, als sie das Päckchen öffnete. Das Leuchten, das ihre Züge erhellt hatte, war schöner als alles, was er sich zuvor vorgestellt hatte. Ihre Worte waren wie ein Guss kalten Wassers gewesen.

Oh Charles … Eaton hatte nicht einen Gedanken daran verschwendet, was Emily benötigen würde.

Rafe seufzte. Er wusste, dass er ungerecht war. Es war nur in den seltensten Fällen vorgekommen, dass Angehörige, die ihn gebeten hatten, nach ihren Frauen zu suchen, ihm irgendwelche Dinge für sie mitgegeben hatten. Und wenn doch, dann hatte er es meistens abgelehnt, weil er nicht irgendwelchen frivolen Schnickschnack mitschleppen wollte, den die Geretteten in der Wildnis sowieso nicht gebrauchen konnten. Persönliche Aufmerksamkeiten mussten warten, bis sie wieder zu Hause waren. Er hatte für die Frauen Kleidung mitgeführt. Standardgarderobe, robust und haltbar, nichts Ausgefallenes. Einen geteilten Rock, damit sie bequem im Herrensattel reiten konnten, zwei Blusen, Unterwäsche, Strümpfe, Schuhe und eine warme Jacke. Dazu einen Hut, den er Emily schon am Tag zuvor gegeben hatte. Herrje, er hatte so etwas schon mehr als zwei Dutzend Mal getan.

Rafe hockte sich am Ufer des Flusses nieder und schrubbte das Geschirr ab. Dann verharrte er einen Moment und starrte ins klare Wasser, das kühl und sprudelnd über die Kieselsteine auf dem Grund strömte. Sicher war Emily noch nicht umgezogen, und er wollte sich nicht schon wieder eine

Schimpftirade einhandeln, auch wenn er sie am Abend zuvor möglicherweise verdient hatte. Wieso nur störte es ihn, dass Miss Bradshaw nicht ihm für die Kleider gedankt hatte, so wie alle anderen es getan hatten? Gut, gestand er sich ein, auch wenn die anderen Frauen ihm gedankt hatten, so war es doch ein unpersönlicher Dank gewesen. Es waren die Kleider, die sie erfreut hatten. Er war nur der Bote, der sie überreicht hatte. Aber als er hörte, wie Emily Charles für seine Aufmerksamkeit dankte, hätte er sie am liebsten geschüttelt und sie angebrüllt, dass es ihrem kostbaren Charles völlig egal war, ob sie etwas zum Anziehen hatte oder nicht.

Wütend erhob Rafe sich und machte sich auf den Weg zurück ins Lager. Wenn Miss Bradshaw immer noch nicht angezogen war, dann war das nicht sein Problem.

Rafe zwang sich, seine Enttäuschung hinunterzuschlucken, als Emily, vollständig bekleidet, bereits dabei war, die Decken ihres Nachtlagers zusammenzulegen.

»Sind Sie fertig?«, knurrte er finster.

Emily sah ihn erstaunt an. Die Stimmungsschwankungen, denen dieser Mann anscheinend unterlag, waren beängstigend. Aber das war ihr egal. Sie trug saubere Kleidung, und auch wenn die Stoffe recht grob und derb waren, so würden sie ihren Zweck erfüllen.

Emilys Arme zitterten, als sie den Sattel auf den Rücken ihres Pferdes hievte. Selbst in ihren Armen schien jeder Muskel zu protestieren, und der Gedanke, ihre Kehrseite auf eben diesem Sattel zu platzieren, entlockte ihr ein Stöhnen, das in einen leisen, erschrockenen Aufschrei überging, als sich zwei starke Arme von hinten um sie legten und ihr halfen.

Wütend versuchte Emily, McKinlay zurückzudrängen.

»Ich kann das allein«, fauchte sie, aber er zeigte sich unbeeindruckt. Anstelle einer Antwort schob er sie beiseite und zog den Sattelgurt fest, als wäre sie nicht vorhanden.

Emily wollte noch einmal widersprechen, aber verstummte, als er seinen finsteren Blick auf sie richtete.

»Verschwenden Sie nicht Ihre Kraft, Sie werden sie noch brauchen. Wenn ich Ihnen helfen will, dann werde ich es tun, also sparen Sie sich den Atem. Es wird noch genügend Situationen geben, in denen Sie alleine klarkommen müssen.«

Emily schluckte. Was war nur heute Morgen los mit ihm? Zugegeben, sie kannte ihn erst einen Tag, aber so hatte sie ihn noch nicht erlebt. Er schien auf einmal ein kalter, unnahbarer Fremder zu sein. Sie erschauerte bei dem Ausdruck in seinen Augen. Dennoch hatte er Recht: Es hatte keinen Sinn mit ihm zu streiten. Betreten nickte sie und ließ zu, dass er ihr aufs Pferd half.

Emily stöhnte auf, als ihr Gesäß mit dem harten Leder des Sattels in Berührung kam. Oh Gott, auf diese Schmerzen bis in ihre Schenkel war sie nicht vorbereitet. Das würde sie keinesfalls den ganzen Tag durchstehen.

»Sie werden sich daran gewöhnen«, hörte sie Rafes Stimme und war ihm dankbar für das leise Mitgefühl, das darin mitschwang. »Der Schmerz vergeht, wenn wir erst in Bewegung sind.«

Sie beobachtete, wie Rafe alle Spuren ihrer Anwesenheit so gut es ging verwischte. Einen indianischen Fährtenleser, so wusste er, würde er damit nicht täuschen können, aber einen weißen möglicherweise schon. Danach schwang er sich mit der Leichtigkeit jahrelanger Übung auf seinen Grauen und drückte ihm leicht die Fersen in die Seiten.

Emily machte sich auf einen harten und anstrengenden Tag gefasst.

XIV

Im Laufe des Tages erreichten sie die ersten Ausläufer der Berge. Das sanft geschwungene Grasland war mehr und mehr schroffen Felsen und zerklüfteten Abhängen gewichen. Jenseits der tief hängenden Wolken konnte man bereits die hoch aufragenden Gipfel der Rocky Mountains erahnen, deren schneebedeckte Spitzen mit dem Himmel zu verschmelzen schienen.

Sie rasteten früher als am Tag zuvor. Emily wusste nicht, ob sie seiner Ansicht nach genügend Abstand zwischen sich und das Indianerdorf gebracht hatten oder ob McKinlay auf ihren schmerzenden Körper Rücksicht nahm. Es war ihr auch egal, solange sie nur für mehrere Stunden nicht mehr auf einem Pferd sitzen musste. Diesmal war sie gewarnt, dass ihre Knie wackelig sein würden, deshalb hielt sie sich gleich am Sattel fest, bis ihre Beine sich an den festen Untergrund gewöhnt hatten. Steifbeinig machte sie sich dann daran, Feuerholz zu sammeln und das Lager vorzubereiten, während McKinlay die Pferde versorgte.

Etwas später rösteten sie die Kaninchen und tranken dazu Kaffee. Das übrig gebliebene Fleisch würde fürs Frühstück reichen.

Obwohl es erst später Nachmittag war, sank die Temperatur sehr schnell. Es war, als wäre das Unwetter in der Nacht zuvor das Signal für den plötzlichen Herbsteinbruch gewesen. Auch, wenn die Tage noch warm waren, so waren die Nächte doch schon empfindlich kühl. Ob in den Bergen schon Schnee lag? Seit ihrer Entführung waren Monate vergangen. Konnten sie die Pässe überhaupt noch passieren, oder würden sie bis zu Schneeschmelze im Frühjahr warten müssen? Fröstelnd zog Emily die Schultern hoch und rieb mit den Händen über ihre Oberarme, während sie näher ans Feuer rutschte. Einen Moment lang erwog sie, die Lammfelljacke anzuziehen, die Rafe ihr gegeben hatte, aber sie würde den Augenblick noch ein wenig hinauszögern.

Auch, wenn es unschicklich war – heute Abend würde sie ganz gewiss nicht protestieren, wenn Rafe McKinlay auf einem gemeinsamen Nachtlager bestand. Seine Wärme in der Nacht zuvor war in ihrem Rücken wie ein Ofen gewesen. Zu ihrer Schande musste sie sich eingestehen, dass sie sich bereits darauf freute, diese Wärme wieder zu spüren.

Mit gesenkten Augenlidern blickte sie in seine Richtung und lächelte in ihren Kaffeebecher. Wie sehr er sich schon äußerlich von Charles unterschied. Charles war blond und blauäugig, stets tadellos frisiert und gekleidet. Seine Art zu sprechen war gepflegt, wohl artikuliert, und er ließ seinem Gesprächspartner gegenüber nie den nötigen Respekt vermissen. Charles kam aus gutem Hause, er war belesen und gebildet – und sie liebte ihn.

Rafe McKinlay war das genaue Gegenteil. Emily fragte sich, wie er wohl aufgewachsen war. Sie konnte sich ihn nicht in einer Kleinstadt, inmitten gepflegter Vorgärten vorstellen. Eher schon auf einer Ranch – oder in einem Indianerlager. Sie sog erschrocken die Luft ein, als ihr der Gedanke durch den Kopf schoss. Warum nur war ihr das nicht schon früher aufgefallen? Mit seiner gebräunten Haut und den etwas zu langen schwarzen Haaren sah er tatsächlich ein wenig wie ein Indianer aus. Lediglich der struppige Bart und seine Augen passten nicht dazu. Sie hatte unter den Indianern keinen gesehen, der so helle, bernsteinfarbene Augen gehabt hätte oder überhaupt einen nennenswerten Bartwuchs. Andererseits schien McKinlay ihre Sprache zu sprechen.

»Halte ich der Musterung stand?«, zerriss seine dunkle Stimme Emilys Gedanken. Sie senkte hastig den Blick. Herrje, wieso hatte sie denn nicht bemerkt, dass sie ihn nicht länger verstohlen gemustert, sondern ganz offen angestarrt hatte?

»Ich weiß nicht, was Sie meinen«, verteidigte sie sich und umklammerte den Kaffeebecher fester.

Rafes Lippen verzogen sich zu einem Lächeln. »Nun kommen Sie schon. Lügen passt nicht zu Ihnen. Wenn Sie etwas zu sagen haben, dann sagen Sie es.«

Emily atmete tief durch. Sollte sie ihn beim Wort nehmen, oder würde er wütend werden, wenn sie in sein Privatleben eindrang? Nun, er hatte es ihr angeboten, und er brauchte schließlich nicht zu antworten, wenn ihm ihre Frage unangenehm war.

»Sind Sie ein Indianer?«, platzte sie heraus und hätte sich am liebsten die Zunge abgebissen. Sie war doch früher nicht so taktlos gewesen. Hatte die Gefangenschaft sie ihre Umgangsformen derart vergessen lassen?

Rafes Grinsen wurde breiter. »Ich habe mich schon gefragt, wann Sie mir diese Frage stellen.«

»Ich habe es nicht so gemeint, wie es geklungen hat. Ich meine nur …«

»Keine Sorge«, beruhigte Rafe sie. »Ich nehme es Ihnen nicht übel. Um auf Ihre Frage zu antworten: Ich bin zur Hälfte Indianer – ein Halbblut.«

Falls er irgendeine Reaktion erwartet hatte, sah er sich enttäuscht. Lediglich Neugierde schlug ihm aus Emilys Blick entgegen.

»Mein Vater war Schotte, daher der Name, und meine Mutter war eine Dakota Sioux.«

Emily schwieg einen Moment. »Was für ein Stamm war es, der mich gefangen genommen hatte?«

»Auch Sioux, aber vom Volke der Nakota.«

Sie hielt den Atem an, ehe sie ihn langsam entweichen ließ. »Kannten Sie die Indianer in diesem Stamm?«, wollte sie dann leise wissen.

Rafe schüttelte den Kopf. »Nein. Aber Sie wussten, wer ich bin.«

»Sind Sie etwa so etwas wie eine Berühmtheit unter den Indianern?«, konnte Emily nicht umhin, ihn ein wenig zu necken.

»So ähnlich«, wich Rafe aus.

»War Ihr Vater auch ein Gefangener?«

»Nein. Er war Pelztierjäger und betrieb Handel mit den Stämmen. Als er sich in meine Mutter verliebte, ließ er sich mit ihr in der Nähe von Fort Rice nieder. Meine Geschwister und ich sind dort zur Missionsschule gegangen.«

»Geschwister? Wie viele haben Sie?«

»Zwei Brüder, Gabriel und Michael. Meine Schwester starb, als sie drei Jahre alt war.«

»Gabriel, Michael und Rafael? So wie die Erzengel?«

Rafe lächelte. »Ja, nach denen hat mein Vater uns benannt. Meine Schwester hieß Ariel.«

»Hatte Ihre Mutter keine Einwände? Ich meine, ist sie Christin?«

»Sie ist getauft, falls Sie das meinen. Aber natürlich hat sie die Traditionen ihres Volkes nicht vergessen. Bei ihrem Volk haben wir unsere eigenen Namen.«

»Wie heißen Sie bei den Indianern?«, fragte Emily, plötzlich neugierig.

»Ciŋksí wašícuŋ Suŋkmanitu taŋká.«

Emily lachte auf. »Das klingt seltsam. Was bedeutet es?«

»›Sohn des Weißen Wolfes‹.«

»›Sohn des Weißen Wolfes‹?« Emily musterte ihn nachdenklich. Der Name passte zu ihm. Die Indianer hätten keinen treffenderen für ihn finden können. Hatte sie nicht selbst daran gedacht, dass seine Augen wie die eines Wolfes waren?

»Meinen Vater nannten sie ›Weißen Wolf‹, daher bot der Name sich an.«

Ja, dachte Emily, aber das war ganz bestimmt nicht der einzige Grund. Ihr war noch nie jemand begegnet, der sie mehr an einen der grauen Räuber der Wildnis erinnert hätte. Aber sie sprach ihre Gedanken nicht aus, sondern schwieg und nippte an ihrem Kaffee, ehe sie ihn ansah.

»Warum haben Sie mich befreit?«

Rafe zuckte unbehaglich mit den Schultern. Diese Frage hatte ihm noch keine der geretteten Frauen gestellt. Manchmal wusste er selbst nicht genau, warum er es tat.

»Sagen wir, ich weiß, wie es ist, Familienmitglieder zu verlieren. Manchmal ist gerade die Ungewissheit, ob sie noch leben und ob es ihnen gut geht, die einem das Leben zur Hölle macht. Mein Verhältnis zu meinen roten Brüdern ist gut, warum soll ich es also nicht nutzen.«

»Was haben Sie mit den Indianern besprochen? Warum mussten Sie um mich kämpfen?«

»›Roter Büffel‹ wollte Sie als Sklavin behalten, zumindest bis er eine neue Frau gefunden hat.«

»›Roter Büffel‹? War das sein Name?«, unterbrach Emily ihn und ballte ihre Hände zu Fäusten.

»Ja. Hat er Ihnen das nie gesagt?«

Emily lachte trocken. »Woher soll ich das wissen? Selbst wenn er ihn mir gesagt hätte, ich hätte ihn ja doch nicht verstanden.« Sie sah ihn an. »Warum wollte er mich behalten? Was war mit seiner Frau?«

»Sie ist bei einem Überfall der Weißen umgekommen, ebenso seine Kinder.«

Betreten senkte Emily den Blick. »Das wusste ich nicht«, wisperte sie heiser.

»Ist Ihnen nicht aufgefallen, wie klein der Stamm war? Wie wenig Alte und Kinder es gab?«

Jetzt, da er es erwähnte ... Solange sie dort war, hatte Emily sich darüber keine Gedanken gemacht. Jeder Indianer mehr wäre ein Peiniger mehr gewesen, der sie herumgeschubst und gequält und zur Arbeit gezwungen hätte.

»Der Angriff auf den Treck war ein Racheakt. Kurz bevor die Krieger sie überfallen haben, ist das Lager von weißen Banditen dem Erdboden gleich gemacht worden. Die Krieger waren bis auf wenige, die zum Schutz zurückgeblieben waren, auf der Jagd. Die Weißen haben abgeschlachtet, was ihnen vor die Flinte kam, egal ob Frauen, Kinder oder Greise.« Durchdringend sah er sie an. »Sie haben Glück gehabt, dass man Sie nur versklavt hat.«

»Ich war nicht allein«, flüsterte Emily. »Und die anderen ...«

»Ich weiß. Ich habe gehört, dass Sie zu dritt waren. Es tut mir Leid.«

Emily schluckte, als aufsteigende Tränen drohten, ihr die Kehle zuzuschnüren. »Ich wollte nicht sterben«, wisperte sie heiser. »Ich hatte solche Angst, aber ich wollte nicht sterben.« Ihre Augen flehten Rafe an, sie zu verstehen. »Ich glaube, ich hätte alles getan, um zu überleben. Alles.« Betreten senkte sie den Blick. Die Erkenntnis, dass ihre Worte der Wahrheit entsprachen, hatte etwas Beängstigendes. Sie hätte tatsächlich alles getan.

Wie oft hatte sie mit den Siedlern während des Trecks abends beisammen gesessen? Sie hatten sich unterhalten, Erlebnisse ausgetauscht und über die Gräueltaten der Indianer gesprochen, über die jeder einzelne von ihnen so viel Grausames gehört hatte. Die meisten Frauen auf dem Treck hatten geschworen, sich lieber selbst zu töten, ehe sie zuließen, dass sie Indianern in die Hände fielen, die ihnen wer weiß was antun würden. Fest presste Emily die Augenlider aufeinander. Rafe McKinlay hatte Recht. Jeder würde das Schlimmste annehmen, wenn sie erst wieder in der Zivilisation war. Es würde niemanden kümmern, dass sie die Gefangenschaft körperlich unbeschadet überstanden hatte, und manch einer würde sich sicherlich fragen, warum sie sich der Schande nicht selbst entzogen hatte.

Tief atmete sie durch und sah McKinlay an, der sie ruhig und – wie es schien – verständnisvoll musterte. Wusste er, was in ihr vorging?

»Ich bringe Sie sicher nach Hause«, versprach er ihr. »Sie brauchen keine Angst mehr zu haben.«

Emily nickte, dann glitt ihr Blick zu den schneebedeckten Gipfeln, die in der Abenddämmerung noch mächtiger wirkten. Sie kam sich so unbedeutend und klein vor gegen diese Riesen der Natur. Kälte schien von den Bergen hinabzuwehen, und sie schlüpfte in ihre Jacke.

»Hat der Treckführer gelogen, als er sagte, die Pässe seien ab September unpassierbar? Ich meine, die Berge sehen nicht so aus, als ob man sie überhaupt überqueren könnte«, sagte sie leise.

»Es gibt Pässe, die einzelne Reiter jetzt noch passieren können, aber je später es wird, desto größer ist die Wahrscheinlichkeit, dass auch sie einschneien. Der Winter setzt spät ein in diesem Jahr, aber ein Treck hätte die Berge schon seit mehr als einem Monat nicht mehr überqueren können. Auch wenn es tagsüber noch warm ist, so ist es in den Bergen schon wesentlich kälter als in der Ebene.« Sein Blick glitt über die Wolken, dann zurück zu ihr. »Es wird bald auch in den tieferen Lagen anfangen zu schneien«, sagte er ruhig. »Ich hoffe, dass wir Silver Springs noch vor Einbruch des Winters erreichen, aber ich kann es nicht versprechen.«

Ängstlich sah Emily ihn an.

»Was geschieht, wenn wir es nicht schaffen? Werden wir in den Bergen erfrieren?« Sie erinnerte sich an eine Geschichte, die auf dem Treck erzählt worden war. Sie berichtete von steif gefrorenen Leichen, die erst der nächste Siedlertreck gefunden hatte, und von angenagten Toten, die entweder von wilden Tieren angefressen worden waren – oder von den eigenen Leuten, ehe auch sie vor Hunger und Kälte starben. Emily schüttelte sich.

»Nein. Wir werden schon einen Unterschlupf finden, wo wir die Winterstürme abwarten können.« Nachdenklich ruhte sein Blick auf ihr, ehe er fortfuhr. »Sie werden Ihren Verlobten dann erst mit einigen Monaten Verspätung sehen.«

Emily kuschelte sich tiefer in den Mantel und schob sich das Stückchen Zimt, das Rafe ihr als eine Art Nachtisch gereicht hatte, zwischen die Lippen. Wie sehr hatte sie sich bei ihrem Aufbruch auf Charles gefreut, darauf, ihn endlich wiederzusehen, aber jetzt kam es ihr vor, als wäre Charles in weite Ferne gerückt. In St. Louis war er stets das Ziel gewesen, das es zu erreichen galt. Inzwischen war jedoch so viel geschehen, dass nur noch zählte, einen Tag nach dem anderen zu überleben und vorwärts zu kommen.

Sie hob ihren Blick zu den dunklen, ein wenig indianischen Zügen ihres Begleiters. Sein Gesicht, überlegte Emily, sollte sie abstoßen, nach allem, was ihr widerfahren war. Aber das tat es nicht. Auch wenn sein Haar so schwarz war wie das eines Indianers, so waren seine Augen von diesem hellen, bernsteinfarbenen Braun.

Wolfsaugen. Wie sehr sein Indianername doch zu ihm passte.

Die Form seiner Augen, ebenso seine hohen Wangenknochen, die über seinem Vollbart sichtbar waren, wirkten indianisch, nicht aber seine gerade Nase und schon gar nicht seine sinnlichen Lippen.

Verlegen wandte Emily den Blick ab, als sie bemerkte, worauf ihre Augen ungebührlich lange geruht hatten. Charles hatte sie hin und wieder geküsst, wenn er geglaubt hatte, niemand würde es sehen. Emily fragte sich, wie sich wohl Rafe McKinlays Lippen auf ihrem Mund anfühlen mochten.

Sie hatte ihm Unrecht getan, als sie ihn verdächtig hatte, dass er ihr Leid zufügen wollte. Stattdessen hatte er bislang nur ihr Wohl im Sinn gehabt.

Sie musste auf ihn aber auch wenig attraktiv gewirkt haben: Sie war schmutzig und zerzaust, ihr Haar war abgeschnitten, ihre Haut verbrannt und ihre Lippen waren rissig. Emily hätte beinahe über sich selbst gelacht, als sie an ihre Angst am Abend zuvor dachte. Wahrscheinlich hätte sie das einzige weibliche Wesen sein können, dass Rafe McKinlay seit Jahren gesehen hatte, und er wäre trotzdem nicht über sie hergefallen. Wahrscheinlich wäre er davongelaufen, wenn sie es gewagt hätte, einen Annäherungsversuch zu machen.

Verlegen strich sie sich eine der verbliebenen dünnen Haarsträhnen hinters Ohr. Es war schon verrückt, dass ausgerechnet sie, die sie sich nie sehr um ihr Aussehen gekümmert hatte, außer dass sie sauber und anständig gekleidet war, sich plötzlich Sorgen darüber machte, dass ein Mann sie unattraktiv finden könnte. Ganz zu schweigen davon, dass es sich um den Mann handelte, der sie auf Befehl ihres Verlobten aus einem Indianerlager gerettet hatte.

Sie nickte, als ihr bewusst wurde, dass McKinlay noch immer auf eine Antwort wartete. »Ich habe jetzt so lange gewartet, dass es auf einige Monate auch nicht mehr ankommt«, murmelte sie.

Der Wind hatte aufgefrischt und ließ ihre Augen tränen. Sie war sich nicht ganz sicher, aber es roch nach Frost und Schnee. Schon bald würde das eintreffen, wovor jeder im Treck Angst gehabt hatte: Der Schneefall würde die hohen Pässe unpassierbar machen. Dann hieß es umkehren – oder erfrieren. Aber Emily vertraute Rafe McKinlay, dass er sie sicher zu Charles bringen würde, egal, wie lange es auch dauern mochte.

»Was halten Sie davon, wenn ich Ihnen die Haare schneide?«, drang McKinlays Stimme in ihre Gedanken.

»Was?«

Überrascht sah Emily ihn an.

»Ihr Haar. Was halten Sie davon, wenn ich es Ihnen gerade schneide?«

Verlegen senkte Emily den Blick, aber ihre Lippen verzogen sich zu einem Lächeln.

»So schlimm?«, wollte sie wissen, ehe sie ihn schelmisch anblickte.

Rafe erwiderte ihr Lächeln. »Nun ja«, meinte er dann, »ich habe auch schon schlechtere Schnitte gesehen. Aber es waren nicht viele.«

»Sie verstehen es wirklich, einer Dame zu schmeicheln, nicht wahr?«

»Ist es das, was Sie wollen? Dass ich Ihnen schmeichele?«

»Nein, natürlich nicht.« Flirtete Rafe McKinlay etwa mit ihr? Emily konnte es nicht fassen und wusste nicht, was sie davon halten sollte. Aber der Gedanke, zumindest die Andeutung eines Haarschnitts zu erhalten, war verlockend.

»Welche Referenzen können Sie als Damenfriseur denn vorweisen?«, fragte sie in dem gleichen, leichten Tonfall, den auch er angeschlagen hatte.

Rafes Grinsen wurde breiter. »Nun, ehrlich gesagt, keine. Aber ich schneide meine Haare selbst.«

Angesichts seiner zu langen Haare, die selbst dringend einer Schere bedurft hätten, konnte Emily ihr Lachen nicht unterdrücken. Wie von selbst brach es aus ihr hervor. Sie war erstaunt, wie gut es sich anfühlte, endlich wieder lachen zu können.

»Nun«, meinte sie dann augenzwinkernd, »angesichts solcher Empfehlung, wie könnte ich da widerstehen?«

Anstelle einer Antwort holte Rafe sein Rasiermesser hervor. »Ich habe leider keine Schere«, sagte er, während er es schärfte. Endlich war er mit der Klinge zufrieden und trat zu

Emily. Sie hob den Blick und sah ihn an, wie er mit dem Messer über ihr stand, ehe er hinter ihr in die Hocke ging.

»Was ist mit Ihrem Haar passiert?«, fragte Rafe, während er mit seinen Fingern zögernd durch die ungleichmäßigen Strähnen fuhr.

»Der Krieger, der mich gefangen genommen hat, hat es mir abgeschnitten.«

»›Roter Büffel‹?«

»Ja.«

Rafe ließ sich nicht anmerken, ob ihn die Antwort überraschte. »Warum hat er Ihnen die Haare abgeschnitten?«, wollte er wissen.

Emily seufzte und zuckte mit den Schultern. »Ich glaube, er war wütend auf mich, weil ich versucht habe zu fliehen.«

»Sie sind geflohen? Dann können Sie froh sein, dass er Ihnen nur die Haare abgeschnitten hat.«

»Zuerst habe ich auch gedacht, er hätte mich skalpiert. Ich habe Todesängste ausgestanden. Immerhin haben sie Lizzy und Carla auch einfach getötet.«

»Ja, ich weiß.« Rafe schwieg einen Moment. »Niemand hat erwähnt, dass Sie versucht haben zu fliehen.«

Emily lächelte. »Ich habe eines der Ponys gestohlen und bin davongeritten. Ich glaube, ›Roter Büffel‹ hat mich mehr wegen des Ponys als meinetwegen verfolgt. Jedenfalls war er unheimlich wütend, als er mich eingeholt hat.«

»Das möchte ich wetten«, murmelte Rafe, aber behielt weitere Kommentare für sich. Er bezweifelte, dass es »Roter Büffel« in erster Linie um das Pferd gegangen war. Er hatte gesehen, wie der Krieger Emily angesehen hatte. Er mochte alle Weißen abgrundtief hassen, aber in seinem Blick, mit dem er seine weiße Gefangene betrachtet hatte, hatte etwas gelegen, dessen Ursprung ganz sicher nicht aus Hass erwachsen war. Rafe erkannte Begehren, wenn er es sah. Er war sich sicher, dass »Roter Büffel« Emily Bradshaw begehrt hatte.

Mit leisem Knirschen fraß sich die Klinge in die erste Strähne. Emily schloss die Augen und überließ sich Rafes Händen. Immer wieder hörte sie, wie die Klinge eine weitere Strähne abtrennte. Ihr Innerstes zog sich bei dem Gedanken zusammen, dass nun der letzte Rest ihres langen Haares fiel. Wie würde sie aussehen? Was würde Charles sagen, wenn er sie so sah? Würde er sich von ihr abwenden? Nein, natürlich nicht, wies sie sich selbst zurecht. Charles liebte sie. Es würde ihm egal sein, ob ihr Haar lang oder kurz war.

Emily zuckte zusammen, als McKinlays Finger prüfend durch ihr Haar fuhren. Seine harten Fingerkuppen streichelten unbeabsichtigt ihre Kopfhaut und sandten einen Schauer über ihren Rücken. Emily schlang ihre Arme um sich, um das Beben zu verbergen. Einige Male ließ Rafe die kurzen, seidigen Strähnen durch seine Finger gleiten, ehe er mit seinem Werk zufrieden war und von ihr abrückte.

Zögernd tastete Emily nach ihren Haaren.

So kurz!

Ihre Augen füllten sich mit Tränen, als sie das ganze Ausmaß der Zerstörung fühlte. Ihre Haare waren kürzer als seine! Noch nicht einmal einen Finger lang!

Heroisch bemühte Emily sich, die aufsteigenden Tränen herunterzuschlucken, trotzdem konnte sie ein Schluchzen nicht unterdrücken. Hastig presste sie ihren Handrücken auf ihre Lippen, aber es war zu spät. Die Tränen, seit Monaten zurückgehalten, brachen wie ein Sturzbach aus ihrem Inneren hervor.

»Bitte ...«, schluchzte sie und wollte sich abwenden, aber Rafe zog sie in seine Arme. Emily versuchte sich zu befreien, aber der wohltuende Druck seiner tröstenden Umarmung war zu viel für sie. Aufschluchzend ergab sie sich dem Trost, den er ihr spendete. Sie vergrub ihr Gesicht an seiner Schulter und ließ den sengenden Tränen freien Lauf. Beruhigend streichelte Rafe ihren Rücken. Es war gut, dass sie weinte. Tränen konnten das, was passiert war, nicht ungeschehen machen, aber sie halfen dabei, es zu ertragen. Und es war besser, sie vergoss ihre Tränen jetzt als später, wo der Zeitpunkt wesentlich ungeeigneter sein könnte.

Ihre schmalen Schultern zuckten unter seinen Händen, während sie verzweifelt versuchte Luft zu holen.

Emily krallte ihre Finger in McKinlays Hemd, das bereits durchnässt war von ihren Tränen. Nur mit Mühe widerstand sie der Versuchung, ihre Arme ganz um seinen starken Nacken zu schlingen, sich ganz fest an ihn zu schmiegen, um ihn und seine beruhigende Wärme noch näher zu spüren. Er war so stark wie ein Fels in der Brandung ihrer tosenden Gefühle. Sie fühlte sich so geborgen in seinen Armen, wie sie es niemals für möglich gehalten hätte. Ganz allmählich versiegten ihre Tränen. Nur hin und wieder erschütterte noch ein vereinzeltes Schluchzen Emilys Körper. Es war an der Zeit, sich aus Rafael McKinlays Umarmung zu lösen, denn es war höchst unschicklich, dass er sie in den Armen hielt. Aber ihr fehlte die Kraft, sich dem Trost seiner Nähe zu entziehen. Eine wohltuende Lethargie hielt sie umfangen und betäubte den Schmerz, der noch vor wenigen Augenblicken gedroht hatte, ihr Innerstes zu zerreißen. Noch immer streichelten seine Hände sanft ihren Rücken, und Emily wurde sich der Hitze bewusst, die sein großer Körper verströmte. Sein warmer Geruch nach Pferd, Seife und Mann benebelte ihre Sinne, und sie presste ihre Nase fester gegen seinen Nacken. Ihre Wange schmiegte sich an die warme Haut über dem Kragen seines Hemdes, und Rafe, als würde er ihre stumme Aufforderung verstehen, senkte langsam den Kopf. Seine Finger umspannten ihren Hinterkopf, und wie von selbst hob Emily ihm ihr tränennasses Gesicht entgegen. Fragend sah sie ihn an. Seine Augen schienen von innen heraus zu leuchten. Emilys Augenlider schlossen sich flatternd, als Rafes Lippen die ihren berührten. Es war eine sanfte Berührung, ein zartes Streicheln nur, aber der Druck seiner Lippen jagte wie ein Blitz durch Emilys Sinne. Ein leises Stöhnen entrang sich ihrer Kehle, und ihre Arme schlossen sich um seinen Nacken, um ihn fester an sich zu ziehen.

Rafe neigte seinen Kopf. Emily seufzte und krallte sich fester an ihn, ganz so, als würde sie befürchten, er könnte den Kontakt unterbrechen. Dabei hatte er nichts dergleichen vor. Alles in ihm schrie danach, den Kuss zu vertiefen, aber er wusste, dass es falsch wäre. Emily suchte seinen Trost, seine Nähe, und er war bereit, ihr beides zu geben, auch wenn es für ihn die Qualen der Hölle bedeutete. Falls er auch nur die geringsten Zweifel an Emilys Beweggründen gehabt hätte, so hätte die Unschuld ihres Kusses diese zerstreut. Auch wenn ihre Finger sich um seinen Nacken schlangen und sie ihren warmen, schlanken Körper an ihn drückte, so waren ihre Lippen geschlossen. Rafe wusste nicht, ob er enttäuscht oder erleichtert sein sollte, dass Eaton Emily anscheinend noch nicht in die Geheimnisse der körperlichen Liebe eingeweiht hatte.

Schließlich war Rafe es, der den Kuss beendete. Sanft schob er Emily von sich. Sie hatte die Augen noch immer geschlossen und löste sich nur widerstrebend von ihm.

»Emily?«

»Hmmm?«

Zögernd öffnete sie die Lider. Das tiefe Blau ihrer leicht verklärten Augen strahlte ihm entgegen, und ein Lächeln umspielte ihre rosigen Lippen.

»Emily, wir sollten jetzt schlafen gehen. Morgen wird ein anstrengender Tag.«

Einen Moment lang dachte Rafe, sie hätte ihn nicht gehört, aber dann weiteten sich plötzlich ihre Augen. Voller Entsetzen, so als würde sie aus einem tiefen Schlaf erwachen, sah sie ihn an und rückte hastig von ihm ab.

»Oh mein Gott«, stammelte Emily. »Mister McKinlay, es tut mir Leid. Ich weiß nicht, was da über mich gekommen ist. Ich … ich …«

»Beruhigen Sie sich.«

Emily zuckte zusammen, als er sie an der Schulter berührte.

»Beruhigen? Mister McKinlay, ich habe Sie geküsst! Ich habe … also, ich …«

»Ich weiß sehr wohl, was Sie getan haben«, knurrte Rafe, wütend auf sich selbst. »Was wir beide getan haben. Und es ist nichts passiert, also machen Sie mal halblang und kriegen Sie sich wieder ein.«

»Aber …«

»Es gibt kein Aber, Miss Bradshaw. Machen Sie sich fertig zum Schlafengehen. Ich sehe noch einmal nach den Pferden.«

Ohne ein weiteres Wort erhob er sich und stiefelte mit langen Schritten davon.

XV

Emily sah auf, als ihr Pferd stoppte. Vor ihr war McKinlay dabei, die Spuren auf dem Boden zu untersuchen. Sie waren jetzt seit fünf Tagen in den Ausläufern der Berge unterwegs. Der Weg war beständig steiler geworden, während die Temperatur immer weiter gesunken war, je höher sie kamen. Dabei schienen die eigentlichen Gipfel noch immer nicht näher gekommen zu sein. Nach wie vor ragten sie in der Ferne auf, weit weg und doch in der klaren Luft zum Greifen nah. Heute Morgen war der Boden zum ersten Mal nicht nur dick mit Raureif überzogen gewesen, sondern mit einer dünnen Schicht pulvrigen Schnees.

Emily sah sich um. Wie hatte sie nur denken können, dass sie allein aus dem Indianerlager hätte fliehen können? Sie waren schon so lange unterwegs, und noch immer hatten sie die höchsten Bergkämme nicht erreicht. Vielleicht sollte sie »Roter Büffel« dankbar sein, dass er sie zurückgeholt hatte. Allein hätte sie hier draußen nicht einmal den Hauch einer Überlebenschance gehabt.

Dank der dicken Jacke fror sie nicht, zumal Mister McKinlay ihr auch einen Schal und ein Paar Handschuhe gegeben hatte. Sie waren zu groß, und es war schwierig, die Zügel damit zu halten, aber sie hielten wenigstens warm.

»Was gibt es?«, fragte sie und brachte ihr Pferd näher an ihn heran.

»Spuren von beschlagenen Pferden.« Sein Blick glitt über die Felsen. »Die gleichen, die ich schon in der Ebene gesehen habe. Anscheinend haben wir den gleichen Weg.«

»Woher wollen Sie das wissen? Vielleicht ist es jemand ganz anderes.«

»Nein. Das Hufeisen eines der Tiere ist gerissen. Die Fährte ist unverkennbar.«

»Und was bedeutet das?«

»Dass sie nicht allzu weit vor uns sind und sich langsamer bewegen als wir.« Noch immer tastete sein Blick über die Felsen, als vermutete er einen Hinterhalt.

»Wir reiten ein Stück zurück. Etwa eine Meile von hier sind wir an einem guten Rastplatz vorbeigekommen. Wir werden dort unser Nachtlager aufschlagen.«

Überrascht sah Emily ihn an. Es war erst kurz nach Mittag. Sie konnten noch mindestens vier Stunden weiterreiten, ehe sie einen Platz für die Nacht finden mussten. McKinlay schien sich ernsthafte Sorgen zu machen.

Wortlos wendete Emily ihr Pferd und ritt voran. Rafe McKinlay übernahm die Nachhut.

»Warum wollen Sie nicht, dass wir die anderen Reiter einholen?«, fragte Emily. Es erschien ihr ungewöhnlich. Hier in den Weiten des Westens, wo man wochenlang unterwegs sein konnte, ohne ein anderes menschliches Wesen zu treffen, hatte sie eigentlich erwartet, dass man freundlicher miteinander umging und möglicherweise Informationen austauschte.

»Ich gehe ungern Risiken ein, und unbekannte Reiter sind immer ein Risiko. Zumal ich mit Ihnen unterwegs bin und die Verantwortung für Sie trage.«

Seine früheren Worte fielen ihr ein, dass die Männer schon sehr lange keine Frau mehr gesehen haben mochten. Andererseits war ihre Erscheinung im Moment wenig geeignet, um das Interesse eines Mannes, irgendeines Mannes, auf sich zu lenken. Unbewusst zuckte ihre Hand zu ihrem kurzen Haar. Ganz sicher war McKinlay kein Meisterbarbier, aber nach dem ersten Schock war Emily trotz allem angenehm überrascht gewesen, als sie ihre Erscheinung in seinem kleinen Rasierspiegel in Augenschein genommen hatte.

Gott, wie seltsam sie ausgesehen hatte. Nicht nur die Haare, streichholzkurz und sonnengebleicht, sondern ihr ganzes Gesicht. Ihre Haut war gebräunt, mit zarten Sommersprossen auf der Nase, und ihre Wangenknochen traten deutlich hervor. Einzig ihre Augen waren unverändert, wenn auch viel größer in ihrem schmalen Gesicht. Es war so ungewohnt gewesen, sich selbst mit so kurzen Haaren zu sehen. Doch sie musste zugeben, dass Mister McKinlay gute Arbeit geleistet hatte. Ihre Haare, sonst sanft gewellt, kringelten sich nun, da sie ihres Gewichtes beraubt waren, in Löckchen. Da sie sie immer lang getragen hatte, hatte sie ganz vergessen, wie lockig sie in Kindertagen gewesen waren. Nun, sie würden wieder wachsen, und bis dahin würde sie eben keinen Gedanken mehr an die einstige Pracht verschwenden.

Wortlos errichtete sie das Lager, nachdem sie den Nachtplatz erreicht hatten, und Rafe kümmerte sich um die Tiere, eine Arbeitsteilung, die ihr schon nach den wenigen Tagen so vertraut war, dass sie ihre Aufgaben im Schlaf hätte ausführen können. Der körperliche Kontakt, der Kuss, hatte sich nicht wiederholt. Emily war Rafe dankbar, dass er den Vorfall mit keiner Silbe erwähnt hatte. Außerdem tat er so, als wäre es niemals geschehen. Sie wusste selbst nicht, was über sie gekommen war, aber seine Nähe, seine Wärme …

Jedenfalls beschränkte Rafael McKinlay jegliche Berührungen auf ein Minimum. Lediglich nachts, wenn sie nach wie vor ein Nachtlager teilten, hielt er sie in den Armen.

Emily war eben dabei, das Feuerholz aufzuschichten, als McKinlay ihr Einhalt gebot.

»Kein Feuer. Der Wind steht ungünstig. Der Rauch würde uns verraten.«

Emily seufzte. Sehnsüchtig dachte sie an prasselnde Flammen, die sie wärmen würden. Ohne Feuer konnten sie noch nicht einmal Kaffee oder etwas zu essen kochen, sondern mussten mit Trockenfleisch Vorlieb nehmen, das Rafe bei sich führte. Die trockenen Streifen waren zäh, und Emily kaute angestrengt, aber lustlos, ehe sie einen Bissen mit Wasser hinunterspülte.

»Hier, das wird Sie von innen ein wenig aufwärmen.«

Zögernd nahm Emily die Flasche, die Rafe ihr reichte, und schnupperte daran. Sie verzog das Gesicht, trank aber vorsichtig einen kleinen Schluck. Heiß brannte der scharfe

Alkohol eine sengende Spur durch ihre Kehle bis hinab in ihren Magen. Hustend reichte sie die Flasche an Rafe zurück. »Danke«, krächzte sie noch immer hustend.

Rafe grinste und nahm auch einen Schluck. »Mein Vater sagte immer, es gibt keine bessere Medizin als Uisge Beatha.«

»Als was?«

»Wasser des Lebens. Besser bekannt als Whisky.«

»Whisky«, ächzte Emily und funkelte Rafe strafend an. Er lächelte und reichte ihr eines der Pfefferminzbonbons, die er ebenso wie die Zimtstangen anstelle von Süßigkeiten bei sich führte.

»Wo ist Ihr Vater jetzt?«, wollte Emily wissen, während das Aroma von Pfefferminze den Geschmack des Whiskys vertrieb. Rafe nahm noch einen Schluck.

»Weiter oben im Nordosten, bei seinem Stamm.«

»Seinem Stamm? Ich dachte immer, Schotten leben in Clans.«

Rafes Lippen verzogen sich zu einem Lächeln. Emily hatte plötzlich das Gefühl, ihr Herz würde bei dem Anblick einen Schlag überspringen. Auch wenn sie es nicht erklären konnte, so hatte das Lächeln dieses Mannes einen seltsamen Einfluss auf ihre Gefühle.

»Beim Stamm meiner Mutter. Ich sagte schon, sie ist eine Dakota Sioux. Ihr Volk nennt sich selbst ›Mdewakanton‹ – ›Die am Geistersee wohnen‹. Ihr ursprüngliches Gebiet liegt im heutigen Minnesota.«

Emily musterte ihn nachdenklich. Noch immer klopfte ihr Herz wie rasend, so als könnte es Rafes abrupten Wechsel von kühl und abweisend zu hinreißend charmant einfach nicht verwinden. »Und er lebt mit ihr zusammen bei den Indianern?«, fragte sie ein wenig atemlos.

»Stört Sie das?«

»Nein«, versicherte Emily ihm hastig.« Nein, ich kann es nur nicht verstehen, dass jemand freiwillig in einem Indianerlager lebt. Nicht nach dem, was …« Sie verstummte.

»Sie vergessen, dass mein Vater kein Gefangener ist. Er ist ein freier Mann und kann tun und lassen, was ihm gefällt. Er ist sogar sehr angesehen bei seinen roten Brüdern und wird respektiert. Verglichen mit seinem Leben in der Wildnis als Fallensteller ist das Leben bei den Indianern äußerst komfortabel.«

»Aber sie sind so anders«, gab Emily zu bedenken.

Rafe grinste. »Man gewöhnt sich daran. Für die Indianer sind die Weißen und ihre Angewohnheiten genauso seltsam.« Nachdenklich zeichnete er mit einem abgebrochenen Zweig Muster in den Boden. »Kein Indianer kann es zum Beispiel verstehen, dass der Weiße Mann das Land, auf dem er lebt, besitzen will. Auch wenn es Stämme gibt, die feste Häuser bauen, so sind die meisten von ihnen Nomaden und leben in schnell zu transportierenden Behausungen. Sie leben von der Jagd und von dem, was die Natur ihnen bietet. Deshalb folgen sie dem Wild.« Er sah Emily an. »Je mehr Weiße in dieses Land ziehen, um es zu besiedeln, desto weniger Platz wird es für den Roten Mann geben. Irgendwann wird der Tag gekommen sein, an dem sie nirgendwohin mehr ausweichen können. Schon jetzt kommt es immer wieder zu blutigen Auseinandersetzungen. Dabei gibt es auf beiden Seiten nur sehr wenige wirklich böse Menschen. Die meisten Probleme entstehen durch Intoleranz und Missverständnisse, ausgelöst durch unterschiedliche Gewohnheiten und Lebensanschauungen.«

»Wollen Sie mir das zum Vorwurf machen?«, fragte Emily scharf. »Wollen Sie jetzt etwa doch behaupten es sei mein Fehler, dass ich gefangen genommen wurde?«

»Nein«, winkte Rafe ab. »Ich mache Ihnen keinen Vorwurf. Ich möchte nur, dass Sie die Beweggründe der Indianer besser verstehen.«

Emily lachte bitter auf. »Meinen Sie etwa, ich hätte weniger Angst gehabt, wenn ich mehr über die Rothäute gewusst hätte? Dass ich besser behandelt worden wäre oder dass Carla und Lizzy noch am Leben wären? Das glaube ich nicht.«

»Nein, wahrscheinlich nicht. Wie ich schon sagte, gibt es auf beiden Seiten Ignoranz und Unverständnis.«

»Und Sie – Sie stehen dazwischen. Verstehen Sie denn beide Seiten?«

Rafe zuckte mit den Schultern. »Zumindest versuche ich es. Aber es ist nicht immer leicht. Als ich ein Kind war, hat es mich nicht gestört, dass ich ein Halbblut war. Im Stamm haben mich alle als einen der ihren behandelt, obwohl ich zur Hälfte weiß war. Zwar wurde ich manchmal geärgert und gehänselt, aber es steckte eigentlich keine Bosheit dahinter. In der Missionsschule habe ich meine indianische Abstammung dann verflucht. Ich wollte weiß sein, wollte die gleichen Chancen haben im Leben, die ich als Indianer niemals bekommen würde. Und später in West Point ...«

»Sie waren auf der Militärakademie?« Überrascht setzte Emily sich auf.

»Jep.«

»Und, und wie war es da so?«

Rafe grinste. »Anstrengend. Mein Ausbilder hasste alle Indianer, mich eingeschlossen, und das hat er mich spüren lassen. In allem, was wir taten, musste ich stets besser sein als die übrigen Kadetten, um die gleichen Noten zu bekommen.«

»Und? Haben Sie es geschafft?«

Rafe nickte. »Als bester meines Jahrgangs. Das hat Taggart wahrscheinlich am meisten zu schaffen gemacht. Anschließend habe ich im Bürgerkrieg gedient. Habe es bis zum Captain gebracht. Nach Kriegsende wollte man mich dann als Indianerkämpfer einsetzen. Da habe ich die Armee verlassen. Ich konnte nicht gegen einen Teil von mir selbst kämpfen.«

»Und deshalb retten Sie jetzt Damen in Not?«, neckte Emily ihn, aber er wollte nicht auf ihren leichten Ton eingehen.

»Viele Frauen werden entführt. Aber für viele ist es nicht gut, wenn ich sie zurückhole.«

»Aber natürlich ist es das! Jede Frau möchte zurück zu ihrer Familie«, widersprach Emily heftig.

»Ich habe Frauen gesehen, die schon als Kinder entführt worden waren. Sie haben ihr Leben lang bei Indianern gelebt. Sie kannten nichts anderes. Sie sprachen ihre Sprache, lebten ihre Gebräuche. Sie hatten indianische Ehemänner und indianische Kinder. Glauben Sie allen Ernstes, dass diese Frauen Wert darauf gelegt haben, wieder bei Menschen zu sein, an die sie sich nicht einmal mehr erinnerten?« Er sah sie an.

»Nein, Miss Bradshaw, diejenigen, die solche Frauen zurückgeholt haben, haben ihnen keinen Gefallen damit getan. Es wäre, als würde man sie erneut entführen.«

»Haben Sie jemals eine dieser Frauen zu ihrer Familie zurückgebracht?«

»Diese Frauen waren bei ihren Familien. Ich würde niemals eine von ihnen dort fortreißen.« Er starrte einen Moment auf die Muster, die er in den Sand gemalt hatte. »Selbst Frauen, die noch nicht so lange bei den Indianern waren, sollten manchmal nicht zurückgebracht werden. Ihre Familien, ihre Ehemänner können nicht damit umgehen, dass sie möglicherweise missbraucht wurden, auch wenn viele es zugegebenermaßen versuchen. Viele dieser Frauen werden immer Ausgestoßene bleiben. Sie gehören nicht mehr in die Welt des Weißen Mannes.«

Abrupt stand McKinlay auf.

»Wenn wir schon so früh Halt machen, dann können wir die Zeit ebenso gut nutzen, um unsere Kräfte zu erneuern«, wechselte er das Thema. Er war dankbar, dass Emily nicht darauf bestand, weiter mit ihm zu diskutieren, während er das Nachtlager bereitete.

XVI

Emily riss entsetzt die Augen auf, als jemand eine Hand auf ihren Mund presste. Ihr leises Stöhnen erstarb, als sie Rafes gewisperte Stimme an ihrem Ohr vernahm.

»Keinen Laut.« Warm streichelte sein Atem ihre Wange. Es war mitten in der Nacht. Zwischen den schnell dahinziehenden Wolkenfetzen konnte sie die Sterne funkeln sehen.

»Wir bekommen Besuch.« Rafes Worte waren kaum mehr als ein Hauch, aber ihre Bedeutung sandte einen eisigen Schauer über Emilys Rücken.

Hastig, möglichst ohne ein Geräusch zu machen, erhob sie sich. Sie wollte ihren Mantel anziehen, aber Rafe schüttelte stumm den Kopf. Stattdessen legte er ihre Mäntel unter die Decke, sodass sie wie zwei schlafende Körper wirkten. Seinen Hut platzierte er neben der größeren Gestalt.

»Kommen Sie.« Rafes Hand schloss sich um Emilys Oberarm und zog sie mit sich, ohne ihr Gelegenheit zu geben, nach ihren Schuhen zu greifen oder sie gar anzuziehen. Wie konnte er in dieser Dunkelheit sehen, fragte sich Emily verzweifelt, während sie immer wieder schmerzhaft mit ihren bloßen Zehen gegen kleinere Felsbrocken und Wurzeln stieß. Endlich hatten sie das Ziel, das er angestrebt hatte, erreicht. Rafe drückte Emily hinter einen Felsen in Deckung. Der Kolben des Revolvers, den er ihr in die Hand presste, fühlte sich kalt und schwer an.

Emily konnte ein Schaudern nicht unterdrücken, als ihr die Gefahr, in der sie sich befanden, bewusst wurde. »Meinen Sie wirklich, man will uns etwas antun?«, wisperte sie Rafe zu, der noch einmal sein Gewehr und den zweiten Revolver prüfte.

»Niemand schleicht sich nachts an ein Lager heran, wenn er nichts Übles im Schilde führt«, gab dieser ebenso leise zurück. »Für einen Freundschaftsbesuch würde jeder anständige Mensch bis zum Morgen warten. Was immer passiert, kommen Sie nicht aus ihrer Deckung, ehe ich Sie hole. Ist das klar?«

Emilys Zähne schlugen hörbar aufeinander. Ihr war kalt, aber es war mehr als nur die äußere Kälte, die sie zum Zittern brachte.

Rafe legte eine Schachtel Patronen neben sie auf den Boden. »Falls jemand Sie entdeckt oder auf Sie zukommt, zielen Sie sorgfältig und drücken ab. Es geht einfacher, wenn Sie den Hahn vorher spannen, dann ist auch der Rückschlag nicht so hart. Glauben Sie, dass Sie das schaffen?«

Emily nickte schweigend, aber dann fuhr sie erschrocken herum. »Wo werden Sie sein?«, zischte sie, als Rafe seinen eigenen Revolver in das Holster steckte und seine Winchester fester packte.

»Ich werde mich unseren unbekannten Freunde aus einer anderen Richtung näheren.«

Ehe Emily ahnte, was er vorhatte, hatte er bereits seine Lippen auf ihren Mund gepresst. Die Finger seiner linken Hand wühlten sich in ihr Haar, drückten sie an sich, ehe er sie ebenso überraschend wieder losließ.

»Viel Glück«, hörte sie ihn wispern, dann hatte die Dunkelheit ihn verschluckt.

Emily wartete angespannt. Noch immer glaubte sie, den kurzen, heftigen Druck seiner Lippen auf ihrem Mund zu spüren, seinen heißen Atem. Er hatte sie so überrascht, dass sie nicht einmal dazugekommen war zu protestieren. Nervös befeuchtete sie ihre Lippen mit der Zunge.

Um sie herum erklangen die normalen Geräusche der Nacht: der Ruf eines Käuzchens, das Rascheln eines kleinen Tieres im losen Laub. Nichts Ungewöhnliches. Langsam normalisierte sich ihr Herzschlag. Fast erschien es ihr, als sei sie ganz allein auf der Welt. Ihr linkes Bein schlief ein, und sie massierte ihren Oberschenkel, um das Kribbeln zu stoppen. Ihre Füße wurden immer eisiger auf der kalten Erde, aber ohne ihre Schuhe konnte sie nichts dagegen unternehmen.

Was, wenn Rafe sich geirrt hatte? Was, wenn es niemanden gab, der sich an ihr Lager heranschlich? Wie lange sollte sie warten, wenn er nicht zurückkehrte? Emily schalt sich einen Narren. Natürlich würde er zurückkommen. Es war seine Aufgabe, sie zu Charles zu bringen, und genau das würde er auch tun.

Emily erstarrte, als sie einen Schatten erspähte, der auf ihren Schlafplatz zuschlich. Einen Moment lang dachte sie, es wäre Rafe, aber dann erkannte sie, dass die Gestalt sich anders bewegte, nicht mit der gleichen katzenartigen Geschmeidigkeit, die McKinlays Bewegungen auszeichnete.

Emily hielt den Atem an und fasste den Kolben des Revolvers fester. Rafe hatte Recht behalten. Die Gestalt nährte sich den Decken, den Revolver im Anschlag. Jeden Moment musste er sich zu erkennen geben ...

Emily konnte gerade noch einen Aufschrei unterdrücken, als der Knall eines Pistolenschusses die Stille der Nacht zerriss. An der Seite des Schlafplatzes, wo Rafe gelegen hatte, erschien wie durch Zauberhand ein dunkles Loch in der Decke.

Er hatte einfach geschossen!

Der Mann hätte Rafe kaltblütig im Schlaf erschossen!

»Ihr könnt kommen!«, rief er. Zwei weitere Gestalten schälten sich aus der Dunkelheit, ihre Revolver im Anschlag. Suchend blickten sie sich um.

»Ich hab das Halbblut erledigt. Jetzt gehört die Indianerhure uns. Taggart wird begeistert sein, wenn wir sie mitbringen.« Mit dem Fuß stieß er die Deckenrolle an, verwundert, dass die Frau nicht erwacht war.

»Was zum ...?«

Er riss die Decken beiseite und starrte ungläubig auf die Jacken, die anstelle seiner Opfer auf dem Boden lagen. Hastig wirbelte er herum. Sein Revolver schwenkte hin und her ins Dunkel. Die anderen folgten seinem Beispiel.

Ängstlich zog Emily den Kopf ein, besorgt, ihr helles Haar oder das bleiche Oval ihres Gesichtes könnte sie verraten.

»Die Waffen weg!«, hörte sie Rafes Stimme und atmete erleichtert auf, ehe sie wieder über den Felsen spähte. Die

Männer hatten die Hände gehoben und zur Seite gestreckt. Einer warf wie befohlen seine Waffe in den Staub, aber die anderen beiden hechteten in unterschiedliche Richtungen zu Boden.

Zwei Schüsse bellten durch die Nacht, gefolgt von zwei gegrunzten Schmerzensschreien. Emily umklammerte verzweifelt den Griff ihrer Waffe. Ihre Hände waren schweißfeucht, aber sie hatte Angst, die Waffe fortzulegen, um sie an ihrem Rock trocken zu wischen. Sie versuchte, sich so klein wie möglich zu machen, als könnte sie mit dem Felsen verschmelzen. Schweiß rann ihr trotz der Kälte unangenehm den Rücken hinunter. Rafe hatte zwei der Kerle erwischt. Einer war im Dunkel verschwunden. Aber hatte er nicht von vier Verfolgern gesprochen? Wenn ja, wo war der vierte Reiter?

Nervös spähte Emily durch einen winzigen Spalt zwischen zwei Felsbrocken. Sie glaubte, eine huschende Gestalt zu sehen, war sich aber nicht sicher, ob es Rafe war. Was, wenn sie versehentlich ihn erschoss? Sie erschauerte. Ihr war klar, was die Kerle von ihr wollten. Indianerhure hatten sie sie genannt. War es das, was Rafe gemeint hatte, als er sagte, viele Frauen wären bei den Indianern besser dran? Aber ganz sicher würde man sie unter zivilisierten Menschen nicht anfeinden oder ihr die Schande ihrer Gefangenschaft vorwerfen. Oder etwa doch?

Emily lauschte auf jedes Geräusch. Wo waren die Angreifer?

Sie hörte ein unterdrücktes Stöhnen und richtete ihre Waffe mit zitternden Händen auf die Stelle, von wo der Laut gekommen war.

Wieder zerrte die Stille an ihren Nerven. Das laute Klicken eines Hammers, der gespannt wurde, ließ sie erstarren. Langsam drehte sie den Kopf und blickte genau in die Mündung eines Revolvers. Ihre eigene Waffe entfiel ihren eiskalten Fingern, und sie hob zögernd die Hände. Der Mann ihr gegenüber bleckte seine braun gefleckten Zähne zu einem Furcht einflößenden Grinsen.

»Braves Mädchen«, sagte er, ehe er sich vorbeugte und seine Finger in ihr kurzes Haar wühlte. Schmerzhaft riss er sie in die Höhe und hielt den kalten Stahl der Revolvermündung fest gegen ihre Schläfe. Sein harter Unterarm legte sich um ihre Kehle und drückte ihr den Kopf in den Nacken, bis sie kaum noch Luft bekam.

»Komm raus, Halbblut, oder ich puste deiner Hure den Kopf weg! – Jones!«, rief er dann nach seinem noch verbliebenen Kumpanen.

Emily schloss verzweifelt die Augen. Ihr Herz schlug wie rasend. Sie wollte noch nicht sterben. Wo war Rafe? Verzweifelt blickte sie sich um.

»Hast du gehört, Halbblut?«, brüllte ihr Häscher noch einmal.

»Ich habe dich gehört«, erklang Rafes Stimme ganz in ihrer Nähe.

Der Revolvermann wirbelte herum. Er brachte Emily in Rafes Schussbahn und benutzte sie so als Schutzschild, während er den Lauf seiner Waffe auf Rafe richtete. »Gut, gut«, kicherte er. »Jones!«, brüllte er dann noch einmal.

»Jones ist tot«, sagte Rafe tonlos. Sein Blick fixierte sein Gegenüber, ließ es nicht aus den Augen. Er fühlte Emilys Augen auf sich, konnte ihre Angst beinahe körperlich spüren. Seine Hände ballten sich zu Fäusten, als er mit ansehen musste, wie der Kerl Emilys Kopf brutal in den Nacken riss. Ein erstickter Laut entrang sich ihrer Kehle.

»Tot?«, keuchte er. Emily presste ihre Augenlider fest aufeinander. Sein stinkender Atem strich über ihre Wange, und sie versuchte den Kopf zur Seite zu drehen. Sie wimmerte, als der Druck seines Armes sich verstärkte und er sie langsam, Schritt für Schritt, rückwärts zerrte. Erneut richtete sie ihren flehenden Blick auf Rafe. Er konnte doch nicht zulassen, dass der Kerl sie entführte. Er musste doch etwas tun …

Aus den Augenwinkeln sah sie eine flirrende Bewegung, Bruchteile von Sekunden bevor der Mann hinter ihr zusammenzuckte: Ein Messer hatte sich in seine Seite gebohrt. Krachend entlud sich sein Revolver, dann stürzte Emily zu Boden. In ihren Ohren dröhnte und klingelte es. Sie hatte Schwierigkeiten, das Gleichgewicht zu halten, als sie stolpernd zur Seite flüchtete. Ihre Finger schlossen sich um den

Kolben ihrer Waffe, die sie fallen gelassen hatte, dann suchten ihre Augen nach Rafe und dem letzten Verbrecher. Der Angreifer war verschwunden, aber Rafe lag dort, wo er eben noch gestanden hatte. Mit einem Aufschrei hastete Emily zu ihm.

»Rafe!«, rief sie, jede Förmlichkeit vergessend. Fieberhaft glitten ihre Finger über seinen Körper. Er war verwundet!

Rafe biss die Zähne zusammen und stemmte sich auf die Füße. Schwer stützte er sich auf Emily, die noch immer versuchte, die Wunde zu ertasten. Sein Oberschenkel brannte wie Feuer.

»Wir müssen das Lager abbrechen«, keuchte er und humpelte bereits hinüber zu den Decken, dicht gefolgt von einer besorgten Emily.

»Aber Sie sind verwundet!«

»Das war ich schon häufiger«, zischte er zwischen fest zusammen gebissenen Zähnen hervor. Ein dumpfes Pochen war alles, was er fühlte, wenn er sein Bein nicht allzu sehr belastete. Er löste sein Halstuch und band es als notdürftige Bandage um seinen Schenkel. Emily beobachtete ihn ängstlich.

»Holen Sie Ihren Revolver, dann packen Sie alles zusammen. Ich sattele in der Zwischenzeit die Pferde.«

»Aber die Wunde …«

»Tun Sie es!«, stieß er heftig hervor.

Emily erbleichte, aber tat, was er befohlen hatte. Rafe schleppte sich zu den Pferden. Sein Grauer begrüßte ihn schnaubend, so als ahnte er instinktiv, dass etwas nicht stimmte. Anders als sonst machte er keine Schwierigkeiten beim Satteln. Wenige Minuten später waren sie bereit zum Aufbruch. Rafe brauchte zwei Anläufe, ehe sein Bein es ihm gestattete, sich vom Boden in den Sattel zu stemmen, aber er schaffte es. Er war sich Emilys ängstlichen Blickes nur allzu bewusst, aber alles, was er im Augenblick für sie tun konnte, war, sie in Sicherheit zu bringen, ehe der entkommene Angreifer mit Verstärkung zurückkehrte.

XVII

Besorgt beobachtete Emily, wie Rafe schon zum zweiten Mal innerhalb weniger Minuten gefährlich im Sattel schwankte. Es hatte ganz den Anschein, als würde er jeden Moment vom Pferd stürzen. Sie mussten eine Pause machen. Die Sonne war inzwischen aufgegangen, ein blasser, kalter Ball hinter den Wolken. In ihrem Licht konnte Emily deutlich erkennen, dass Rafes Hose blutgetränkt war. Die notdürftige Bandage, die er während der Nacht angelegt hatte, konnte die Blutung nicht stoppen. Entschlossen trieb sie ihr Pferd an, um zu ihm aufzuschließen. Sie war erschrocken, als sie bemerkte, dass sein Gesicht bleich und schweißnass war.

»Rafe, Sie brauchen eine Pause«, beschwor sie ihn.

»Wir müssen weiter«, murmelte er. Wieder schwankte er bedrohlich.

»Rafe, bitte. Wenn Sie vom Pferd fallen, bekomme ich Sie allein nie mehr in den Sattel.«

»Ich falle nicht vom Pferd«, protestierte er.

Als wollte sein Körper seine Worte Lügen strafen, konnte Emily ihn im letzten Moment davor bewahren, in den Staub zu stürzen. »Sie verlieren zu viel Blut.« Verdammt, warum war er nur so starrsinnig?

Rafes trüber Blick fiel auf sein Bein. Seine Hose war rot von Blut, das an seinem Bein hinablief und in regelmäßigen Abständen von der Spitze seines Stiefels tropfte. Es war nicht viel, aber genug, dass sogar ein ungeübter Fährtenleser ihnen folgen konnte. Wieso hatte er das nicht bemerkt?

»Also gut«, stimmte er mit schwerer Zunge zu. Seltsam, er konnte kaum noch die Augen offen halten. Sein Blick glitt über die Felsen auf der Suche nach einem Rastplatz.

»Riechen Sie das auch?«, fragte er unvermittelt. Emily rümpfte die Nase. Ihr war der üble Geruch schon vor einer Weile aufgefallen.

»Schwefel«, murmelte Rafe. »Das heißt, dass es hier möglicherweise heiße Quellen gibt. Kommen Sie!« Er lenkte seinen Grauen vom Pfad, dem sie bislang gefolgt waren, herunter.

Emily folgte ihm, immer besorgt, er könnte stürzen. Was sollte sie dann tun? Sie hatte nicht die Kraft, ihn allein wieder aufs Pferd zu heben, geschweige denn, ihn irgendwohin zu schleppen.

Das leise Murmeln eines kleinen Baches klang wie Musik in ihren Ohren. Zumindest um ausreichend Wasser brauchte sie sich keine Sorge zu machen. Rafe ritt am Ufer entlang, und Emily hatte das Gefühl, als würde er etwas Bestimmtes suchen.

»Rafe?«, fragte sie und schloss zu ihm auf.

»Hier muss irgendwo eine Höhle sein. Dort können wir unser Lager aufschlagen.«

Emily fragte nicht, woher er das wusste. Anscheinend kannte er die Gegend.

Rafe sah sich um. Alles wirkte so verschwommen. Er schien mehr Blut verloren zu haben, als er gedacht hatte. »Dort«, sagte er und zeigte auf eine Felswand.

Emily kniff die Augen zusammen und starrte angestrengt in die Richtung, in die er deutete.

»Hinter den Sträuchern.«

Noch immer konnte Emily nichts erkennen, also glitt sie aus dem Sattel.

»Seien Sie vorsichtig«, hörte sie Rafes Stimme hinter sich. »Bären.«

Emily erstarrte. Erst Indianer, dann Verbrecher und nun auch noch Bären. Na toll. Was denn noch? Entschlossen griff sie nach ihrem Revolver und kletterte den schmalen Pfad hinauf zu dem Gebüsch, auf das Rafe gezeigt hatte. Tatsächlich, jetzt konnte sie die schmale Öffnung im Fels erkennen. Sie war gut getarnt und eben breit genug, um auch die Pferde passieren zu lassen.

Die Waffe im Anschlag betrat sie das dämmrige Halbdunkel. Suchend glitt ihr Blick hin und her, während sie tiefer in die Höhle schritt. Sand und kleine Steine knirschten unter ihren Füßen, sonst blieb alles ruhig. Vorsichtig erforschte sie die Höhle, die zum Ende hin einen Bogen beschrieb und etwas niedriger wurde, bis sie sich davon überzeugt hatte, dass sie diesen Schlafplatz ganz für sich allein hatten. Aufatmend eilte Emily zurück zum Ausgang und den Pfad hinab zu den Pferden.

Rafe war über dem Pferdehals zusammengesunken. Seine sonst so klaren Augen wirkten trübe, schmerzerfüllt, und Emily war sich nicht sicher, ob er sie überhaupt noch wahrnahm. Ihr Herz zog sich bei seinem Anblick krampfhaft zusammen. Schnell ergriff sie die Zügel der Pferde und führte sie hinauf in den Schutz der Höhle. Ohne zu zögern, folgten sie ihr hinein. Emily hoffte, dass es ein Zeichen war, dass die Höhle auch sonst nicht von Raubtieren als Lagerplatz genutzt wurde.

Rafe stöhnte, und Emily beeilte sich, im hinteren Teil der Höhle ein Lager für ihn zu errichten. Sie musste ihn darauf betten, solange er noch bei Bewusstsein war, denn ohne seine Mithilfe würde sie ihn nicht bewegen können. Endlich war es so weit. Sie führte Rafes Grauen so nahe an das Lager heran, wie es ging. Dann half sie ihm abzusitzen. Sein rechtes Bein knickte ein, als es den Boden berührte, und Rafe stützte sich schwer auf sie. Sein Körper fühlte sich heiß an unter ihren Händen. Sie humpelten einige Schritte vorwärts, ehe er zusammensackte und sie mit sich auf das Lager nieder zog. Emily befreite sich aus seinem Griff und legte eine Hand auf seine Stirn. Sie glühte so heiß, dass Emily sich besorgt fragte, wie Rafe das ertragen konnte, ohne zu verbrennen.

»Rafe?«

Sie erhielt keine Antwort und stellte entsetzt fest, dass er das Bewusstsein verloren hatte. Ängstlich starrte sie ihn an. Was sollte sie jetzt nur tun? Sie war noch nie ganz auf sich allein gestellt in der Wildnis unterwegs gewesen. Und sie hatte auch noch nie, ganz ohne die Hilfe eines Arztes, einen Kranken versorgen müssen.

Vorsichtig legte sie ihm eine Hand auf die Schulter und schüttelte ihn. »Rafe?«, fragte sie, jedoch ohne große Hoffnung, dass er ihr antworten würde. Sein Gesicht wirkte weicher, entspannter als sonst, wenn er seine Umgebung mit versteinerter Miene und stechenden Augen, die zu viel wahrzunehmen schienen, fixierte. Aber sie konnte auch die Linien sehen, die der Schmerz in seine Züge gegraben hatte. Zärtlich streichelte Emily über seine schweißfeuchte Stirn und strich ihm die Haare aus dem Gesicht. Sie musste etwas unternehmen. Bislang hatte sie sich auf Rafe verlassen, jetzt war er auf sie angewiesen.

Einen Moment lang zögerte sie, unentschlossen. Rafe würde darauf bestehen, dass sie erst die Pferde versorgte, aber andererseits konnte er in der Zwischenzeit verbluten, wenn sie sich nicht sofort um ihn kümmerte.

Emily traf eine Entscheidung: Die Pferde mussten warten.

Sie nahm die Wasserflasche, dann suchte sie in Rafes Packtaschen nach etwas, was sie als Verbandmaterial benutzen konnte. Anscheinend besaß er außer dem, was er am Leibe trug, nur zwei Hemden. Zum Befestigen des Verbandes konnte sie Streifen ihres alten Unterrocks verwenden, den sie zusammen mit den anderen Sachen in eine der Packtaschen gesteckt hatte. Aber als Wundauflage benötigte sie etwas, das sauberer war. In der letzten Tasche schließlich fand Emily zwei weitere Kleiderbündel. Offensichtlich war Rafe darauf vorbereitet gewesen, dass auch Lizzy und Carla die Gefangenschaft überlebt hatten. Auch, wenn er für sie keine dicke Winterkleidung mitgeführt hatte. Nun, es war müßig darüber nachzudenken: Lizzy und Carla waren tot. Sie hatte somit mehr als genügend Kleidung zum Wechseln und konnte guten Gewissens eine der Blusen opfern. Hastig zerriss Emily eines der schlichten weißen Oberteile, dann machte sie sich daran, Rafe von seiner blutgetränkten Hose zu befreien. Es war schwerer, als sie gedacht hatte. Sie musste die Seitennaht auftrennen, um die Hose von seinem verletzten Bein abstreifen zu können. Endlich hatte sie auch das geschafft. Sie überlegte kurz, ob sie ihm auch die lange Unterhose ausziehen sollte, aber ihr Schamgefühl obsiegte.

Stattdessen trennte sie das rechte Bein der Unterhose oberhalb der Wunde ab.

Ratlos starrte sie danach auf das hässliche rotschwarze Loch, das Rafes Oberschenkel zierte und noch immer träge blutete. Ein kurzer Blick bestätigte ihr, dass es sich um einen Durchschuss handelte. So musste sie sich zumindest nicht darum sorgen, dass die Kugel noch in seinem Bein steckte. Auf dem Treck hatte einer der Männer sich selbst ins Bein geschossen. Bei ihm war die Kugel allerdings stecken geblieben. Der Farmer, der ihn versorgt hatte, hatte die Kugel herausgeholt, damit das Blei nicht zu einer Blutvergiftung führte. Emily atmete erleichtert auf, dass sie nicht mit einem Messer in der Wunde herumstochern musste. Andererseits bedeutete es aber, dass Rafe aus zwei Wunden Blut verloren hatte. Kein Wunder also, dass er derart geschwächt war. Zögernd berührte sie das geschwollene Fleisch an den Wundrändern. Rafe stöhnte, und Emily zuckte erschrocken zurück. Was, wenn sie ihm wehtat?

Aber es hatte keinen Sinn, lange darüber zu grübeln, was zu tun war. Wenn sie nicht bald etwas unternahm, würde jede Hilfe für ihn zu spät kommen. Entschlossen machte Emily sich ans Werk. So gut es ging, reinigte sie die Wunden, desinfizierte sie mit Whisky, so wie Tante Ruthies Arzt es auch bei kleinen Wunden getan hatte, und verband sie. Nachdem sie sich davon überzeugt hatte, dass kein Blut mehr den Verband durchdrang, versorgte sie die Pferde. Sie führte sie einzeln hinab zum Bach und ließ sie trinken. Dann hobbelte sie ihre Vorderbeine zusammen, wie sie es von Rafe gelernt hatte, und ließ sie grasen. Auf ihrem Weg hinauf zur Höhle fiel ihr Blick auf einen kleinen, dunklen Fleck. Sie ging in die Knie und zerrieb die braune Flüssigkeit zwischen Daumen und Mittelfinger.

Blut.

Sie suchte weiter. Alle paar Schritte hatte Rafe einen Tropfen Blut verloren, der auf dem nackten Fels klebte oder langsam ins Erdreich sickerte. Wenn selbst sie diese Fährte entdeckt hatte, bedeutete das, ihre Verfolger konnten es auch. Emily brach der Schweiß aus, als sie daran dachte, dass sie sich ohne Rafes Hilfe einer Übermacht bis an die Zähne bewaffneter Banditen erwehren sollte. Ängstlich sah sie sich um. Niemand war zu sehen. Aber Rafe war sich sicher gewesen, dass der entflohene Bandit Verstärkung holen würde. Wann würden sie eintreffen? Zwar hatten sie den Pfad verlassen, aber mit der deutlichen Spur, die Rafe unbeabsichtigt hinterlassen hatte, würde es ihnen ein Leichtes sein, sie aufzuspüren. Außer wenn es ihr gelang, diese Spuren zu beseitigen.

Emily folgte der Fährte fast eine Meile zurück und entfernte die Bluttröpfchen, so gut es ging. Der Pfad, den sie zuvor genommen hatten, war gottlob felsig, sodass sie dort keine weiteren Spuren hinterlassen hatten. Stattdessen legte sie eine falsche Fährte, indem sie sich in den Finger schnitt und jenseits der Stelle, wo sie vom Pfad abgewichen waren, hin und wieder einen Bluttropfen aus ihrer Fingerkuppe quetschte. Anschließend verwischte sie die Hufabdrücke und die Spuren ihrer eigenen Füße, die sie im weicheren Untergrund jenseits des Pfades hinterlassen hatte, mit einem Zweig.

Aufatmend sah Emily sich um. Mehr konnte sie nicht tun, außer abzuwarten und zu hoffen, dass Rafe schnell wieder auf die Beine kam.

Entmutigt ließ Emily den Löffel sinken, mit dem sie versucht hatte, Rafe ein wenig Suppe einzuflößen, die sie aus Trockenfleisch gekocht hatte. Sie war so müde, dass sie am liebsten neben ihn auf das Lager gesunken wäre. Aber sie traute sich nicht, die Augen zu schließen, aus Angst er könnte gestorben sein, wenn sie sie wieder öffnete.

Bereits seit zwei Tagen befanden sie sich in der Höhle, und Rafes Zustand hatte sich nicht gebessert, sondern eher noch verschlechtert. Sein Fieber brannte unverändert hoch, trotz des Weidenrindentees, den sie ihm unermüdlich zu trinken gegeben hatte. Er war auch noch nicht wieder bei Bewusstsein. Hin und wieder öffnete er zwar seine vom Fieber getrübten Augen, aber Emily bezweifelte, dass er sie erkannte. Denn wenn er zu ihr sprach, dann tat er es in der ihr unverständlichen, gutturalen Sprache der Indianer.

Zweimal war seine Hand über ihre Wange gestrichen und hatte er etwas Unverständliches gemurmelt, ehe sein Arm kraftlos wieder aufs Lager gesunken war. Seine Lippen hatten sich zu einem wehmütigen Lächeln verzogen, so als erinnerte sie ihn an jemanden aus seiner Vergangenheit, den er sehr geliebt hatte. Emily fragte sich, wer es wohl gewesen sein mochte, dem Rafe mit so viel Zärtlichkeit begegnet war.

Unermüdlich kühlte sie seinen glühenden Körper mit Wasser aus dem Bach und brühte frischen Weidenrindentee. Sie versuchte, ihn ruhig zu halten, wenn er sich im Fieberwahn hin und her warf, und Tee oder Brühe zwischen seine spröden Lippen zu träufeln, wenn er ruhig lag. Sein Bein war geschwollen und die Wunde entzündet. Aber auch wenn die Wundränder dunkelrot glühten, so floss zumindest nur mäßig Eiter aus der Verletzung, wann immer sie den Verband wechselte.

Selten hatte Emily sich hilfloser gefühlt. Was konnte sie noch tun, das sie nicht schon versucht hatte? Und was wurde aus ihr, wenn Rafe McKinlay tatsächlich starb?

Sie hatte keine Hoffnung, ganz allein auf sich gestellt den Weg nach Silver Springs zu finden. Sie würde durchs Gebirge irren, bis sie irgendwann vor Hunger und Kälte starb oder zur Beute eines Raubtieres wurde. Bei diesen Gedanken rannen eisige Schauer über Emilys Rücken. Rafe durfte einfach nicht sterben!

Es fiel ihr schwer, die Augen offen zu halten, als sie sich mit schweren Schritten den schmalen Pfad hinabschleppte, um noch mehr Holz für das kleine Feuer zu sammeln, das in der Höhle Wärme und Geborgenheit verströmte. Die Wolken verdeckten dunkel und bedrohlich die Berggipfel, und Emily befürchtete, dass es schon sehr bald heftiger schneien würde, mehr als der dünne Schneeschleier, der allmorgendlich den Boden bedeckte. Falls ja, war es gut, so viel trockenes Feuerholz wie möglich in der Höhle zu haben. Nachdem sie genügend Holz auf einen Haufen geschichtet hatte, holte sie das Packtier und schaffte das Holz hinauf zur Höhle.

Rafe hatte sich nicht bewegt, aber sein Fieber war auch nicht gesunken, wie Emily seufzend feststellte. Mit müden Augen sah sie sich um.

Sie konnte nicht mehr!

Wenn sie nicht wenigstens ein paar Stunden schlief, würde sie bald zusammenbrechen. Ihre Hände zitterten, als sie sich neben Rafe auf das Lager sinken ließ und sich die Decke über die Schultern zog. Nur ein paar Stunden, sagte sie sich. Nur ein paar Stunden, bis sie wieder klar denken konnte ...

Das Feuer war fast heruntergebrannt, als Emily ihre Augen wieder öffnete. Der Eingang der Höhle, den sie als schmalen Spalt erkennen konnte, war beinahe dunkel. Es musste bereits Abend sein. So lange hatte sie doch gar nicht schlafen wollen!

Erschrocken versuchte sie sich aufsetzen, aber der stahlharte Arm, der eng und besitzergreifend um ihren Brustkorb geschlungen war, spannte sich unvermittelt an und hielt sie zurück. Tief sog Emily die Luft ein. Eine gebräunte Hand ruhte zwischen ihrer Brust und ihrem Schlüsselbein, während sie das Heben und Senken von Rafe McKinlays Brustkorb deutlich in ihrem Rücken spürte. Atemlos lauschte sie auf seine ruhigen Atemzüge. Er schien zu schlafen, wirklich tief und fest zu schlafen, statt sich in fiebriger Bewusstlosigkeit hin und her zu wälzen.

Emily hielt den Atem an. Sie wollte ihn nicht zu wecken, aber wenn sie sich vorsichtig genug bewegte, konnte sie sich vielleicht aus seiner Umarmung stehlen. Behutsam schlug sie die Decken zurück. Sofort spannten sich seine Muskeln an, so als wäre sein ganzer Körper unwillig, seine Beute, die er im Schlaf umschlungen hielt, entkommen zu lassen. Millimeter für Millimeter arbeitete Emily sich vorwärts. Rafe seufzte im Schlaf und drängte sich noch fester an sie. Anstatt sie jedoch loszulassen, wie Emily es eigentlich gehofft hatte, glitt seine Hand zu ihrer Brust und umspannte sie. Wärme durchflutete Emily, und nur mit Mühe konnte sie ein leises Stöhnen unterdrücken. Mit spitzen Fingern fasste sie nach Rafes Handgelenk, um seine Finger von ihrer Brust zu entfernen, aber seine große Hand schloss sich nur noch fester um den weichen Hügel. Er murmelte etwas, das sie nicht verstand. Emily zuckte zusammen, als sie seine Lippen in ihrem Genick spürte. Warm streichelte sein Atem die feinen Härchen in ihrem Nacken, ehe er seine Lippen auf ihre zarte Haut presste. Seine Finger spannten sich und begannen, sanft ihre Brust zu streicheln.

»Rafe?«, wisperte Emily mit zitternder Stimme. Er musste sofort damit aufhören!

Anstelle einer Antwort spürte sie, wie seine Zähne zärtlich an ihrem Nacken knabberten, ehe seine Zunge warm und rau über die Stelle strich.

»Rafe?«

Ihr ganzer Körper bebte. Wärme durchströmte sie, und seine Handfläche auf ihrer Brust schien sich in ihren Körper zu sengen.

»Rafe?«

Emily hörte, dass ihre Stimme schrill wurde, aber noch immer hatte sie nicht den gewünschten Effekt. Weitere Worte erstickten in ihrer Kehle, als Rafes Hand warm über ihren Bauch strich, einen Augenblick verharrte, ehe er seine Finger kühn auf ihren Venushügel legte.

Emily zuckte erschrocken zusammen und warf sich dann so heftig vorwärts, dass sie Rafes Umarmung entglitt. Schwer atmend setzte sie sich auf. Ihre Brust, an der Rafe sie berührt hatte, brannte wie Feuer, und zwischen ihren Schenkeln verspürte sie ein flüssiges Pochen, wie sie es nie zuvor gefühlt hatte. Was hatte das zu bedeuten?

Rafes Hand tastete unruhig über den Boden, so als versuchte er, sie wieder zu finden, bevor er sich seufzend auf den Rücken wälzte. Seine blassrote Unterwäsche war schweißnass, und sein Atem kam in schnellen, heftigen Zügen. Zögernd rutschte Emily auf den Knien näher, bereit zurückzuspringen, sollte er nach ihr greifen. Aber alles was er tat, war sein Gesicht in ihre Handfläche zu legen, als sie seine Temperatur überprüfte. Das Fieber war gesunken, stellte

Emily erleichtert fest. Dennoch fühlte Rafes Haut sich heiß und trocken an. Seine Lippen waren aufgesprungen, und er versuchte vergeblich, sie mit seiner Zunge zu befeuchten. Mit dem Löffel flößte Emily ihm ein wenig Tee ein, dann etwas Suppe, ehe sie sich gezwungen sah, ihren eigenen körperlichen Bedürfnissen nachzukommen, bevor das schwache Licht des Tages vollständig verschwunden war. Es bereitete ihr Sorgen, dass Rafe, seit sie in der Höhle waren, noch nicht einmal dem Ruf der Natur hatte nachkommen müssen. Offensichtlich verbrannte das Fieber die wenige Flüssigkeit, die er zu sich nahm, und sie konnte nur beten, dass dies keine negativen Auswirkungen hatte.

Die Höhle erschien ihr selbst nach ihrem kurzen Aufenthalt im Freien angenehm warm. Die Temperatur war in den letzten Tagen drastisch gesunken. Eiskristalle glitzerten als dicke Reifschicht auf den Bäumen, wenn sie morgens die Höhle verließ, und ihr Atem stand wie eine Wolke vor ihren Lippen.

Emily war soeben dabei, die erlöschenden Flammen mit Nahrung zu versorgen, als sie, schwach wie ein Lufthauch, ihren Namen hörte. Ihr Kopf ruckte herum, und sie blickte in die geöffneten Augen ihres Patienten.

»Rafe!«, rief sie erfreut und hastete zu ihm. Gewohnheitsmäßig legte sie ihre Hand auf seine Stirn. Sie war noch immer zu heiß, aber er hatte zumindest das Bewusstsein wiedererlangt.

»Rafe, Gott sei Dank, du bist wach!« Mit einer unbewussten Geste strich sie ihm zärtlich das schweißfeuchte Haar aus der Stirn. »Hast du Hunger? Möchtest du etwas essen?«, fragte sie dann hoffnungsvoll. Immer wenn Tante Ruthie krank gewesen war, hatte der Arzt gesagt, dass zurückkehrender Appetit das erste Anzeichen für eine baldige Genesung sei.

Rafe sah sich um.

»Wo sind wir?«, krächzte er anstelle einer Antwort. Sein Kopf, den er kurz angehoben hatte, sank zurück auf das Lager, als sei bereits diese kleine Anstrengung zu viel für ihn.

»In der Höhle. Erinnerst du dich nicht?«

Angst erfüllte Emilys Herz, als sein noch immer trüber Blick sie fixierte.

»Nein«, erwiderte er dann. »Was ist geschehen?«

Nur mit Mühe konnte Emily ein Schluchzen unterdrücken.

»Du wurdest angeschossen«, sagte sie dann. »Die Wunde hat sich entzündet, und du hattest hohes Fieber.« Emily fühlte, wie ihre Unterlippe zitterte. *Oh mein Gott*, dachte sie verzweifelt, *wenn er sich an nichts erinnert, kann er uns dann hier herausbringen?*

Rafes Hand glitt hinab zu seinem Bein, wo ein dicker Verband seinen Oberschenkel zierte. Er zuckte zusammen, als er ihn berührte. »Hat die Wunde begonnen sich zu schließen?«, stieß er hervor.

Emily schüttelte den Kopf.

»Löse den Verband.«

»Aber Rafe …«

»Löse den Verband!«, wies er sie mit scharfer Stimme an.

Mit bebenden Fingern tat Emily, wie ihr geheißen.

Die beiden hässlichen schwarzen Löcher mit den rot glühenden Wundrändern sahen von Mal zu Mal entsetzlicher aus. Zumal die Ränder sich langsam gelblich verfärbten. Rafe versuchte, sich auf die Ellenbogen zu stützen. Emily half ihm, sich halb aufzurichten. Sie zuckte zusammen, als er bei dem Anblick, der sich ihm bot, scharf die Luft einsog, ehe er erschöpft zurücksank.

Ängstlich sah sie ihn an. Rafe hatte die Augen geschlossen, und einen Moment lang befürchtete Emily, er sei erneut in Bewusstlosigkeit versunken, aber dann öffneten sich seine Lider wieder.

»Rafe?«

Sein Blick richtete sich auf sie, und seine Lippen verzogen sich zu einem freudlosen Grinsen. »Sieht nicht gut aus«, wisperte er dann heiser und schloss erneut die Augen.

Emily schluchzte auf. »Sag so etwas nicht«, stammelte sie verzweifelt. »Man muss doch irgendetwas tun können …«

Wieder sah er sie mit fiebrig glänzenden Augen an. »Die Wunde ist entzündet. Nicht mehr lange, und sie wird brandig. Weißt du, was das bedeutet?«

Emily biss sich auf die Unterlippe und nickte. Nur eine Amputation könnte ihn dann noch retten. Sie hatte weder die Mittel noch die Erfahrung, um eine derartige Operation durchzuführen. Ganz zu schweigen davon, dass der zusätzliche Blutverlust ihn ohne Frage töten würde.

»Aber kann ich denn gar nichts tun?«, flüsterte sie unter Tränen. »Kann ich gar nichts machen, um dir zu helfen?«

Rafes Blick richtete sich auf ihr tränennasses Gesicht.

»Doch.«

»Was?«, fragte Emily hoffnungsvoll. »Was kann ich tun?«

»Erst einmal kannst du mir aufhelfen, damit ich aus dieser verdammten Höhle komme.«

»Was?!« Entgeistert starrte Emily ihn an.

Rafe grinste unter Schmerzen. »Nun schau nicht so entsetzt. Ich muss pinkeln.«

Emilys Wangen verfärbten sich rosa, und sie lachte nervös, war aber beruhigt, dass sie zumindest dieser Sorge enthoben war. Sie half Rafe, sich auf sie zu stützen, und geleitete ihn aus der Höhle. Seine Schritte waren langsam, schwerfällig, und mehr als einmal befürchtete Emily, sie würden stürzen. Beschämt wandte sie den Blick ab, als Rafe sich erleichterte, dann brachte sie ihn zurück zu seinem Schlafplatz.

»Das war gut«, seufzte Rafe und schloss einen Moment lang die Augen. »Ich dachte schon, meine Blase würde platzen oder ich würde mich fürchterlich blamieren, wenn wir es nicht rechtzeitig ins Freie schaffen.«

Lächelnd strich Emily ihm das schweißnasse Haar aus der Stirn. »Kann ich sonst noch etwas tun?«

»Ja«, erwiderte Rafe und sah sie an. Seine Augen glänzten wieder fiebrig.

In Gedanken brühte Emily bereits wieder frischen Tee auf. Sie zuckte zusammen, als Rafes Hand plötzlich vorschoss und sich hart um ihr Handgelenk schloss. Seine brennenden Augen hielten die ihren gefangen. »Du musst die Wunde ausbrennen.«

Emilys Augen weiteten sich vor Entsetzen. »Nein!«, keuchte sie verzweifelt und wollte sich aus seinem Griff befreien, aber er hielt sie unerbittlich fest. »Rafe, nein, das kann ich nicht! Das kann ich nicht. Ich ...«

»Du musst!«, unterbrach er sie heftig. »Emily, es ist unsere einzige Chance. Wenn die Entzündung nicht zum Stillstand kommt und die Wunde sich nicht schließt ...«

Er brauchte nicht weiterzusprechen. Emily wusste auch so, was das bedeutete. Ergeben schloss sie die Augen und atmete tief durch, ehe sie ihn ansah. »Was muss ich tun?«

Forschend sah Rafe sie einen Augenblick lang an, ehe er ihre Hand freigab und sich scheinbar entspannt zurücklehnte. »Nimm mein Messer. Halte es ins Feuer, bis die Klinge glüht – und dann presst du die Klinge auf die Wunde, bis sich das Fleisch schwarz verfärbt.«

Alle Farbe war bei seinen Worten aus Emilys Wangen gewichen. Allein die Vorstellung ... »Das kann ich nicht«, stammelte sie entsetzt. »Rafe, das ... das kann ich unmöglich tun ...«

»Dann werde ich sterben«, warf er ruhig ein, ohne sie anzusehen. Sein Blick war starr an die Höhlendecke gerichtet, so als stellte er sich bereits darauf ein, sein Leben zu beenden.

Emily biss sich auf die Unterlippe. Ihr blieb gar keine andere Wahl. Ohne Rafe war auch sie verloren. Somit lag ihrer beider Leben jetzt in ihren zitternden Händen.

»Oh mein Gott«, stöhnte sie und schlang verzweifelt die Finger ineinander. Konnte sie das wirklich tun? Sie musste, wenn sie leben wollte. Aber allein der Gedanke daran erfüllte sie mit Grauen. Zögernd erhob sie sich. Einen Moment lang blickte sie unschlüssig auf Rafe hinab, dann ging sie hinüber zu den Satteltaschen und nahm sein Messer an sich.

»Du musst das Feuer schüren, damit es so heiß brennt wie möglich«, hörte sie seine Stimme wie aus weiter Ferne. Mit bebenden Knien holte sie Holz und legte es ins Feuer, dann schob sie die Klinge in die Glut.

Das Knistern und Knacken der Flammen war das einzige Geräusch, das die Stille durchbrach. Sogar die Pferde schienen zu spüren, dass etwas nicht stimmte, und waren ruhig. Trotz der Hitze des Feuers waren Emilys Finger kalt wie Eis.

Endlich, nach einer kleinen Ewigkeit, hörte sie erneut Rafes Stimme.

»Gib mir meinen Gürtel.«

»Was?« Erschrocken sah Emily auf.

»Meinen Gürtel.«

Emily brachte ihn ihm, verwirrt, was er wohl damit wollte. Sie sah zu, wie er ihn sorgsam doppelt legte und dann in den Händen hielt. Ihre Blicke trafen sich.

»Ich glaube, es ist so weit«, sagte Rafe. »Fang an!«

Emily nickte schweigend. Ihre Kehle war wie zugeschnürt. Mit ihrem Rock als Schutz gegen die Hitze fasste sie den Messergriff mit zitternden Händen. Aus den Augenwinkeln sah sie, wie Rafe seinen Gürtel zwischen seine Lippen schob. Seine Zähne blitzten weiß im Gestrüpp seines schwarzen Bartes, als er zubiss. Dann nickte er ihr zu.

Emily atmete noch einmal tief durch, dann hob sie das Messer aus der Glut. Schweiß brach ihr aus allen Poren, als sie die rot glühende dampfende Klinge über Rafes Bein positionierte. Wieder trafen sich ihre Blicke, dann presste Emily den heißen Stahl auf Rafes Fleisch.

Sein großer Körper bäumte sich auf, als sich das glühende Metall einen Weg in die Wunde sengte. Ein widerwärtiges Zischen erklang, und der Gestank nach verbranntem Haar und Fleisch war fast unerträglich. Ein krampfhaftes Zucken durchlief Rafes Körper, während er verzweifelt versuchte, still zu liegen. Seine Zähne hinterließen tiefe Abdrücke im Leder seines Gürtels, und er hatte den Kopf in den Nacken geworfen, sodass die Muskeln und Sehnen seines Halses wie Stahlseile hervortraten. Seine Hände hatte er so fest zu Fäusten geballt, dass die Nägel blutige Abdrücke in den Handflächen hinterließen, aber bis auf ein ersticktes Stöhnen erklang kein Laut aus seiner Kehle.

Tränen liefen Emily ungehindert übers Gesicht, während sie die Klinge fest auf die Wunde presste. Übelkeit stieg in ihr auf bei dem Anblick und dem Geruch. Aber wenn Rafe es ertragen konnte, dann konnte sie es auch. Schweiß perlte von seiner Stirn, und noch immer zitterte sein ganzer Körper. Sein Brustkorb hob und senkte sich wie ein Blasebalg unter seinen heftigen Atemzügen. Noch einmal bäumte er sich auf, dann lag er still.

Angst griff mit kalter Hand nach Emilys Herz. War die Tortur zu viel für ihn gewesen? Zögernd nahm sie die Klinge von der Wunde. Die Wundränder waren schwarz, versengt, aber kein Blut quoll mehr daraus hervor.

Emily tastete nach Rafes Herzschlag und fand das beruhigende Pochen unter der linken Seite seines Brustkorbes.

Er lebte.

Er hatte nur das Bewusstsein verloren. Dafür sollte sie dankbar sein.

Trotz der immer stärker werden Übelkeit schob sie die Klinge zurück in die Glut und wiederholte die Prozedur an der anderen Wunde. Obwohl er ohne Besinnung war, bebte Rafes Körper, als sie auch die zweite Wunde ausbrannte, ehe sie sein Bein verband.

Auf Händen und Knien kroch Emily anschließend zum Ausgang der Höhle, wo sie sich unter Schluchzen übergab.

XVIII

»Aua!« Hastig riss Emily ihre Hand zurück und saugte an ihrem schmerzenden Finger, während sie die Brombeersträucher wütend anfunkelte. Warum nur mussten die schönsten Früchte immer am schwierigsten erreichbar sein? Vorsichtig zwängte sie ihre Hand dann noch einmal in das dornenbewehrte Dickicht, um einige dicke, saftige Beeren ihrer bislang recht mageren Ausbeute hinzuzufügen. Aufseufzend betrachtete sie dann den Inhalt der Kaffeekanne, die sie für ihren Ernteeinsatz zweckentfremdet hatte. Viel war es nicht, aber immer noch besser als gar nichts. Ihr Magen knurrte vernehmlich, aber Emily zwang sich, ihn zu ignorieren. Sie würde später etwas essen, wobei sie inständig hoffte, dass sich irgendein kleines Nagetier in den von ihr aufgestellten Fallen verfangen möge.

Eisregen zusammen mit ständig sinkenden Temperaturen hatten es ihr unmöglich gemacht, die Höhle in den letzten Tagen weiter als unbedingt nötig zu verlassen. Der schmale Pfad hatte sich in blankes Eis und somit in eine unberechenbare Rutschbahn verwandelt, und es hatte sie Stunden und unzählige blaue Flecken gekostet, um genügend Wasser für ihren Patienten, die Pferde und sich selbst aus dem Flüsschen hinauf in ihren Unterschlupf zu bringen. Die Pferde waren unruhig gewesen, gereizt und übellaunig, weil sie nichts zu fressen hatten. Erst heute war es ihr wieder möglich gewesen, sie an den Bach hinabzuführen, wo sie sich an einigen winterbraunen Halmen und an Baumrinde hatten laben können. Viel war es nicht, aber immer noch besser als das, was den Menschen bald bevorstand.

Die Trockenfleischvorräte, die Rafe mitgeführt hatte, neigten sich dem Ende entgegen, ebenso die Kartoffeln und Konserven. Noch immer war Rafe, bis auf wenige Momente, in denen er sie kaum erkannt hatte, nicht erwacht.

Warum nur war sie nicht schon früher auf die Idee gekommen, ihre Vorräte zu rationieren? Es hatte keinen Sinn, sich jetzt Vorwürfe zu machen. Welche Wahl hatte sie denn gehabt? Das Einzige, was sie für Rafe hatte tun können, war dafür zu sorgen, dass er bei Kräften blieb. Und dazu war es unerlässlich gewesen, das Trockenfleisch, das er anders ohnehin nicht hätte kauen können, zu einer kräftigen Brühe zu kochen.

Solange Rafe gesund gewesen war, hatte er gejagt und abends Fallen aufgestellt, in denen jeden Morgen mindestens zwei fette Kaninchen gezappelt hatten. Sie hingegen schien irgendetwas falsch zu machen. Denn fast hatte es den Anschein, als würden die Kaninchen, sofern es hier welche gab, einen weiten Bogen um ihre Fallen schlagen. Einige Male hatte sie Wild gesehen, das am Fluss getrunken hatte. Aber Emily hatte sich nicht getraut, das Gewehr, das sie jedes Mal im Anschlag hatte, auch abzufeuern, aus Angst, etwaige Verfolger auf sich aufmerksam zu machen. Was sollte sie dann tun? Noch waren sie nicht am Verhungern, aber bei der Geschwindigkeit, mit der ihre Vorräte schwanden, würde es sicher nicht mehr lange dauern, bis quälender Hunger ihr ständiger Begleiter sein würde. Wenn sie doch nur besser wüsste, welche Pflanzen und Beeren essbar waren. Zwar hatte sie zusammen mit den Frauen auf dem Treck Beeren gesammelt, aber etliche Male hatte man ihr die reifen Früchte, die sie gepflückt hatte, aus der Hand geschlagen und einmal sogar alle Beeren weggeschüttet, weil sie ungenießbar oder sogar giftig waren. Was, wenn sie wieder giftige Beeren sammelte? Sie hatte ihr Leben lang in der Stadt gelebt, erst in Boston und später in St. Louis. Bis auf kurze Spazierfahrten mit dem Wagen war sie niemals in die Wildnis jenseits der Stadtgrenzen hinausgezogen und hatte somit keinerlei Erfahrung, welche der Früchte, mit der Mutter Natur sie hier zu überschütten schien, essbar waren und welche nicht.

Nun ja, dachte Emily und seufzte noch einmal voller Selbstmitleid, zumindest bei Brombeeren konnte selbst sie nichts falsch machen. Mit Bedauern dachte sie an die Pilze in der Nähe des kleinen Stromes, deren Verzehr ihr aber zu riskant erschienen war, ebenso an die vielen roten und schwarzen Beeren, die überall in Hülle und Fülle wuchsen. Wenn sie doch nur ein Kaninchen fangen könnte …

Als wollte es sie verhöhnen, sprang eines der ersehnten Beutetiere vor ihr aus dem Dickicht. Das Näschen zuckte einige Male, ehe das Tier sich blitzschnell umwandte und davonhoppelte.

Wieder knurrte ihr Magen, und Emily wandte ihren sehnsüchtigen Blick von der Stelle ab, wo das Kaninchen wieder zwischen den Sträuchern verschwunden war. Sie widerstand der unsinnigen Versuchung, dem Tier zu folgen, und schlenderte langsam weiter, in der Hoffnung, noch mehr Brombeeren zu finden, die den eisigen Nächten getrotzt oder anderen hungrigen Waldbewohnern entgangen waren.

Der Himmel war schwer und grau wie aus Blei und trug nicht gerade dazu bei, ihre Stimmung zu heben. Lustlos bog sie einige Zweige zur Seite – und hielt überrascht den Atem an. Auch wenn es ihr nicht den Bauch füllen sollte, so ließ die Schönheit des klaren, türkisblau glitzernden Wassers, das in einem flachen felsigen Becken funkelte, sie zumindest einen Augenblick lang ihren Hunger vergessen. Dunstschwaden hingen über dem Bassin, ein deutliches Zeichen, dass es eine heiße Quelle war. Blasen sprudelten an die Oberfläche, wo sie lautlos zerplatzten. Emily fragte sich, wie heiß das Wasser wohl sein mochte. Die verlockende Vorstellung von einem warmen Bad durchzuckte ihre Gedanken, während sie vorsichtig näher an den Rand des Wassers herantrat. Selbst der Geruch nach Schwefel, der überall in der Luft hing, erschien ihr hier nicht so ausgeprägt. Zögernd tauchte Emily eine Hand in das glasklare Nass, bereit, sie sofort zurückzureißen, sollte das Wasser zu heiß sein. Aber alles, was sie fühlte, war die angenehme Temperatur einer natürlichen Badewanne. Ihr Herz schlug schneller angesichts der Aussicht, sich endlich wieder sauber zu fühlen. Zwar hatte sie in der Höhle das Wasser erwärmt, ehe sie sich gewaschen hatte, aber ein Vollbad wäre etwas ganz anderes und damit nicht zu vergleichen.

Nur mit Mühe widerstand Emily der Versuchung, sich sofort zu entkleiden und sich in das einladende Wasser sinken zu lassen.

Seife. Auf keinen Fall würde sie ohne Seife baden!

Eilig raffte sie ihre Röcke zusammen und hastete zurück zur Höhle. Neben Rafe fiel sie auf die Knie und prüfte seine Temperatur. Ihr fiel ein Stein vom Herzen, als seine Stirn sich nur geringfügig wärmer anfühlte als normal. Zärtlich strich sie über seine vom Fieber gezeichneten Wangen. Auch wenn der struppige Vollbart den größten Teil seines Gesichts verdeckte, so war unschwer zu erkennen, dass seine ohnehin schmalen Züge eingefallen wirkten. Die Wunden hatten sich nach dem Ausbrennen nicht wieder entzündet und verheilten gut, aber es war höchste Zeit, dass Rafe wieder etwas Nahrhaftes zu sich nahm. Wenn sie doch nur ein Kaninchen fangen könnte.

Emily konnte es kaum erwarten, dass Rafe endlich wieder die Augen aufschlug und sie mit seinem klaren, bernsteinfarbenen Blick fixierte. Was würde er sagen? Würde er sich daran erinnern, dass sie ihn immer wieder mit Wasser gekühlt hatte? Hatte er gehört, wie sie stundenlang mit ihm gesprochen hatte, bis ihre Stimme ihr den Dienst versagte? Würde er sich daran erinnern, wie er sie in seinen Armen gehalten hatte, seine Hand auf ihrer Brust?

Emily ließ sich auf ihre Fersen zurücksinken. Ihre Wangen brannten vor Verlegenheit. Sie hatte gehofft diesen Vorfall vergessen zu können, aber immer wieder drang die Erinnerung daran überraschend, und wenn sie es am wenigsten erwartete, in ihre Gedanken. So wie jetzt. Wieder schien ihre Brust bei der Erinnerung an Rafes große, warme Hand, die den weichen Hügel sanft umspannt hatte, zu prickeln. Beschämt verschränkte Emily die Arme vor der Brust, ehe sie sich entschlossen erhob. Was immer dort geschehen war, es war aus und vorbei. Rafe war besinnungslos gewesen, im Delirium und würde sich kaum daran erinnern.

Und wenn doch?, wisperte eine kleine Stimme in ihren Gedanken, die Emily sofort energisch zum Schweigen brachte, noch ehe sie sich wünschen konnte, es wäre wahr. Nein, er würde sich nicht erinnern! Ebenso wenig wie er sich daran erinnern würde, dass sie seine Wangen gestreichelt und mit ihm gesprochen hatte. Was immer während seiner Bewusstlosigkeit zwischen ihnen geschehen war, es würde für immer ihr Geheimnis bleiben.

Seufzend blickte Emily auf ihren Retter und Patienten hinab. Wenn sie noch ein Bad nehmen wollte, dann wurde es höchste Zeit. Die Dunkelheit kam schnell, viel zu schnell in dieser kalten Jahreszeit, also musste sie sich beeilen, denn sie wollte auch ihre Bluse und ihren geteilten Rock noch waschen. Schnell ergriff sie die Seife und eine der Decken, dann machte sie sich auf den Weg.

Fröstelnd zog Emily die Decke fester um sich. Es war schon beinahe dunkel, und sie setzte vorsichtig einen Fuß vor den anderen, um auf dem steilen, an vielen Stellen noch immer vereisten Pfad nicht den Halt zu verlieren. Immer wieder rollten kleinere Steinchen unter ihren Füßen zur Seite. Über den Bergen verblasste das letzte dämmrige Licht des Tages, aber hier im Tal konnte sie den Weg kaum noch erkennen. Ein prüfender Blick verriet ihr, dass von ihrem Feuer in der Höhle nichts zu sehen war. Immer wieder war sie in den ersten Tagen ihrer Anwesenheit im Schutz der Dunkelheit hinausgegangen und hatte überprüft, ob ein verräterischer Schein ihr Versteck ihren Verfolgern preisgab, war aber stets beruhigt zurückgekehrt. Das Gebüsch, obwohl entlaubt, war zu dicht, als dass der magere Schein es durchdringen konnte, und die immergrünen Efeuranken, die von den Felsen hinabhingen, taten ein Übriges. Endlich hatte sie den Eingang erreicht. Die Pferde dösten, ein Hinterbein leicht angewinkelt und die Köpfe halb gesenkt. Rafes Grauer schnaubte, als sie eintrat, aber das war auch die einzige Reaktion. Emily hängte ihre nassen Kleider zum Trocknen auf, dann wandte sie sich ihrem Patienten zu – und erstarrte.

»Oh mein Gott!«, wisperte sie fassungslos und sank neben ihm auf die Knie. Ihre Hände verharrten zögernd über Rafes halb entkleidetem Körper, unschlüssig, ob sie ihn berühren sollte, während er sich rastlos hin und her wälzte. Offensichtlich hatte er in ihrer Abwesenheit die Knöpfe seiner Unterwäsche geöffnet, so als hätte er versucht, sich ihrer zu entledigen. Aber das war es nicht, was Emilys entsetzten Blick gefangen hielt. Wieder setzte sie an, ihn zu berühren, und wieder zuckten ihre bebenden Finger zurück.

»Rafe«, hauchte sie verzweifelt, und Tränen schossen ihr in die Augen, als sie sie auf seinen männlichsten Körperteil richtete, der rot und geschwollen bedrohlich aus seinem Nest schwarzer Haare aufragte.

»Oh Rafe.« Erinnerungen an den Treck schossen durch ihre Gedanken, Erinnerungen an Tobias Jenkins ... Verzweifelt schloss Emily die Augen. Auch Tobias' Bein war rot und geschwollen gewesen. Was war nur geschehen? War Rafe von einer Schlange gebissen worden? Entsetzt riss Emily die Augen wieder auf und sah sich um. Es war nirgendwo eine Schlange zu entdecken, dennoch war ein Schlangenbiss die einzige Erklärung, die sie hatte. Was sollte sie nur tun?

Rafes Atem ging in kurzen, keuchenden Zügen. Sein Brustkorb hob und senkte sich hektisch, und auf seiner Stirn perlte Schweiß. Seine Brust war ebenfalls schweißnass, und das schwarze Haar, das dort wie ein weicher Teppich wuchs, klebte an seinem Körper. Seine Hände öffneten und schlossen sich an seinen Seiten, als wollte er nach etwas greifen, es festhalten und wusste dennoch nicht, was es war.

Wieder zuckte Emilys Blick zu seiner geschwollenen Männlichkeit. Noch schreckte sie zurück vor dem, was sie tun musste, wollte sie Rafes – und somit ihr eigenes – Leben retten.

Aber sie hatte keine Wahl.

Zögernd beugte sie sich vor. Einen Augenblick lang dachte sie an das Messer, aber wusste im gleichen Moment, dass sie es sowieso nicht über sich bringen würde, die Bissstelle mit einem schnellen Schnitt zu vergrößern. Tief atmete sie durch und presste dann ihre Lippen auf die pulsierende Kuppe.

XIX

Verwirrt riss Rafe die Augen auf. Sein Körper schien in Flammen zu stehen, und sein Blut toste sengend durch seine Adern. Spielte seine Fantasie ihm wieder einen Streich? Er wusste nicht, wie oft er in letzter Zeit von Emily geträumt hatte, wie oft sein Körper schweißgebadet und hart gewesen war, aber jedes Mal, wenn er die Augen aufgeschlagen hatte, war sie fort gewesen. Einmal hatte er geglaubt, sie in seinen Armen zu halten, hatte geglaubt, ihre seidige Haut zu spüren, die Fülle ihrer Brust mit den Händen zu umspannen, nur um allein aufzuwachen, gepeinigt von Schmerzen und ungestilltem Verlangen. Er hatte nach ihr suchen wollen, sie verfolgen, aber er war so entsetzlich schwach gewesen. Jeder Muskel in seinem Körper hatte geschmerzt, bis er froh gewesen war, wieder im gnädigen Nebel des Vergessens versinken zu können. War es diesmal anders?

Diesmal fühlte er nicht die gliederzerreißende Qual des Fiebers, das ihn so lange in den Klauen gehalten hatte. Als er mühsam den Kopf hob, sah er Emily, wie sie sich über ihn beugte, spürte ihren warmen Atem, ihre Lippen …

Rafe zuckte zusammen. Wenn sie wieder nur ein Traumgespinst war, stellte er aufstöhnend fest, dann war es der verdammt noch mal beste Traum, den er gehabt hatte, seit er vom Knaben zum Mann herangereift war. Die Traum-Emily kniete neben ihm, nur in eine langsam zu Boden rutschende Decke gehüllt. Der flackernde Schein des Feuers ließ die Haut ihrer bloßen Schultern golden erglühen und zeichnete gleichzeitig die Silhouette ihrer nackten, sanft wippenden Brüste nach. Rafe spürte, wie sein Mund trocken wurde, als die roten Lippen der Traum-Emily die geschwollene Kuppe seiner erigierten Männlichkeit umschlossen und sanft zu saugen begannen.

Mit einem unterdrückten Knurren schnellte er hoch. Seine Hände umspannten die kühlen, überraschend realen Schultern seiner Traum-Emily. Ihre Augen wirkten riesengroß, erstaunt, und ihre feuchten, verheißungsvoll glänzenden Lippen waren leicht geöffnet. Er riss sie mit einem verzweifelten Ruck an sich. Einen Augenblick befürchtete er, sie könnte wieder nur ein Traum sein, unter seinen Händen vergehen wie ein Nebelstreif, wenn er den Griff lockerte oder den kleinsten Moment lang zögerte. Trieb sein ungestilltes Verlangen ihn nun endgültig in den Wahnsinn? Er wusste es nicht, und es war ihm auch egal, als er seinen Mund mit dem ihren vereinte. Noch immer konnte er sie spüren, ihren süßen Atem auf seinem Gesicht, ihre zarte Haut unter seinen Händen. Wenn Wahnsinn der Preis war, den er zahlen musste, um das Verlangen seines Körpers endlich zu stillen, dann war er nur allzu gern bereit, ihn zu entrichten. Die Emily in seinem Traum setzte ihm keinen Widerstand entgegen, als er sie höher zog, über sich, bis ihre weißen Schenkel sich über ihm spreizten und er die verheißungsvolle Wärme in ihrem Zentrum fühlen konnte, der sich sein flammender Schaft begierig entgegenreckte.

In seinen Fantasien hatte er davon geträumt, sich Zeit zu lassen und den Moment der Vereinigung hinauszuzögern, Emilys Seufzer zu hören und ihr leises Stöhnen zu trinken, aber noch einmal würde er es nicht riskieren, dass sie wieder verschwand und ihn hart vor ungestilltem Verlangen zurückließ. Seine Hände glitten sanft von ihren Schultern zu ihren Brüsten, umspannten die reifen Früchte, ehe er ihre Hüften ergriff und sie zu sich zog. Ihr schlanker Körper bog sich verführerisch, und ihre Hände glitten über seine Brust, entflammten ihn weiter. Sein männlicher Schaft reckte sich ihr entgegen, so prall, als wollte er bersten. Mit einem innigen Stöhnen warf Rafe den Kopf in den Nacken, als er Emily zu sich niederzog und seine harte Lanze in sie versenkte.

Emily schrie entsetzt auf, als Rafes Männlichkeit sich einen sengenden Pfad in ihren Körper bahnte. Seine unerwartete Stärke, als er so plötzlich nach ihr gegriffen hatte, hatte sie völlig überrascht. Sie hatte sich zur Wehr setzen wollen, aber im gleichen Moment befürchtet, ihm wehzutun. Es war nur das Fieber, sagte sie sich, nur das Fieber, das ihn so heftig reagieren ließ. Jeden Moment würde er sie wieder loslassen, entkräftet auf das Lager niedersinken. So wie es jedes Mal gewesen war, wenn er sich unter Qualen aufgebäumt hatte. Als sie endlich bemerkte, dass er diesmal stärker war, dass er sie nicht loslassen würde, war es zu spät. Sie hatte sich zur Seite werfen wollen, aber seine Hände auf ihren Hüften hatten sie gnadenlos festgehalten.

Emily biss sich auf die Lippen, um nicht aufzuschreien, dennoch konnte sie ein leises Schluchzen nicht unterdrücken. Zu riesig war seine Lanze, die sich in sie bohrte, sie förmlich harpunierte und beinahe zerriss. Verzweifelt stemmte sie ihre Hände gegen seine Brust, kämpfte gegen ihn an und versuchte, dem Schmerz zu entfliehen. Aber es war vergeblich, so wie es vergeblich gewesen war, sich gegen ihn zu wehren. Seine langen, starken Finger an ihrer Taille hielten sie unerbittlich fest, während seine Brust sich unter seinen heftigen Atemzügen hob und senkte. Ungehindert liefen Emily Tränen über die Wangen und tropften als salzige Flecken auf Rafes flachen Bauch.

Was war nur geschehen? Eben noch hatte sie das Gift aus der Wunde saugen wollen, und schon im nächsten Augenblick hatte er sie an sich gerissen. Sie hatte den fiebrigen Glanz in seinen flammenden Augen gesehen, war besorgt gewesen, es könnte ihm schlechter gehen – und dann war es zu spät gewesen. Noch ehe sie wusste, was geschah, hatte er sie niedergedrückt auf diesen Teil von sich, der jetzt tief und pulsierend in ihr ruhte, ungeachtet ihres Protestes, den er mit seinen Lippen erstickt hatte.

Es war zu spät. Es gab kein Zurück mehr.

Rafes Hüften zuckten, und Emily stöhnte schmerzerfüllt auf.

»Rafe, du tust mir weh«, stieß sie unter Tränen hervor und versuchte noch einmal, die innige Verbindung zu lösen. Erleichterung durchströmte sie, als er sie anhob und sich fast vollständig aus ihr zurückzog. Verzweiflung ergriff sie, als er erneut tief in sie eindrang.

»Rafe!«

Seine Hände glitten aufwärts, streichelten ihren schlanken Rücken und zogen sie fester an seine Brust. Seine Lippen fanden die ihren und verschlossen sie mit einem langen Kuss.

»Du bist mein«, hauchte er und zog sie noch fester an sich. »Ich lasse dich nicht wieder gehen. Niemals.« Er neigte den Kopf und vertiefte den Kuss. Heiß tauchte seine Zunge zwischen Emilys Lippen, zog sich zurück und stieß wieder vor, den sinnlichen, intimeren Akt ihrer Körper nachahmend.

Rafes Hände glitten zu ihren Brüsten, umspannten sie. Er massierte sie sanft, und als seine Daumen über die rosigen Spitzen strichen, stockte Emily der Atem.

Da war es wieder, dieses Prickeln, das sie schon einmal gefühlt hatte. Sie konnte spüren, wie ihre Nippel sich aufrichteten, hart wurden wie kleine Kiesel, die sich Rafe verlangend entgegenreckten. Sie stöhnte enttäuscht auf, als er sich zurücksinken ließ auf den Boden, aber seine Hände ruhten weiter auf ihren Brüsten, streichelten und liebkosten sie. Seine Augen funkelten, als er sie unverwandt anblickte.

»Bist du ein Traum?«, fragte er heiser.

Emily schüttelte zögernd den Kopf.

»Gut«, glaubte sie seine Stimme wie einen Hauch zu hören, ehe er sie wieder zu sich niederzog und ihre Lippen mit den seinen verschloss. Seine Finger waren überall, in ihrem Haar, auf ihrem Rücken und ihren Brüsten.

Emily genoss das Gefühl seiner rauen Handflächen auf ihrem empfindsamen Körper. Beinahe hätte sie vergessen, dass sie noch immer intim verbunden waren, aber dann glitten seine Hände ihren Rücken hinab, strichen über die kühlen Hälften ihres Gesäßes, bis seine Fingerspitzen die Stelle fanden, an der sie so innig miteinander verschmolzen. Emilys Hüften zuckten, und sie schrie leise auf, als seine Finger sie dort berührten, liebkosten.

»Rafe!«

Emily richtete sich auf und konnte ein Stöhnen nicht unterdrücken, als sein Schaft durch die Bewegung noch tiefer in sie drang. Ihre Muskeln umschlossen ihn unwillkürlich fester, und es durchzuckte sie wie ein Blitz.

»Oh Rafe ...« Der Schmerz war verschwunden. Rafes Augen leuchteten geheimnisvoll, als Emily begann, ihren Körper wie in einem erotischen Tanz hin und her zu wiegen. Ihre Bewegungen waren unerfahren, aber es war gerade ihre unschuldige Sinnlichkeit, die Rafe das Blut noch schneller durch die Adern trieb. Seine Hände umspannten Emilys Hüften, hielten sie, führten sie, bis er sich nicht länger zurückhalten konnte. Mit einem bedrohlichen Knurren umklammerte er Emilys Taille fester. Der Schweiß brach ihm aus den Poren. Die Anstrengung war beinahe zu viel für ihn, aber er ignorierte den flammenden Schmerz in seinem Bein. Er sah wie Emilys Augen sich weiteten, hörte ihr Seufzen, aber er konnte nicht auf sie warten, ohne dabei endgültig den Verstand zu verlieren. Mit letzter Kraft drang er in sie – einmal, zweimal, ehe er sich in ihren heißen Schoß ergoss.

Mit einer wütenden Bewegung wischte sich Emily die Tränen aus dem Gesicht. Was war nur geschehen? Rafe lag unter ihr, eingeschlafen vor Erschöpfung. Sie hörte sein leises Schnarchen und hatte das Gefühl, selbst allmählich in einen Albtraum hinein zu erwachen. Noch immer spürte sie den Teil von ihm tief in sich, aber er war längst nicht mehr so groß wie zuvor. Zögernd erhob sie sich. Ihr Körper schmerzte, und sie starrte entsetzt auf das Blut und die Samenflüssigkeit, die träge an ihren Schenkeln hinabliefen.

Oh mein Gott! Entsetzt biss Emily in ihren Handrücken, um ein Schluchzen zu unterdrücken und den Schmerz zu betäuben, der ihr Herz zu zerreißen drohte. Was hatte sie nur getan?

Stolpernd entfernte sie sich von dem Lager, auf dem Rafe, schlafend, noch nicht einmal bemerkte, welche Qualen er ihr bereitet hatte. Was hatte sie nur getan? Wie hatte sie sich nur derart vergessen und der Wollust hingeben können, gegen die der Priester in Tante Ruthies Gemeinde immer gepredigt hatte?

Frierend zog Emily die Schultern hoch und schlang die Arme um ihren Körper. Ihr war kalt. Das war ja auch kein

Wunder, schließlich trug sie bis auf ihre Schuhe keinen Faden am Leib. Hastig, Rafes Gesicht nicht aus den Augen lassend, griff sie nach der Decke und wickelte sie um sich. Aber auch das konnte die Kälte in ihrem Inneren nicht vertreiben. Würde es überhaupt jemals etwas geben, das diese eisige Kälte wieder zum Schmelzen bringen konnte?

Ihre Zähne schlugen hörbar aufeinander, als Emily Holz ins Feuer schichtete und einen Topf mit Wasser erhitzte, um sich zu waschen. Wie seltsam. Noch vor einer Stunde hatte sie sich so wunderbar sauber gefühlt. Nun hatte sie das Gefühl, sich niemals wieder von der Schande reinwaschen zu können. Aufschluchzend sank Emily in sich zusammen und stützte ihr Gesicht auf ihre hochgezogenen Knie. Was hatte sie nur getan? Nichts konnte ihr Verhalten entschuldigen.

Charles.

Oh mein Gott, Charles, dachte Emily. Er hatte ihr vertraut, und sie hatte sein Vertrauen missbraucht. Charles hatte sich um sie gesorgt. Charles hatte sie aus der Gefangenschaft der Indianer befreien lassen, und wie hatte sie es ihm gedankt?

Verzweifelt versuchte Emily, die Gefühle, die bei der Erinnerung an das Geschehene in ihr wachgerufen wurden, nicht zu beachten. Genauso gut hätte sie versuchen können, den Lauf der Flüsse zum Ozean zu ändern. Ihre Brüste prickelten, als sie an Rafes Hände dachte, wie er sie liebkost hatte, und tief in ihrem Inneren verspürte sie eine unerfüllte Leere, so als hätte ihr Körper auf etwas gewartet, das ihm verwehrt geblieben war. Wie war das nur möglich?

Kälte drang unangenehm von dem Steinboden in ihre Glieder, und Emily erhob sich zitternd. Bebend schlüpfte sie in saubere Kleidung. Ihre Augen zuckten zu Rafe, der sich seufzend bewegte, dann hastig zurück, als ihr Blick auf seine Männlichkeit fiel. Betreten schlug Emily die Augen nieder und breitete eine Decke über ihn.

Was geschehen war, war nun einmal geschehen. Tief atmete sie durch. Sie sollte sich glücklich schätzten, dass Rafe nicht in der Verfassung war, sich daran zu erinnern. Und sie würde ganz sicher dafür Sorge tragen, dass diese demütigende Erfahrung sich niemals wiederholte.

XX

»Emily?«

Emilys Kopf ruckte hoch, als sie Rafes raue Stimme vernahm. Zögernd erhob sie sich und trat zu ihm. Sein Blick war klar, nicht fiebergetrübt, aber sie wagte nicht, noch näher an ihn heranzutreten oder ihn gar zu berühren.

Rafe runzelte die Stirn, als er Emilys unerwartete Distanz bemerkte. Was war geschehen? Seine Erinnerung gaukelte ihm vor, wie Emily ihn mit kaltem Wasser gewaschen hatte, als er im Fieber verbrannte. Er erinnerte sich auch deutlich an ihre kühlen Finger auf seiner heißen Stirn.

Trugbilder? Wirklichkeit?

Seine trockene Zunge leckte über spröde Lippen, und Emily ließ sich widerstrebend neben ihn auf die Knie sinken. Sie hob seinen Kopf ein wenig an und gab ihm etwas Wasser zu trinken, ehe sie sich wieder aus seiner Nähe entfernte.

»Emily?«

Verdammt! Wenn er doch nur aufstehen könnte, aber er fühlte sich noch immer hilflos wie ein neugeborenes Kätzchen. Kurz durchzuckte die Erinnerung an heißen, hemmungslosen Sex seine Gedanken, aber er schob das Bild weit von sich. Hier war wohl der Wunsch Vater des Gedanken.

Fieberfantasien.

In seinem gegenwärtigen Zustand über so etwas zu spekulieren, war reine Zeitverschwendung. Aber irgendetwas war zwischen ihnen geschehen. Hatte er Emily im Fieberwahn angegriffen? Sie womöglich verletzt? Sein suchender Blick glitt über ihren Körper, konnte aber keine Verletzung erkennen. Also, was war es dann?

»Emily.«

Warum sah sie ihn nicht an? Was hatte er denn getan?

Stattdessen gab sie vor, hingebungsvoll in einem Topf zu rühren, der einen Geruch verströmte, der ihm das Wasser im Munde zusammenlaufen ließ. Großer Gott, war er hungrig.

»Ist das für mich?«, versuchte er noch einmal, Emily zu einer Antwort zu bewegen. »Es riecht gut.« Er sah zu, wie Emily Suppe in den Teller füllte und zu ihm zurückkehrte. Kurz zögerte sie, ehe sie sich neben ihn auf den Boden sinken ließ.

Vor Hunger war ihm ganz schwindelig, aber er musste wissen, was geschehen war, während er weggetreten war. Waren sie überfallen worden? Ein kurzer Blick durch die Höhle überzeugte ihn vom Gegenteil. Nein, falls Taggarts Männer sie überfallen hätten, wären sie nicht mehr hier – und sicherlich auch nicht mehr am Leben.

»Emily, bitte rede mit mir.« Noch immer wichen ihre Augen seinen Blicken aus. Warum?

»Möchten Sie etwas essen oder nicht? Falls nicht, habe ich noch etwas anderes zu tun.« Endlich sah sie ihn an. Sie versuchte, kühl zu wirken, dabei blickten ihre Augen jedoch ängstlich wie bei einem erschrockenen kleinen Tier, das befürchtete, von seinem Herrn geschlagen oder getreten zu werden. Herrje, was hatte er denn getan?

»Ich möchte essen«, erwiderte er anstelle einer weiteren Frage, weil er befürchtete, sie würde ihre Drohung wahr machen und ihn allein mit seinen Gedanken zurücklassen.

Ohne ihm in die Augen zu sehen, bettete Emily Rafes Kopf auf ihre Oberschenkel und fütterte ihn mit einem Löffel Suppe nach dem anderen. Viel zu schnell war er gesättigt und müde, aber wenigstens hatte er überhaupt aus eigenem Antrieb etwas zu sich genommen. Schon bald würde es ihm besser gehen, und dann konnten sie endlich aufbrechen.

»Emily«, hörte sie ihn wispern, aber sie wandte sich ab. Als sie sich einige Minuten später umdrehte, war er eingeschlafen.

Von diesem Tag an erholte Rafael sich zusehends. Sein Appetit wuchs, und jeden Tag war er ein wenig länger wach. Er hatte es aufgegeben, Emily in ein Gespräch zu verwickeln und sprach nur das Nötigste. Ihre Antworten, sofern sie überhaupt welche gab, waren einsilbig. Sie verbrachte viel Zeit im Freien, und Rafael fragte sich, warum. Auch schlief sie nicht mehr neben ihm, sondern auf der anderen Seite des Feuers. Er musste zugeben, dass es in der Höhle warm genug war, und wahrscheinlich hatte sie ihn nicht stören wollen, solange er krank war. Er verstand nicht, was geschehen sein mochte. Hatte er in seinem Delirium etwas gesagt, das sie verletzt hatte? Sie musste doch wissen, dass er ihr kein Leid zufügen würde. Nun, solange sie nicht mit ihm sprach, würde er es nicht erfahren.

»Was tun Sie da?«

Rafe sah auf. Er war in der Höhle hin und her gegangen, um die Belastbarkeit seines Beines zu testen. Zwar war es noch nicht so stark, wie er es sich wünschte, aber es ging von Tag zu Tag besser.

»Wonach sieht es denn aus?«, gab er statt einer Antwort zurück.

Emily starrte ihn einen Moment lang an, dann wandte sie sich ab und wollte an ihm vorbeigehen.

Rafe konnte sie gerade noch auffangen, als sie taumelte und beinahe stürzte. »Was zum Teufel …?«

»Lassen Sie mich sofort los!«, fauchte Emily und versuchte wütend, sich aus seinem Griff zu befreien. Rafe ließ sie los, nur um sie erneut in seine Arme zu ziehen, als sie schwankte.

»Halten Sie still«, brummte er, als Emily sich mit lächerlich schwachen Versuchen zur Wehr setzte. Seine Hände glitten über ihre Oberarme, ihre Schultern, ehe er sie auf das Lager niedersinken ließ.

Emily bebte vor Wut. »Fassen Sie mich nicht an«, zischte sie, und Rafe sank auf seine Fersen zurück, um sie anzusehen. Ihre Wangen waren eingefallen, ihr Kinn spitz. Fast konnte man meinen, sie sei es, die krank gewesen war und nicht er.

»Was ist mit Ihnen geschehen?«, wollte er wissen. Emily wandte den Kopf ab, aber Rafe hatte genug von ihren Spielchen.

»Ich will wissen, was los ist«, knurrte er. »Sie sind zu schwach zum Laufen. Wie wollen Sie jetzt im Winter über die Berge kommen, wenn Sie sich nicht einmal auf den Beinen halten können?«

Noch immer sah sie ihn nicht an.

»Ich warte.«

Endlich richtete sie ihren Blick auf ihn. Ihre Augen funkelten.

»Wenn Sie es unbedingt wissen wollen: Unsere Vorräte sind aufgebraucht. Ich habe aufs Essen verzichtet, damit Sie wieder zu Kräften kommen.«

Verblüfft starrte Rafe sie an. Das konnte doch nicht wahr sein! Aber ein Blick in ihre ausgezehrten Züge bewies, dass sie die Wahrheit sagte.

»Verdammt noch mal! Warum haben Sie denn nichts gesagt?«, rief er.

Spöttisch zog Emily eine Augenbraue in die Höhe. »Und was hätten Sie dagegen tun wollen? Sie konnten ja noch nicht einmal allein aufstehen. Ich hielt es für wichtiger, dass Sie gesund werden. Wie Sie schon sagten, ich kann ohne Ihre Hilfe nicht überleben. Ich bin auf Sie angewiesen, wenn ich nicht vor Hunger und Kälte sterben will.«

Wütend erhob Rafe sich und stampfte zum Ausgang der Höhle. Diese kleine Närrin! Blicklos starrte er hinaus. Sie war bereit gewesen, ihr Leben für ihn zu riskieren. Nun ja, vielleicht nicht ganz uneigennützig, wie sie ja selbst zugegeben hatte, aber immerhin. War sie deshalb so distanziert? Weil sie seinetwegen gehungert hatte? Nein, das konnte er sich nicht vorstellen. Dafür war Emily Bradshaw nicht der Typ. Während er hinausstarrte, schwebten dicke, weiße Schneeflocken zu Boden. Das fehlte ihm gerade noch.

Er wandte sich um. Emily legte Holz ins Feuer, aber er konnte sehen, wie ihre Hände zitterten.

»Warum haben Sie nicht gejagt?«

»Ich bin keine sehr gute Schützin«, antwortete sie, ohne ihn anzusehen. »Ich habe das Gefühl, die meisten Leute sehen Dinge, die ich gar nicht wahrnehme. Ich vermute, ich bin ziemlich kurzsichtig. Außerdem hatte ich Angst vor den Verfolgern, von denen Sie gesprochen haben.« Endlich sah sie ihn an. »Ich habe Fallen aufgestellt, aber die Kaninchen haben einen weiten Bogen darum gemacht.«

Rafe konnte sich ein Grinsen nicht verkneifen.

»Die Kaninchen haben einen Bogen um die Fallen gemacht?«, fragte er ungläubig und hoffte, Emily damit aus der Reserve zu locken.

Emily war nicht zu Scherzen aufgelegt. »Ich fürchte ja. Und ich hatte Angst, dass ich uns mit Beeren und Pilzen vergiften könnte.«

Rafe wurde ernst. Er würde einen anderen Weg finden müssen, um sie zum Reden zu bringen. »Bleiben Sie hier!«, wies er sie schroff an. »Ich werde sehen, ob ich etwas Essbares auftreiben kann.«

»Nein, Sie sind noch zu schwach ...«

»Wenn ich es nicht tue, werden wir uns in kurzer Zeit beide nicht mehr allein bewegen können. Ich bin bald zurück.« Damit nahm er sein Gewehr und die Schlingen und ging hinaus.

»Hmm, hiermit erkläre ich Kaninchen zu meinem Lieblingsessen«, murmelte Emily und warf den Knochen eines abgenagten Beines ins Feuer. Noch immer zischte Fett von dem zweiten brutzelnden Braten in die Glut und verbreitete einen appetitanregenden Geruch.

»Nachdem Sie jetzt wieder bei Kräften sind, möchte ich wissen, was geschehen ist.«

Emily verharrte mitten in der Bewegung.

»Ich weiß nicht, was Sie meinen«, entgegnete sie dann und wollte sich abwenden. Rafes Hand schoss vor und umklammerte ihr zerbrechlich wirkendes Handgelenk.

»Sie wissen ganz genau, was ich meine«, zischte er, nur eine Handbreit von ihrem Gesicht entfernt. »Sie weichen mir aus. Sie sehen mich nicht an und tun fast so, als ob ich eine ansteckende Krankheit hätte.«

Wütend zerrte Emily an ihrem Handgelenk, aber er hielt sie unerbittlich fest.

»Lassen Sie mich los!«

»Erst wenn Sie mir sagen, was vorgefallen ist.«

»Gar nichts ist vorgefallen!«, fauchte Emily zurück.

»Ich habe Ihnen schon einmal gesagt: Lügen passt nicht zu Ihnen.«

»Ich lüge nicht!«

»Ach nein?!« Verächtlich stieß Rafe ihre Hand von sich.

Emily umklammerte ihr Handgelenk, wo er es gepackt hatte. Er hatte ihr nicht wehgetan, aber das Gefühl seiner Hand auf ihrer Haut rief Erinnerungen wach und war beinahe mehr, als sie ertragen konnte. Sie wickelte ihre Röcke fester um ihre Beine, und Rafes Augen zogen sich unheilvoll zusammen.

»War irgendjemand hier?«, wollte er mit rauer Stimme wissen.

Betreten schüttelte Emily den Kopf und sah zu Boden.

»Sind Sie draußen irgendjemandem begegnet?«

Wieder Kopfschütteln.

»Verdammt, Emily, was ist dann geschehen? Wir werden noch eine ganze Weile zusammen sein, und keinem ist damit geholfen, wenn wir wie zwei gereizte Bären umeinander herumschleichen.«

Statt einer Antwort schien Emily in sich zusammenzukriechen. Fest schlang sie ihre Arme um ihre angezogenen Knie und zog die Schultern hoch.

Seine Fieberfantasien! Aber das war doch nicht möglich! »Emily.« Mit zwei Schritten war Rafe bei ihr. Seine Hände umklammerten ihre Schultern und zogen sie in die Höhe. »Emily, habe ich irgendetwas getan, das mir Leid tun müsste?«

Forschend blickte er sie an. Was er sah, ließ ihm das Blut in den Adern gefrieren. Er ließ sie so plötzlich los, als habe er sich verbrannt. Erschüttert taumelte er einige Schritte zurück.

»Nein«, keuchte Rafe, fassungslos. Das war nicht möglich! Das konnte gar nicht möglich sein, aber ein Blick in Emilys leichenblasses Gesicht, in ihre angsterfüllten Augen bewiesen ihm das Gegenteil.

»Emily …« Was immer er sagen wollte, erstarb in seiner Kehle. Stattdessen wandte er sich um und stürmte hinaus in die Dunkelheit.

Emily starrte noch immer blicklos ins Feuer, als sie hörte, wie Rafe in die Höhle zurückkam. Er stampfte sich den Schmutz von den Stiefeln und klopfte seinen Hut ab. Dann trat er näher. Eine Zeit lang schwieg er.

»Es hat angefangen zu schneien«, sagte er dann.

»Das hat es schon häufiger«, erwiderte Emily, ohne aufzusehen.

»Nicht so. Es sieht ganz nach dem aus, was die Indianer einen weißen Sturm nennen – einen Schneesturm. Ich fürchte bis zum Morgen sind wir eingeschneit.«

Es dauerte einige Sekunden, bis die Worte durchdrangen, dann schoss Emily von ihrem Lager hoch. »Was?!« Sie stürmte zum Höhleneingang und starrte mit brennenden Augen hinaus.

Heulend trieb der eisige Wind dicke Schneeflocken umher. Bereits jetzt lag der Schnee mehr als zwanzig Zentimeter hoch. Das konnte einfach nicht wahr sein! Nicht nach all dem, was passiert war. Warum konnte das Wetter sich nicht noch eine Woche länger halten? Rafe war unbemerkt hinter sie getreten. Es juckte ihn in den Fingern, seine Hände auf ihre Schultern zu legen, aber er hatte gesehen, wie ihr Körper sich spannte, nachdem sie ihn bemerkt hatte. »Der Schnee war überfällig. Es ist schon viel später als sonst. Bislang haben wir Glück gehabt.«

»Glück?«, fragte Emily bitter. »Wir werden erfrieren und verhungern. Das würde ich kaum als Glück bezeichnen.«

Zögernd legte Rafe eine Hand auf ihre Schultern. Er spürte, wie sie zusammenfuhr.

»Ich werde nicht zulassen, dass das geschieht. Ich schwöre hier und jetzt bei meinem Leben und allem, was mir heilig ist, dass ich Sie nach dem Winter unversehrt nach Silver Springs bringen werde.«

Emily erwiderte nichts. Seine Hand schien einen sengenden Abdruck auf ihrer Schulter zu hinterlassen, und ein Teil von ihr schrie danach, sich gegen ihn sinken zu lassen, damit sie an seiner Stärke teilhaben konnte. Aber sie tat nichts dergleichen. Stattdessen spürte sie eine nie gekannte Leere und Kälte, als er sich umwandte und in die Höhle zurückkehrte.

XXI

Blicklos starrte Emily auf die Seiten ihres Tagebuches. Sie hatte es bei ihrer Suche nach Nahrungsmitteln in Rafes Satteltasche gefunden und wieder an sich genommen, war aber bislang nicht dazu gekommen, es fortzuführen. Der letzte Eintrag war vom 8. August, drei Tage vor dem Überfall. Es war nur eine kurze Notiz, dass sie die Rocky Mountains, die es zu überqueren galt, schon sehen konnten – mehr nicht.

Emily seufzte leise. Ihre Einträge waren kürzer und kürzer geworden, je länger die Reise währte. Tagelang immer das Gleiche zu sehen – Gras, Gras und noch mehr Gras –, das war wenig inspirierend gewesen. Und auch wenn die Landschaft schön gewesen war, ja sogar traumhaft, so hatte sie doch irgendwann ganz einfach die Lust verloren, bei all der Arbeit und den Strapazen darüber zu schreiben, wie sie von Staubwolken eingehüllt hinter einem Wagen herging oder reißende Flüsse durchquerte. Am Ende war sie so müde gewesen, so abgestumpft, dass sogar Ereignisse, die sie einst als aufregend betrachtet hätte, ihren Reiz verloren hatten.

Jetzt endlich hätte sie genügend Zeit und Muße, über all das zu schreiben, was ihr widerfahren war – und doch konnte sie sich nicht dazu aufraffen.

Sie wusste, dass Rafe sie von der anderen Seite des Feuers her beobachtete, weigerte sich aber, ihn anzusehen. Wie viel von ihren Aufzeichnungen hatte er wohl gelesen? Wahrscheinlich alle, und sie konnte sich glücklich schätzen, dass es eigentlich nur ein Reisebericht war und keine Offenlegung ihrer geheimsten Sehnsüchte und Wünsche, wie es für ein Tagebuch eigentlich üblich war. Er wusste auch so schon viel zu viel über sie. Er hatte schon zu viel von ihr gesehen, berührt …

Hastig beendete Emily diesen Gedankengang. Wenn sie weiterhin darüber nachgrübelte, würde sie noch wahnsinnig werden. Entmutigt legte sie den Kopf zurück an die Felswand und schloss die Augen.

Zwei Wochen.

Seit zwei quälend langen Wochen waren Rafe und sie bereits in der Höhle eingeschlossen. Wie er vorhergesagt hatte, hatte es dieses Mal weitergeschneit. Nicht nur die Nacht hindurch, sondern auch die nächsten Tage und Nächte. Jeden Morgen grub Rafe den Eingang zur Höhle frei, damit er hinausgelangen konnte zum Jagen. Er hatte sich einen Bogen gebaut und Pfeile, sodass er zusätzlich zu den Fallen eine weitere, lautlose Möglichkeit hatte, Wild zu erlegen. Emily wusste nicht, ob sie beleidigt sein sollte oder erleichtert, dass ihm Diana sehr viel gewogener war als ihr selbst. Zumindest brauchten sie sich in nächster Zeit keine Sorgen zu machen, dass sie hungers sterben würden.

Schwieriger war es allerdings gewesen, die Pferde zu versorgen, bis Rafe, zur Untätigkeit verdammt, sich daran gemacht hatte, die Höhle weiter zu erforschen. Zu ihrer beider Überraschung gab es einen Gang, der ganz in der Nähe der heißen Quelle ins Freie führte, sodass sie die Pferde dort hinausbringen konnten. Durch die Wärme des Wassers gab es im Schutz der Felsen noch einige Stellen, wo hartes, zähes Wintergras den Elementen getrotzt hatte. Zudem war in den angrenzenden Bereichen der Schnee nicht so tief, sodass die Pferde, so wie ihre wilden Artgenossen es taten, unter dem Schnee nach Nahrung scharren konnten. Der bequemere Zugang zur Quelle ermöglichte auch tägliches Baden, ihr einziger Zeitvertreib.

Emily öffnete die Augen, als sie Rafe unterdrückt fluchen hörte. Er war dabei den Verband zu wechseln. Da Emily seine Unterhosen abgeschnitten hatte, schützte er die Wunde mit Stoffstreifen zusätzlich gegen die Kälte. Auch wenn die Verletzung fast abgeheilt war, so verklebte hin und wieder der Stoff mit den noch empfindlichen, ein wenig verschorften Wundrändern. Emily erhob sich.

»Soll ich Ihnen helfen?«, fragte sie und ging neben Rafe in die Hocke. Sie streckte die Hände aus, aber Rafe stieß sie zurück.

»Wenn ich Ihre Hilfe wollte, hätte ich Sie darum gebeten«, knurrte er unwirsch und wandte sich von ihr ab.

Betroffen zuckte Emily zusammen und ließ die Hände sinken. »Bitte«, meinte sie dann betont schnippisch, um ihn nicht merken zu lassen, wie sehr seine groben Worte sie verletzt hatten. »Dann eben nicht.«

Wenn er ihre Hilfe nicht wollte, dann würde sie sich eher die Zunge abbeißen, als sie ihm noch einmal anzubieten. In einem empörten Wirbel von Röcken erhob sie sich und schritt so elegant, wie nur eine Lady es vermochte, zurück auf ihre Seite des Feuers. Dort ergriff sie einige Kleidungsstücke, warf den Kopf in den Nacken und sah ihn von oben herab an. »Ich gehe jetzt baden«, informierte sie ihn dann hoheitsvoll und eilte in den Gang am Ende der Höhle.

Rafe fluchte noch heftiger. Bemerkte sie denn nicht einmal, was sie da tat? Ihre Anwesenheit, ihre Nähe, ihr Anblick waren schon beinahe mehr, als er ertragen konnte. Aber ihr Duft, der ihm in die Nase gestiegen war, als sie vor ihm niedersank, hatte sein mühsam unterdrücktes Verlangen messerscharf in ihm aufflammen lassen. Seine Hände zitterten so heftig, dass er die Stoffstreifen kaum halten konnte, und er hatte sich abwenden müssen, damit Emily nicht das ganze Ausmaß seiner Begierde bemerken konnte. Allein der Gedanke, ihre zarten Finger so nahe seiner Männlichkeit auf seiner nackten Haut zu spüren …

Rafe sprang auf, zerrte seine Hose hoch und hastete hinaus in die Kälte. Sein ganzer Körper bebte. Er war schweißgebadet. Großer Gott, was tat sie ihm da nur an? Dabei verriet jede ihrer unschuldigen Bewegungen, dass es ihr noch nicht einmal bewusst war, welche Auswirkung allein ihre Gegenwart auf ihn hatte. Aber wie sollte sie auch? Die einzigen Erfahrungen, die sie bislang mit einem Mann und seinen Reaktionen gemacht hatte, waren ganz sicher nicht dazu geeignet, um sie zu einer Verführerin zu machen. Herrgott, er würde noch wahnsinnig werden …

Rafe ergriff eine Hand voll Schnee und rieb sie über sein erhitztes Gesicht. Alles in ihm schrie danach, sich der Länge nach im Schnee zu wälzen, dieses quälende Feuer des Verlangens zu ersticken, wusste er doch, dass es niemals erlöschen würde. Ein Blick, eine Bewegung, eine Berührung von Emily, ganz zu schweigen von der Vorstellung, wie sie nackt im warmen Wasser badete, und er würde sofort wieder so lichterloh brennen, wie er es in diesem Augenblick tat. Das Einzige, was ihn noch davon abhielt, Emily die Kleidung vom Leib zu reißen und seine flammende Lust an ihrem begehrenswerten Körper zu stillen, war die Erinnerung an den Ausdruck in ihren Augen, als er die Wahrheit über seinen Fiebertraum erfahren hatte.

Angst.

Sie hatte Angst vor ihm.

Frustriert fuhr Rafe sich mit den Fingern durchs Haar. Die Wolken am Himmel waren so trist und grau, dass er beinahe das Gefühl hatte, sie mit den Händen greifen zu können. Es würde noch mehr Schnee geben, da hatte er nicht den geringsten Zweifel. Sie würden noch für Wochen hier festsitzen, möglicherweise sogar Monate. Wie sollte er das nur überstehen? Noch nie hatte er sich zu einer der Frauen, die er befreit hatte, hingezogen gefühlt. Er hatte sich noch überhaupt niemals zu einer Frau derart hingezogen gefühlt. Um so schwerer fiel es ihm, seine körperlichen Begierden unter Kontrolle zu halten. Noch nie … Rafe sank auf die Knie. Bis er Emily kennen lernte …

Und nun würde er ausgerechnet mit ihr monatelang eingeschneit in einer Höhle festsitzen, ohne die Möglichkeit, sich aus dem Weg gehen oder Abstand gewinnen zu können.

Warum?

Warum konnte er sie nicht einfach zu ihrem Charles zurückbringen, sein Geld kassieren und sie dann vergessen?

Aber würde er Emily überhaupt vergessen können? Oder würde er sie nicht, solange er lebte, wie einen sengenden Schmerz in seinem Herzen spüren?

Schnee schmolz in seinen Haaren und lief ihm in feuchten Bächen unangenehm in den Kragen. Wie lange hockte er schon hier draußen? Er wusste es nicht. Als er sich erhob, war seine Hose nass und eisig und hatte bereits begonnen, an seinem Körper festzufrieren. Noch heftiger fluchend als bisher, wandte Rafe sich um und trat zurück in die Wärme der Höhle.

Als Rafe die Höhle betrat, sah Emily von ihrem Tagebuch auf, in dem sie erneut lustlos geblättert hatte, um ihren Händen etwas zu tun zu geben. Sie hatte einige Äste ins Feuer gelegt, nachdem sie vom Baden zurückgekehrt war, hatte sich in eine Decke gewickelt und lehnte nun ein wenig tiefer in der Höhle an der Felswand. Da Rafe nicht anwesend war, hatte sie angenommen, er sei jagen gegangen. Aber anscheinend war er die ganze Zeit ohne Mantel draußen gewesen. Seine Haare sahen aus, als wären sie gefroren, und auch seine Kleidung wirkte steif. Emily setzte sich auf. Großer Gott, was hatte er vor? Wollte er sich den Tod holen?

Sie wollte eben einen bissigen Kommentar abgeben, als Rafe sein Hemd über den Kopf zog und anschließend seine rote Flanellunterwäsche von den Schultern streifte. Ihr blieben die Worte im Halse stecken. Mit weit aufgerissenen Augen starrte sie auf seinen entkleideten Oberkörper, die sehnigen Arme und kräftigen Muskeln. Ihr Mund war wie ausgetrocknet. Sie hatte ihn bereits mit bloßem Oberkörper gesehen, im Indianerlager, als er mit »Roter Büffel« um sie gekämpft hatte. Aber nach all den halb entkleideten Indianern hatte sein Körper keinen bleibenden Eindruck bei ihr hinterlassen. Wieso hatte der helle Glanz der Mittagssonne damals mehr verhüllt, als der flackernde Schein des kleinen Feuers es nun vermochte?

Atemlos ließ Emily ihre Blicke über ihn gleiten. Durch die Kälte waren seine kleinen, braunen Brustwarzen hart und trotz der Haare auf seiner Brust deutlich zu erkennen. Emily spürte, wie ihre eigenen Brustwarzen sich bei dem Anblick prickelnd zusammenzogen. Wie war das möglich?

Das Flackern des Feuers ließ jede Erhebung seines Körpers als erhabenes Relief hervortreten, zeichnete die harten Muskelstränge nach und betonte das geschmeidige Spiel der Sehnen unter seiner glatten Haut. Emily versuchte zu schlucken, aber sie konnte es kaum. Sie wusste, sie sollte den Blick abwenden, doch ihre Augen schienen an seinem Anblick zu kleben. Erst ein Stiefel, dann der zweite fielen zu Boden, aber selbst das Geräusch, das sie machten, vermochte den Bann, der auf ihr lag, nicht zu brechen.

Emilys Atem stockte, als seine Finger zu seinem Hosenbund fuhren und begannen, die Knöpfe, die seine Hose geschlossen hielten, zu öffnen.

Er würde doch nicht …

Ein erstickter Laut entrang ihrer Kehle, als Rafe seine Hosen von den schmalen Hüften schob. Sein Blick zuckte hoch, traf den ihren, und Emily wusste im gleichen Moment, dass er sich unbeobachtet gewähnt hatte. Seine Augen flammten heiß, hielten die ihren gefangen. Dennoch konnte Emily nicht umhin, ihren Blick auf den wachsenden Beweis seiner Männlichkeit sinken zu lassen. Ihre Augen wurden weit, als sie Zeugin wurde, wie der harte Pfahl den dünnen Stoff seiner Unterwäsche weiter und weiter spannte, bis Emily glaubte, er würde ihn durchstoßen.

Ohne den Blick von ihr abzuwenden, streifte Rafe seine Hosen ab und ließ sie achtlos fallen. Dann richtete er sich zu seiner vollen Größe auf.

Emily wusste instinktiv, was seine Geste bedeutete. Noch hatte sie Gelegenheit, ihm Einhalt zu gebieten. Alles, was sie tun musste, war, den Blick abzuwenden und ihm so zu verstehen zu geben, dass er sie in Ruhe lassen sollte.

Er würde es tun.

Emily schluckte.

Sie wollte den Blick senken, wollte die Augen schließen oder den Kopf abwenden – aber sie konnte es nicht. Atemlos beobachtete sie, wie Rafe auf sie zukam. Seine Bewegungen wirkten ruhig, beinahe gemächlich, aber Emily konnte die unterdrückte Anspannung, die die Höhle bis in den letzten Winkel knisternd zu erfüllen schien, körperlich spüren. Ihr Blut jagte schneller durch ihre Adern, als sie ihn reglos erwartete. Ihre Brüste zogen sich zusammen, und tief in ihrem

Schoß pulsierte eine flüssige Flamme, wie sie sie nie zuvor gespürt hatte. Emily wandte ihre Augen nicht von Rafaels Gesicht ab, als seine Finger ihre Schultern umspannten und sie zu sich emporzogen. Ohne ein Wort zu sprechen, senkte er den Kopf und presste seine Lippen auf die ihren.

Emily stöhnte auf, als sein Mund fordernd über ihre Lippen glitt. Wie von selbst schlang sie ihre Arme um seinen Nacken, um ihm näher zu sein. Sie seufzte leise, als seine stahlharten Arme sie der Länge nach an sich zogen. Die Decke fiel zu Boden, aber Emily spürte keine Kälte. Sein warmer Atem streichelte ihre Wange, als sein Mund ihr Gesicht erkundete, ehe er erneut ihre Lippen suchte. Verlangend, fordernd streichelte seine Zunge über ihre Lippen, und diesmal gewährte sie ihm Einlass. Tief tauchte Rafes Zunge in die süße Höhlung, während seine Finger Emilys Hüften gegen den pulsierenden Beweis seiner Begierde zogen. Er hörte ihr leises Stöhnen, fast schon ein Wimmern, als sie einen ihrer schlanken Schenkel um seine Hüfte legte. Ungeduldig wühlten seine Finger sich in den Stoff ihres Rockes und schoben ihn beiseite, bis seine Hände die zarten, kühlen Hälften ihres Gesäßes umspannen und streicheln konnten. Emilys Hüften drängte sich ihm entgegen, suchten eine Erfüllung, der sie bereits einmal so nahe gewesen war und die sie dennoch noch nicht kannte. Sie schrie leise auf, als Rafes Finger sie wie der Hauch eines Schmetterlings in ihrem Zentrum berührten.

»Schhhhh«, beruhigte er sie und hauchte Küsse über ihre Wangen und ihre Schläfe.

»Rafe.« Emilys Hüften zuckten unruhig. Wieder berührte er sie, diesmal länger, und er spürte wie ihre feuchte Wärme ihn willkommen hieß. Behutsam teilte er mit seinen Fingern die Lippen ihrer Scham. Wie elektrisiert presste Emily sich an ihn.

»Rafe?«

Ihr atemloser Ausruf durchzuckte Rafe wie ein Blitz. Schweiß perlte von seiner Stirn, und er tauchte erst einen, dann einen weiteren Finger in ihren wartenden Schoß. Fasziniert beobachtete er, wie Emilys Lider sich flatternd schlossen. Sie senkte sich auf ihn, umspannte ihn fester und schrie auf, als er seine Finger tief in ihrem Körper bewegte. Ihre Hände krallten sich in seine Schultern. Rafe fühlte das feuchte, warme Pulsieren, als ihr erster Orgasmus sie so unerwartet überkam. Von ihren leicht geöffneten Lippen trank er ihr leises Seufzen, von dem er schon so lange geträumt hatte, und hielt sie fest, als ihre Knie ihr den Dienst versagen wollten. Mit geübten Griffen öffnete er die Knöpfe ihres Rocks und ließ ihn zu Boden gleiten, ehe er mit Emily in den Armen auf ihr Lager und zwischen ihre einladend gespreizten Schenkel sank.

Sie sah zu ihm auf, als sein Gewicht sie auf den Boden presste. Ihre Finger strichen ihm das Haar aus der Stirn und streichelten über seine rauen Wangen, während in ihren Augen der verklärte Blick soeben erfüllter Leidenschaft schlummerte.

»Ich werde dir nicht wehtun«, versprach er mit heiserer Stimme. »Du kannst mir vertrauen.«

»Ich weiß«, antwortete Emily leise, während sie tief in ihrem Herzen wusste, dass er ihr eines Tages so wehtun würde, wie nur er es vermochte. Aber dieser Tag war noch fern. Ihre Hände schlossen sich fester um sein Gesicht und zogen ihn zu einem langen Kuss zu sich herunter. Bewundernd glitten ihre Hände dann über seine breiten Schultern, seinen kräftigen Nacken und folgten den Muskelsträngen auf beiden Seiten entlang der Wirbelsäule. Seine Haut zuckte unter ihren Berührungen. Rafe stöhnte auf. Seine Hände fanden wie von selbst den Weg unter ihre Bluse. Empört murmelte er etwas, als er darunter den Stoff ihres Hemdchens ertastete, und barg in gespielter Verzweiflung sein Gesicht an ihren Brüsten.

Emily lachte glockenhell auf. Doch ihr Lachen wurde zu einem lustvollen Stöhnen, als Rafes Lippen sich durch alle Stoffbahnen hindurch um die harte Spitze ihrer Brust schlossen. Ihre Finger krallten sich in sein Haar, zogen ihn noch inniger an sich.

»Rafe«, hauchte sie atemlos, als die feuchte Wärme seines Atems ihre Haut erreichte. »Was tust du? – Rafe!«

Der Hauch wurde zu einem spitzen Schrei, als er den störenden Stoff aus dem Weg schob und seine Lippen sich um die nackte Knospe schlossen und sie tief in seinen Mund saugte. Flüssiges Feuer brandete durch Emilys Adern und konzentrierte sich erneut tief in ihrem Inneren, dort, wo Rafe sie noch Minuten zuvor berührt hatte. Ihre Hüften hoben sich ihm in stummem Flehen entgegen. Der weiche Flanell seiner Unterwäsche streichelte die empfindsame Innenseite ihrer Schenkel bei jeder ihrer Bewegungen, und Emily schluchzte auf. Das war es nicht, was sie wollte!

Ihre Hände tasteten über Rafes Rücken, tiefer, bis ihre Finger in seine Unterwäsche glitten und über die heiße, nackte Haut seines Gesäßes streichelten. Rafe zuckte heftig zusammen. Emily stellte erstaunt fest, welche Macht sie mit ihren ungeübten Berührungen über ihn hatte. Ihre Hände wollten ihn festhalten, als sich Rafe aufrichtete, aber er hauchte Küsse in ihre Handflächen und erhob sich dann auf die Knie.

Emily beobachtete, wie er sich seiner Unterwäsche entledigte. Ihre Augen weiteten sich entsetzt, als sie das ganze Ausmaß seines Verlangens erblickte. Lang und stolz reckte die Lanze sich ihr entgegen. Rafe kniete vor ihr, ließ Emily nicht aus den Augen, während sie seinen Körper mit ihren Blicken erkundete. Zögernd streckte Emily die Hand aus und berührte die geschwollene Kuppe. Mit einem unterdrückten Knurren warf Rafe den Kopf in den Nacken, aber verhielt sich still. Mutiger umschloss Emily ihn mit der ganzen Hand. Er fühlte sich weich an, beinahe samtig und dennoch hart wie Stahl, der in ihrer Hand pulsierte.

Rafes Hände zuckten vor. Er umspannte Emilys Schultern und schob sie zurück aufs Lager.

»Ich kann nicht länger warten«, stöhnte er und drängte Emilys Schenkel weiter auseinander.

In stummer Aufforderung hob sie ihm ihre Hüften entgegen. »Ich will auch nicht länger warten«, hauchte sie und schloss die Augen, als sein samtharter Pfahl sie berührte. Sie biss sich auf die Lippe, als er Millimeter für Millimeter in sie drang, immer weiter, bis sie glaubte, sie würde mit ihm zu einem einzigen Wesen verschmelzen. Diesmal verspürte sie keinen Schmerz. Rafes behaarte Beine streichelten über die Innenseite ihrer zarten Schenkel, reizten sie und spreizten sie dann noch weiter, bis er sie mit seiner ganzen Länge erfüllte. Schwer atmend blieb er liegen. Bei jedem seiner keuchenden Atemzüge spürte Emily das verschwitzte Haar auf seiner Brust an ihren empfindsamen Brüsten. Jeder Nerv in ihrem Körper war bis zum Zerreißen gespannt, schien zu vibrieren, zu warten. Emily verspürte ein leises Gefühl der Enttäuschung, dass das, was sie fühlte schon alles gewesen sein sollte.

Enttäuscht schluchzte sie auf. Ihre Hände schlossen sich fester um Rafes Schultern, fordernd, und sie krallte ihre Finger in sein Fleisch, während sie ihm in unschuldigem Verlangen ihre Hüften entgegen hob. Ein Blitz durchraste ihr Innerstes, und Emily sog überrascht die Luft ein. Ihre Schenkel schlossen sich wie von selbst um Rafes Hüften, zogen ihn noch tiefer in sich, und als hätte er nur auf dieses Signal von ihr gewartet, begann Rafe, sich tief in ihr zu bewegen. Wieder und wieder drang er in sie, langsam und gleichmäßig, bis Emily glaubte, er würde mit jedem seiner Stöße auch ihre Seele streicheln. Allmählich jedoch wurde sein Rhythmus schneller, wilder, zügelloser, und Emily folgte ihm, ohne zu zögern. Sie klammerte sich an ihn, verzweifelt, um nicht den Halt in der realen Welt zu verlieren, aber als ihre Leidenschaft die Oberhand gewann, waren Rafael McKinlays starke Schultern ihr einziger Halt in einem davonwirbelnden Universum.

XXII

Wie habe ich diese Tage in der Höhle, von der Außenwelt abgeschnitten durch Schnee und Eis, nur jemals als trostlos empfinden können? Wenn der Schnee doch nur ewig liegen bliebe. Mein Herz schlägt schneller, wann immer ich an Rafe denke, an seine zärtlichen Hände und an seine Lippen, die meinen Körper zum Erklingen bringen.

Ein Teil von mir, zugegeben ein sehr kleiner Teil, sagt, ich sollte mich schämen, sagt, dass das, was ich empfinde, falsch ist. Aber wie kann es falsch sein, wenn es sich so richtig anfühlt? Ich habe mich noch niemals so lebendig gefühlt – und so geliebt.

Ich weiß, dass Rafe diese Worte nie gebraucht hat, und erwarte auch nicht, sie je von ihm zu hören. Es ist ganz einfach das Gefühl, das er mir gibt. Jede seiner Berührung sagt, dass er mich liebt, jetzt, in diesem Augenblick. Ich weiß nicht, wie es morgen sein wird. Ich will auch gar nicht erst an übermorgen denken. Es gibt für uns keine Zukunft, nur die Gegenwart. Aber jedes Mal, wenn er mich in den Armen hält, mich berührt und ich ihn tief in mir spüre, dann bin ich mir sicher, dass er mich in diesem Moment von ganzem Herzen liebt.

Emily sah auf, als Rafe die Höhle betrat und sich den Schnee von den Schultern klopfte. Sie legte ihr Tagebuch beiseite und eilte ihm entgegen. Sie quietschte protestierend, als Schnee in ihren Ausschnitt tropfte, aber ließ es dennoch zu, dass Rafe sie fest in seine Arme zog und ausgiebig küsste. Seine Lammfelljacke war warm, als ihre Hände darunter glitten, und sie spürte die Hitze seines Körpers.

»Du hast mir gefehlt«, gestand sie und bettete ihr Gesicht an seine breite Brust.

Rafe konnte sich ein Grinsen nicht verkneifen. Selten hatte er sich so beeilt, in den Schutz der Höhle und damit in Emilys wartende Arme zurückzukehren. Eigentlich sollte man meinen, dass er sich irgendwann verausgabte oder dass ihre Leidenschaft füreinander abkühlte, aber das genaue Gegenteil war der Fall. Jedes Mal, wenn er sie ansah, nur an sie dachte, wollte er sie nur noch mehr. Daran hatten auch die letzten Wochen nichts ändern können.

»Hast du dein Bad heute schon genommen?«, fragte er und zeichnete mit der Zunge die sensible Muschel ihres Ohres nach. Emily schmiegte sich noch fester an ihn.

»Nein«, murmelte sie verheißungsvoll.

Rafe grinste. Er hatte gehofft, sie würde das sagen, und hatte sich extra beeilt, damit Emily und er gemeinsam baden konnten. Die letzten Tage waren recht enttäuschend gewesen. Schlimmer, als er es erwartet hätte. Emily hatte ihn darüber informieren müssen, dass die Natur ihres Körpers für einige Tage ihr Recht forderte. Eine leichte Röte hatte ihre Wangen überhaucht, und Rafe fand es rührend, dass sie nach all den Intimitäten, die sie miteinander geteilt hatten, noch immer schamhaft erröten konnte.

»Ich werde es überleben«, hatte er leichtsinnigerweise geantwortet und dabei nicht einmal geahnt, wie lang diese Zeit der erzwungenen Abstinenz ihm vorkommen sollte.

Nun aber war es so weit.

»Es tut mir Leid«, murmelte Emily leise.

Rafe legte einen Finger unter ihr Kinn und zwang sie, ihn anzusehen.

»Wieso tut es dir Leid?«, wollte er wissen.

»Nun, dass … Nun, ja, dass wir so lange nicht …« Flammende Röte überzog ihre Wangen, ehe sie ihren Kopf wieder an seine Brust bettete. Sie hörte Rafes unterdrücktes Lachen unter ihrem Ohr.

»Es muss dir nicht Leid tun. Du kannst doch dem Lauf der Natur nicht Einhalt gebieten.« Er zögerte. »Ist es heute okay?«

Oh Gott, was sollte er tun, wenn sie noch immer nicht bereit war? Er spürte ihr Nicken an seiner Brust und stieß einen erleichterten Seufzer aus. Zärtlich schob er sie ein wenig von sich und strich ihr eine vorwitzige Haarsträhne hinters Ohr. Emily erschauderte wohlig, als seine raue Fingerkuppe die empfindsame Muschel ihres Ohres streifte. Jede noch so kleine Berührung durchzuckte sie jedes Mal wie ein Blitz, so als hätte ihr Körper ihr ganzes Leben lang nur darauf gewartet, von Rafe gestreichelt zu werden. Ihre Brüste prickelten und reckten sich Rafe verlangend entgegen, als ahnten sie bereits, dass dieses Mal ihr Begehren nicht unerfüllt bleiben musste. Noch niemals zuvor hatte Emily die Gesetzmäßigkeiten ihres weiblichen Körpers als unerträgliche Bürde empfunden. Aber auf einmal erschien ihr jeder Tag, an dem sie auf Rafes Liebkosungen verzichten musste, ein Tag zu viel.

Verschwendete Zeit.

Aber endlich war sie vorbei.

Als würde Rafe ihre Gedanken spüren, glitten seine Hände zu den Knöpfen ihrer Bluse. Emily hielt den Atem an, als sie beobachtete, wie seine langen, schlanken Finger einen Knopf nach dem anderen öffneten.

»Rafe?«, fragte sie mit zitternder Stimme. »Was tust du?«

Mit einer achtlosen Bewegung ließ er das Kleidungsstück fallen.

»Wonach sieht es denn aus?«, erwiderte er leise und Emily erschauerte, als seine Fingerknöchel über das sanft schwellende Fleisch ihres Busens strichen, das nur noch von ihrem Hemdchen verhüllt wurde.

»Aber …«, stammelte Emily, nur um plötzlich zu verstummen, als ihr der Atem stockte. Sie konnte den Blick nicht abwenden von dem Kontrast seiner dunklen Hände auf ihrer hellen Haut. Mit einem Zeigefinger umkreiste Rafe die rosige Kuppe, die sich ihm durch das dünne Leinen keck entgegenreckte.

»Aber was?«, fragte er leise. Das tiefe Timbre seiner Stimme streichelte ihre Sinne wie eine Liebkosung.

»Nun, ich meine … ich dachte, wir wollten …« Sie verstummte, atemlos, als sie Rafes funkelnden Blick bemerkte.

»Glaub mir, Liebste«, wisperte er kaum hörbar, »ich weiß genau, was ich tue.« Damit senkte er den Kopf und erstickte weitere Proteste mit seinen Lippen. Wie lange schon hatte er auf diesen Augenblick gewartet? Es waren nur wenige Tage gewesen, aber sie waren ihm so lang wie die Ewigkeit erschienen. Zwar hatte er Emily auch in den vergangenen Tagen geküsst, aber sie hatte sich dabei nicht wohl gefühlt. Nun aber brauchte er keine Zurückhaltung mehr üben. Emily stöhnte auf, als er den Kuss vertiefte. Ihre Hände zerrten an seiner Jacke, plötzlich ebenso ungeduldig wie er. Sie versuchte, das störende Kleidungsstück von seinen Schultern zu streifen, aber Rafe ergriff ihre Handgelenke und hielt sie still. Heiß brannte sein Blick auf ihren kaum verhüllten Brüsten, die sich unter jedem ihrer Atemzüge so heftig hoben und senkten, als wollten sie das transparente Material, das sie bedeckte, zerreißen.

»Rafe«, hauchte Emily atemlos und wand sich in seinem Griff. Sie wollte ihn spüren, seine Hände auf ihrer Haut, seine Lippen, aber alles, was er tat, war sie anzusehen.

»Du bist so wunderschön«, murmelte er, ehe er den Kopf zu ihren Brüsten senkte. Sein warmer Atem strich verheißungsvoll über die empfindsamen Knospen, und Emily erbebte voller Erwartung. Seine Zunge schnellte vor, berührte sie durch den dünnen Stoff hindurch. Emily hatte das Gefühl, ein sengender Blitz würde durch ihr Innerstes rasen. Noch immer umspannte Rafe ihre Handgelenke, ließ nicht zu, dass sie sich bewegte, sondern bog sie über seinen Unterarm zurück, damit er noch besser zu ihren Brüsten fand. Die feuchte Wärme seines Mundes nahm sie gefangen, bis Emily glaubte, die sanfte Tortur keinen Augenblick länger ertragen zu können.

»Rafe«, flehte sie und drängte ihm in stummer Aufforderung ihre Hüften entgegen. Deutlich spürte sie seine Erektion, die sich durch ihre Kleidung hindurch hart und heiß gegen ihren Bauch presste. Rafe hob den Kopf. Die dunklen Aureolen ihrer Brüste blieben unter dem feuchten Stoff nicht länger verborgen. Seine fordernden Lippen hatten ihre rosigen Nippel zu reifen Kirschen schwellen lassen, die die Kühle der Höhle nun in kleine, harte Kiesel verwandelte. Fasziniert beobachtete Rafe die Veränderung ihres sinnlichen Körpers.

Ungezügeltes Verlangen durchzuckte ihn so heftig, heiß wie ein glühendes Messer, dass er plötzlich glaubte, keine Sekunde länger warten zu können. Emily schrie überrascht auf, als er seine Hände in den Stoff ihres Rockes wühlte und ihn empor schob. Mit den Knien drängte er ihre Beine auseinander und hob sie an. Haltsuchend krallte Emily sich in die dicke Lederjacke auf seinen Schultern. Sie spürte die harte, kalte Felswand in ihrem Rücken und an ihrer nackten Kehrseite, und sie schlang ihre Schenkel um Rafes Hüften, um nicht den Halt zu verlieren. Der Gedanke, beinahe nackt in seinen Armen zu liegen, während er vollständig bekleidet war, ließ sie vor Leidenschaft erbeben.

»Emily«, stöhnte er an ihren Lippen, während seine Hände zitternd mit den widerspenstigen Knöpfen seiner Hose kämpften. Endlich hatte er es geschafft, und sein Schaft sprang ins Freie. Emily keuchte leise auf, als er sie anhob und sie dann, ohne zu zögern, auf sich niedersinken ließ. Sie spürte seine willkommene Fülle, als er mit seiner ganzen Länge in sie glitt. Ihre inneren Muskeln spannten sich in freudiger Erwartung, pulsierten, bis sie ihn so fest und heiß umschlossen, dass die Welt um sie herum nach nur zwei kraftvoll ausgeführten Stößen aufhörte zu existieren.

Träge streichelte Rafe Emilys Rücken. Sie lagen entspannt im warmen Wasser, während um sie herum feine Dampfschwaden wie wabernde Nebelgespinste in die kalte Luft aufstiegen. Sie hatten sich noch einmal geliebt, langsamer und gemächlicher, jeden Kuss und jede Berührung ausgiebig genießend. Nun saß Emily auf seinem Schoß und hatte ihren Kopf an seine Schulter gebettet. Ihr sanfter Atem kitzelte die Haare auf seiner Brust.

Ich liebe dich, dachte Emily und biss sich auf die Lippen, um die Worte nicht laut auszusprechen, während sie seine bärtige Wange streichelte.

»Weißt du eigentlich, dass ich gar nicht weiß, wie du unter deinem Bart aussiehst«, stellte sie plötzlich fest und setzte sich unter Wasserspritzern auf, um ihn anzusehen. Rafe drückte einen Kuss in ihre Handfläche.

»Möchtest du das ändern?«

Emilys Augen weiteten sich überrascht. »Darf ich?«

Weiß blitzten Rafes Zähne auf. »Wenn du versprichst, mich nicht zu schneiden.«

»Das werde ich ganz bestimmt nicht. Ich habe meinen Vater früher häufig rasiert.«

Beflügelt von dem Gedanken, endlich Rafael McKinlays Gesicht zu sehen, sprang Emily auf. Bewundernd folgten Rafes Augen ihrer nackten, nassglänzenden Gestalt, wie sie einer Nymphe gleich zum anderen Rand des Bassins watete und sein Rasiermesser aus der Satteltasche nahm. Fasziniert beobachtete er ihre wippenden Brüste, rosig vom Bad und seinen Lippen, als sie das Messer schärfte und anschließend Seife mit warmem Wasser zu duftendem Schaum schlug.

»Leg dich zurück«, wies sie ihn an. Gehorsam sank Rafe tiefer ins Wasser und lehnte sich gegen den Rand des Steinbeckens. Er schloss die Augen und überließ sich ganz Emilys zärtlichen Händen. Sanft schäumte sie ihn ein, dann fühlte er das Schaben des Rasiermessers auf seiner Haut. Auf ihre Anweisung hin drehte er den Kopf nach links und nach rechts, hob das Kinn und verzog das Gesicht, bis sie zufrieden war. Sie tauchte ein Tuch ins Wasser und wusch die Seifenreste aus seinem Gesicht.

»Fertig«, hörte er dann ihre atemlose Stimme und schlug die Augen auf. Falls ihr nicht gefiel, was sie sah, dachte Rafe, konnte er seinen Bart ja wieder wachsen lassen. Aber der Ausdruck auf ihrem Gesicht sagte mehr, als tausend Worte es vermocht hätten.

Beinahe andächtig streichelte sie, über sein Gesicht, seine Wangen, seine Nase und sein Kinn, so, als würde sie ihn zum ersten Mal sehen. Nun, dachte Rafe, eigentlich tat sie das ja auch.

»Du bist wunderschön«, hauchte sie, und Rafe spürte, wie er bei der Bewunderung in ihrer Stimme rot wurde.

Das war ihm noch nie passiert. »Nein«, entgegnete er verlegen, »wenn einer von uns wunderschön ist, dann bist du es. Wäre ich es, würde ich mein Aussehen kaum hinter einem Bart verstecken.«

Emily kicherte. »Wenn ich könnte, würde ich mir auch einen Bart wachsen lassen.«

»Untersteh dich«, drohte Rafe und zog eine plantschende Emily an sich. Dann musterte er sie schweigend. »Gefällt dir wirklich, was du da siehst?«, fragte er, erstaunt, dass ihre Antwort ihm so viel bedeutete.

Emily nickte und gab ihm einen Kuss auf seine sinnlichen Lippen. »Und ich wette«, stellte sie dann fest, »dass du den Bart nur getragen hast, damit nicht alle Frauen im Westen Jagd auf dich machen.«

Wieder streichelten ihre Finger sein Gesicht. Wie hätte sie ahnen sollen, welcher Anblick unter dem schwarzen Wildwuchs verborgen war? Es war ein hartes Gesicht. Das Gesicht eines Kämpfers, aber schöner als alle, die sie bislang gesehen hatte. Seine schmalen Züge waren kantig, energisch, mit hohen Wangenknochen und einem kräftigen Kinn. Seine Nase war gerade und sah bei genauerem Hinsehen aus, als wäre sie schon mindestens einmal gebrochen gewesen. Aber am Erstaunlichsten waren seine Lippen. Schon mit Bart hatten sie ihren Blick magisch angezogen. Aber nun, ohne den störenden Bewuchs, konnte sie ihre Augen kaum noch abwenden. Ihr Herz schlug schneller, als sie daran dachte, wie diese Lippen ihren Körper zum Erklingen gebracht hatten.

Ich liebe dich, dachte Emily wieder. Ihre Augen füllten sich mit Tränen, weil sie die Worte nicht aussprechen konnte, nicht aussprechen durfte. Es waren die Umstände, die sie hier zusammengeführt hatten, gemeinsam eingesperrt vom Schicksal und vom Unbill der Elemente. Schon viel zu bald würden ihre Wege sich trennen, und sie würde ihre Beziehung nicht mit Liebesschwüren belasten, die Rafael McKinlay vielleicht nicht hören wollte. Verzweifelt schlang sie ihre Arme um ihn und zog ihn an sich, als wollte sie ihn nie wieder loslassen. Rafe erwiderte ihre stürmische Umarmung, überrascht vom plötzlichen Überschwang ihrer Gefühle.

XXIII

Emily lag eng an Rafes Seite gekuschelt. Schon seit mehreren Tagen drang das stetige Tropfen von Wasser in die Höhle, und Emily presste ihre Augenlider fest aufeinander, in der Hoffnung, so das Eindringen der Wirklichkeit in die Abgeschiedenheit ihrer eigenen kleinen Welt zu verhindern.

Schon mehrmals hatte es begonnen zu tauen, kurze Phasen voller Wärme und Sonnenschein, die Rafe »Chinook« genannt hatte. Aber jedes Mal war der Winter schon nach wenigen Tagen voller Ungestüm zurückgekehrt, so als könnte er es nicht ertragen, das Land aus seinen eisigen Klauen zu lassen. Aber nun gab es keinen Zweifel mehr.

Es wurde Frühling.

Eigentlich sollte sie hocherfreut sein, jubeln, dass sie endlich die Höhle verlassen konnten. Aber alles, was sie verspürte, war eine ständig wachsende Verzweiflung tief in ihrem Herzen.

Schon bald konnten sie aufbrechen. Schon bald würden sie die Geborgenheit ihrer Zuflucht verlassen. Schon bald …

Emily barg ihr Gesicht an Rafes Schulter. Seine Haut war warm und glatt unter ihrer Wange, und sie spürte das leichte Zucken seiner Muskeln, als sich sein Arm im Schlaf fester um sie schloss. Wie sollte sie den Gedanken Rafe zu verlieren nur ertragen? Nur noch wenige Wochen, dann würden sie die Berge überquert haben, und er würde sie wie versprochen sicher nach Silver Springs geleiten.

Zu Charles.

Emily fühlte eisige Kälte in sich aufsteigen. Wieso nur ließ der Gedanke an Charles ihr Herz nicht mehr schneller schlagen, so wie er es sonst immer getan hatte? Wieso nur konnte sie keine Begeisterung für ihre bevorstehende Rückkehr in die Zivilisation – zu Charles – aufbringen?

Die Antwort war einfach.

Weil sie den Mann, dessen Herzschlag sie in diesem Augenblick hörte, dessen Arme sie in diesem Augenblick umschlungen hielten und dessen tiefe Atemzüge in diesem Augenblick ihr Ohr streichelten, mit jeder Faser ihres Seins liebte.

Und dieser Mann war nicht Charles.

Sie liebte Rafael McKinlay, und sie würde ihn ewig lieben, dessen war sie sich sicher.

Sie liebte diesen Mann, der ihr jedoch mit keinem Wort zu verstehen gegeben hatte, dass er die gleiche Zuneigung für sie empfand. Konnte es für sie überhaupt eine gemeinsame Zukunft geben? Empfand er etwas für sie, das über den Augenblick hinausging? Oder war sie nur ein angenehmer Zeitvertreib für ihn gewesen, während Schnee und Eis ihn hier in den Bergen zur Untätigkeit verdammten? Sie wusste es nicht.

Aber wenn das Hier und Jetzt das Einzige war, das sie von ihm bekommen konnte, dann würde sie jeden einzelnen Moment davon genießen und so einen Schatz an Erinnerungen aufbauen, von dem sie dereinst zehren konnte, nachdem er sie verlassen hatte.

Rafe erwachte übergangslos, wie es seine Art war, als er Emilys Küsse auf seinem Körper verspürte. Seine morgendliche Erektion ragte in die kühle Luft, und er sog scharf die Luft ein, als Emilys Finger ihn zärtlich umschlossen.

»Guten Morgen«, krächzte er mit vom Schlaf rauer Stimme. Emily sah auf, und sein Herzschlag beschleunigte sich bei dem Ausdruck in ihren Augen. Ihr honigfarbenes, inzwischen kinnlanges Haar umspielte ihr strahlendes Antlitz. Langsam senkte sie den Kopf. Die kühlen Spitzen ihres Haares streichelten die Haut seines Bauches, und Rafe spannte seine Muskeln an bei dieser exquisiten Tortur. Das war noch besser als alles, was er sich je ausgemalt hatte. Er spürte Emilys pfeilschnelle Zunge an der Kuppe seines Verlangens, fühlte ihre Wärme, ehe ihre Lippen sich um ihn schlossen. Rafe bäumte sich auf. Seine Finger krallen sich in die Decke, um nicht die Kontrolle zu verlieren.

»Emily«, stöhnte er. »Oh Gott, ja.«

Ihre Zunge glitt wie ein flüssiges Versprechen über ihn. Noch immer umspannten ihn ihre Lippen. Rafe glaubte den Verstand zu verlieren, als plötzlich die Kühle des Morgens wieder über ihn strich. Schwer atmend beobachtete er, wie Emily mit dem Daumen die einzelnen Tropfen auf der Kuppe verrieb, die er nicht hatte zurückhalten können. Sein Atem stockte.

»Emily!«

Er wollte nach ihr greifen, aber sie schüttelte nur leise den Kopf. Ihre zärtlichen Küsse tanzten über seinen zitternden Bauch, tiefer, ohne den sengenden Mast seines Begehrens erneut zu berühren. Er spürte ihren warmen Atem und zuckte zusammen. Dann folgte er dem sanften Druck ihrer Hände und spreizte seine Schenkel. Sein Becken zuckte hoch, als ihre kühlen Finger die harten Bälle seiner Genitalien umspannten.

»Oh Gott, Emily, was tust du mir an?«, keuchte er, als er auch dort ihre hauchzarten Küsse wie die Berührung eines Schmetterlingflügels verspürte.

»Willst du mich?«, hörte er ihre kaum hörbare Frage.

»Ja!«, ächzte er. »Ja, ja, ja!«

Rafe glaubte wahnsinnig zu werden, als sie sich mit aufreizender Langsamkeit über ihn schob. Seine Erektion strich zwischen ihren Brüsten hindurch, über ihren flachen Bauch bis kurz vor den Punkt, wo er ihre feuchte Wärme bereits zu spüren glaubte.

»Emily«, seufzte er. Seine Hände ergriffen ihre Schultern, dann ihre Taille und zogen sie über sich. Mit einem gutturalen Stöhnen drang er in sie. Ihre Wärme empfing ihn, umschloss ihn, als wäre sie nur für ihn gemacht. Er fühlte Emilys Erfüllung, fühlte das sanfte Pulsieren ihres Schoßes, das ihn tiefer und tiefer in sie zog, bis auch für ihn die Welt aufhörte zu existieren.

»Glaubst du wirklich, dass uns nach all den Monaten noch jemand verfolgt?«

Emily zog den Sattelgurt fest und ließ ihren Blick ein letztes Mal durch die Höhle schweifen, in der sie die letzten vier Monate verbracht hatten. Vier Monate. Großer Gott, niemand wäre so verrückt und würde ihnen nach vier Monaten noch auflauern. Oder etwa doch?

»Einer der Kerle erwähnte den Namen Taggart. Wenn es sich dabei um Clay Taggart handelt, dann wird er nicht aufgeben, ehe er uns hat.«

»Warum?«, fragte Emily überrascht.

»Weil ich drei seiner Männer getötet habe, deshalb. Es macht ihm Spaß, uns zu jagen.« Er sah sie an. »Ganz besonders, weil eine Frau dabei ist.«

Emily schluckte. »Wer ist dieser Clay Taggart?«, wisperte sie unbehaglich. Sie hatte nicht gedacht, dass der Name für Rafe eine Bedeutung haben könnte, aber seine Worte flößten ihr Angst ein.

Rafe schob seine Winchester in den Scabbard und vergewisserte sich ein letztes Mal, dass seine Revolver geladen waren. Wäre er allein gewesen, wäre er schon früher aufgebrochen, ehe ein Verfolger überhaupt eine Chance bekommen hätte, ihn aufzuspüren. Aber er hatte auch an Emily denken müssen. Wieder und wieder hatte er sich eingeredet, dass das Wetter noch zu unbeständig war und dass er es noch nicht wagen konnte, mit ihr an seiner Seite die Berge zu überqueren.

Aber er wusste, dass dies nicht der einzige Grund gewesen war. Er war noch nicht bereit gewesen, sie gehen zu lassen – verdammt, er war es noch immer nicht! –, aber jetzt konnte er einfach nicht länger warten. Ein Großteil des Schnees war bereits geschmolzen, die niedriger gelegenen Pässe waren passierbar. Und selbst wenn es noch einmal schneien sollte, so würde dieses allenfalls ein letztes Aufbäumen des Winters bedeuten und keine Gefahr mehr für sie darstellen.

Nun konnte er nur hoffen, dass seine Selbstsucht sie nicht beide in große Gefahr gebracht hatte. Die letzten Tage hatte er damit verbracht, ihre Vorräte aufzustocken und war deshalb zusätzlich zu den aufgestellten Fallen auf die Jagd gegangen. Sie hatten jetzt genügend Wildbret, damit er die nächsten Tage nicht zu jagen brauchte. Das würde das Risiko einer Entdeckung verringern.

»Clay Taggart ist ein Halsabschneider der übelsten Sorte. Er ist der Typ Mann, dem man besser nie begegnet.«

»Aber du bist ihm schon begegnet«, stellte Emily so ruhig sie konnte fest.

Rafe grunzte nichtssagend, aber Emily ließ nicht locker.

»Wer ist er, und woher kennst du ihn?«

Rafe hatte die Hände am Sattel, und einen Moment lang glaubte Emily, er würde sie nicht ansehen, aber dann blickte er über die Schulter zurück.

»Ich habe dir erzählt, dass ich in der Armee war.«

Emily nickte.

»Nun, Taggart war mein Ausbilder in West Point.«

»Der, der etwas gegen Indianer hatte?«

Rafe nickte. »Genau der. Später dann im Krieg diente ich eine Zeit lang unter seinem Kommando. Schon in West Point war ich der Meinung, dass Taggart nicht gerade die Verkörperung eines Offiziers und Gentlemans sei. Aber dort hatte er sich zumindest unter Kontrolle. Später jedoch im Krieg ...«

Rafe schwieg einen Moment, nachdenklich. »Es heißt, dass der Krieg das Schlechteste in einem Menschen zum Vorschein bringt. In Taggarts Fall traf das ganz sicher zu. Er genoss das Töten, schlachtete ab, was ihm vor die Flinte kam. Manchmal schien er in einen regelrechten Blutrausch zu verfallen. Aber es war nun einmal Krieg. Töten war unsere Aufgabe und je besser man sein Handwerk beherrschte, umso schneller wurde man befördert, so auch Taggart.« Wieder machte er eine Pause.

»Und eines Tages dann war der Krieg vorbei.« Er sah Emily an. »Von einem Tag zum anderen verlor Taggart das, was ihm am meisten Spaß bereitet hatte. Nachdem er so lange ungestraft hatte morden dürfen, wollte er es aber nicht so einfach aufgeben. Taggart ist ein Mann, der aus Spaß tötet und dem es Vergnügen bereitet andere zu quälen. Er genießt das Gefühl von Macht, wenn andere vor ihm im Staub winseln.

Ein normales Leben wird es für ihn nie mehr geben. Also scharte er eine Anzahl Gleichgesinnter um sich und desertierte. Die Armee machte Jagd auf ihn.«

»Und du warst dabei.«

Rafe nickte. »Ich war Fährtenleser, einer der besten, den sie hatten. Manch einer behauptete, ich sei so gut, weil ich zur Hälfte Indianer bin. Vielleicht haben sie damit sogar Recht. Immerhin ist das Volk meiner Mutter zum Überleben noch immer auf diese Fähigkeit angewiesen. Ich habe die Kunst des Fährtenlesens schon von Kindheit an gelernt. Jedenfalls hat es mich nicht gewundert, als sie mich auswählten, bei Taggarts Verfolgung dabei zu sein.« Rafe schloss die Augen. »Er hatte es besonders auf Indianer abgesehen und zog dabei immer weiter nach Nordwesten.« Blicklos starrte Rafe ins Leere. »Hätte er nur Indianer abgeschlachtet, hätte die Armee ihn möglicherweise sogar gewähren lassen, auch wenn er ein Deserteur war. Schließlich hat auch die Armee mehr als ein Blutbad bei den Indianern angerichtet und tut es noch. Aber Taggart und seine Horde machten da keinen Unterschied und fielen wie wilde Tiere auch über Farmen und kleinere Siedlungen von Weißen her. Sie mordeten, plünderten, brandschatzten und vergewaltigten. Niemand war vor ihnen sicher.«

Rafe schüttelte den Kopf, als könnte er so die Bilder, die er gesehen hatte, aus seiner Erinnerung vertreiben. Tief atmete er ein. »Ich werde nie den Tag vergessen, als wir das Indianerdorf fanden.« Seine Stimme stockte, und Emily legte ihm mitfühlend eine Hand auf die Schulter. »Es hat kaum Überlebende gegeben. Sogar Säuglinge haben sie mit ihren Bajonetten aufspießt oder getreten, bis ihre Schädel aufplatzten wie reife Wassermelonen.« Verzweifelt schloss er die Augen.

Emily fühlte Übelkeit in sich aufsteigen.

»Noch heute sehe ich vor mir die verstümmelte Leiche von ›Geht mit den Wolken‹. Sie war die Frau meines Bruders Gabriel. Sie lag in ihrem Blut, und ihre beiden Kinder lagen wie zerbrochene Puppen neben ihr.«

Entsetzt presste Emily ihre Hände auf die Lippen, um nicht laut aufzuschreien. »Nein«, wisperte sie, fassungslos.

»Oh Gott, nein.« Hilflos streckte sie die Hand nach Rafe, und er zog sie an sich, als könnte er in ihren Armen Trost finden.

»Warum habe ich ihn nur nicht schneller aufgespürt?«, stieß Rafe verzweifelt hervor. »Sie könnten noch leben ...«

»Nein, Rafe, nein. Bitte nicht. Tu dir das nicht an. Es ist nicht deine Schuld. Du hast getan, was du konntest.« Seine Arme schlossen sich noch fester um sie.

»Ich weiß nicht, wie oft ich versucht habe, mich von dieser Schuld freizusprechen. Erst Taggarts Tod kann mich davon befreien.«

»Ihr habt ihn nie gefunden?«

»Doch. Drei Tage später entdeckten wir sein Lager. Wir kannten keine Gnade. Wer nicht im Kugelhagel starb, wurde an Ort und Stelle gehenkt. Aber Taggart konnte entkommen. Ich selbst wurde verwundet und konnte nur hilflos mit ansehen, wie er in der Dunkelheit verschwand. Er schwor mir ewige Rache, weil ich es war, der die Armee auf seine Fährte gelenkt hatte. Deshalb bin ich sicher, dass er nicht ruhen wird, bis er seinen Schwur erfüllt hat.«

»Ohne mich hättest du dich schon lange auf die Suche nach ihm gemacht, nicht wahr?«

Rafe sah sie an. »Ja«, erwiderte er ehrlich, »das hätte ich. Ich hatte damals seine Spur verloren. Dann hörte ich, er wäre tot, erschossen in El Paso. Tatsächlich war er wie vom Erdboden verschluckt – bis jetzt. Ich glaube nicht, dass der Name ein Zufall ist. Sobald wir in Silver Springs sind, werde ich meinem Bruder telegrafieren.« Seine Augen glitzerten. »Diesmal werden wir ihn kriegen. Noch einmal entkommt er uns nicht.«

Emilys Herz wurde schwer. Bis jetzt hatte sie noch eine geringe Hoffnung verspürt, es könnte eine gemeinsame Zukunft für sie und Rafe geben, aber nun wurde ihr klar, dass sie sich Rafe nicht in den Weg stellen konnte. Es war für ihn eine Frage der Ehre, Taggart zu töten und sich so von der Schuld, die noch immer schwer auf seinem Gewissen lastete, reinzuwaschen.

Er würde sie verlassen. Es gab für ihn keine andere Möglichkeit. Sie konnte nicht erwarten, dass er seine Rache für sie aufgab. Gleichzeitig fürchtete sie sich vor seiner Antwort, wenn sie erbot, auf ihn zu warten …

»Komm«, sagte Rafe und führte langsam die Pferde aus der Höhle.

Emily folgte ihm. Als Gesteinssplitter dicht neben ihrem Gesicht durch die Luft jagten, noch ehe sie den Knall des Gewehres hörte, der sich als tausendfaches Echo in den Bergen brach, zuckte sie zusammen.

»Zurück!«

Es hätte Rafes Aufforderung nicht bedurft, damit Emily in den Schutz der Höhle zurückhastete. Neben ihr trieb Rafe die Pferde tiefer in die künstliche Dämmerung, ehe er sich mit seinem Gewehr am Höhleneingang postierte.

»Bist du verletzt?«, stieß er hervor, während er das Gewehr in Anschlag brachte.

»Nein«, keuchte Emily und kauerte sich noch kleiner zusammen.

»Du blutest!«

Emily tastete über ihre Stirn. Tatsächlich – Blut.

»Es ist nichts«, beruhigte sie Rafe. »Nur ein Kratzer.«

»Sicher?«

»Ja, ja.« Sie befeuchtete ein Tuch mit Spucke und rieb über die winzige Schramme, die bereits wieder aufgehört hatte zu bluten.

»Hey, McKinlay!«, hörten sie von unten den Ruf. »Ich wette, du hast nicht damit gerechnet mich wiederzusehen, du dreckiges Halbblut!«

Zwei Kugeln jagten jaulend Dreck und Kiesel in ihrer unmittelbaren Nähe hoch. Rafe und Emily zogen die Köpfe ein.

»Nun«, meinte Rafe betont ruhig, »das bestätigt meine schlimmsten Befürchtungen.«

Ängstlich sah Emily ihn an. Was sollten sie tun? Sie würden sich die Kerle dort draußen nicht ewig vom Hals halten können. Und selbst wenn sie den Hinterausgang der Höhle benutzten, so mussten sie doch an den Männern vorbei, die den Zugang zu dem kleinen Tal anscheinend abgeriegelt hatten.

»Hey, McKinlay, hat es dir die Sprache verschlagen?!«

Als Rafe nicht antwortete, jaulten erneut Querschläger um den Höhleneingang.

»Hör zu, McKinlay, ich mache dir einen Vorschlag! Ich will nur dich! Wenn du dich ergibst, dann lassen wir deine Hure laufen!«

Emily erbleichte bei seinen Worten. Angstvoll richtete sie ihre Augen auf Rafe. »Ich gehe nicht ohne dich«, flüsterte sie.

»Ich würde dich auch nicht gehen lassen. Das ist nur ein Trick, glaub mir. Ich kenne Taggart gut genug. Sobald wir uns ergeben, fallen seine Männer über dich her.«

Ein erstickter Laut entrang Emilys Kehle. Ihre Augen wirkten riesengroß in ihrem blassen Gesicht. Rafe schwor sich, dass er Emily niemals Clay Taggart ausliefern würde.

»Hier.«

Emilys Finger schlossen sich um die Patrone, die er ihr in die Hand drückte.

»Falls sie mich überwältigen, ist diese letzte Kugel für dich. Lade den Revolver und benutze ihn, ehe du ihnen in die Hände fällst. Versprich es mir.« Er sah sie eindringlich an. »Sterben wirst du so oder so, es ist nur eine Frage der Zeit. Aus Taggarts Klauen gibt es keine Rettung.«

Emilys Augen füllten sich mit Tränen. »Ich verspreche es«, wisperte sie.

»Gutes Mädchen.« Rafe presste ihr einen Kuss auf die eiskalten, bebenden Lippen. »Aber noch haben sie uns nicht.«

Wieder peitschten Schüsse auf. Rafe glaubte einen huschenden Schatten zu sehen und legte an. Wenige Sekunden später bellte seine Waffe auf. Emily zuckte zusammen, aber jubelte innerlich, als sie einen Schmerzensschrei vernahm, der abrupt erstarb. Ein wüster Kugelhagel deckte den Höhleneingang ein, ohne jedoch Schaden anzurichten.

Rafe hebelte eine neue Patrone in den Lauf und wartete.

XXIV

Der Angriff erfolgte im Morgengrauen zwei Tage später. Bis dahin war es Rafe gelungen, drei von Taggarts Männern auszuschalten, die so unvorsichtig gewesen waren, sich dem Eingang der Höhle zu nähern.

Rafe und Emily beobachteten den Sturm auf ihr ehemaliges Quartier von dem kleinen Pfad aus, der von der heißen Quelle aus am Fluss entlang zum Eingang des Tales führte. Im Schutze der Dunkelheit hatte sie die Höhle mit den Pferden durchquert und am anderen Ende verlassen. Rafe war zurückgeblieben, um Taggarts Männer von ihr abzulenken. Erst im letzten Augenblick war er zu ihr aufgeschlossen.

Geduckte Gestalten hasteten in der Dämmerung den steilen Weg hinauf. Kleinere Steine lösten sich unter ihren Füßen, verrieten ihren Angriff, aber kein Gegenangriff erfolgte.

»Los!«, gab Rafe das Kommando und trieb seinen Grauen an. Emily folgte ihm so schnell sie konnte. Angesichts der Männer, die den Weg zur Höhle hinaufstürmten, konnten es nicht mehr allzu viele sein, die den Zugang zum Tal bewachten. Das Wagnis eines Ausbruchs war ihre einzige Chance. Ungehindert erreichten sie das Ende des Pfades. Schreie gellten auf, als die Männer bemerkten, dass ihre Beute entfloh. Rafe richtete seine Waffe auf einen Posten, der ihn von einem Felsen herab ins Visier nahm. Der Schuss bellte auf, und der Posten fiel getroffen zu Boden. Emily duckte sich über den Pferdehals so tief sie nur konnte. Jeden Moment würden sie es geschafft haben.

Noch ein Posten fiel mit einem gequälten Aufschrei zu Boden, und Emily schöpfte Hoffnung.

Gleich …

Emily schrie auf, als vor ihr Rafes Grauer in einem Wirbel von Hufen mit schrillem Wiehern zu Boden stürzte. Rafe gelang es, sich zur Seite zu werfen, aber Emily konnte dem gestürzten Pferd auf dem schmalen Pfad nicht mehr ausweichen. Sie spürte, wie ihr eigenes Pferd sich anspannte, um das Hindernis mit einem mächtigen Satz zu überspringen, den Halt verlor und ebenfalls zu Boden ging.

Benommen blieb sie liegen. Schnaubend und wiehernd kam ihr Pferd wieder auf die Beine, während Rafes Grauer bei seinen Versuchen immer wieder einknickte.

»Emily!«

»Ich bin hier!«, antwortete sie. Ihre Hände ertasteten Seile, knapp über dem Boden gespannt und in der schwindenden Dunkelheit nicht zu erkennen.

»Emily, lauf!«

Taumelnd kam Emily auf die Beine. Jeder Knochen tat ihr weh, aber sie tat, was Rafe ihr befohlen hatte. Stolpernd lief sie los, bis ein Schlag gegen den Kopf sie stoppte und besinnungslos zusammenbrechen ließ.

XXV

»Willkommen, meine Schöne«, hörte Emily eine ihr unbekannte Stimme, als sie aus der Bewusstlosigkeit erwachte. Was war geschehen? Wo war sie? Benommen sah sie sich um. Sie befand sich in einer Blockhütte, primitiv und schmutzig. Emily rümpfte die Nase angesichts des Gestankes, der von dem Bettzeug aufstieg.

»Wie ich sehe, gefällt dir mein bescheidenes Domizil nicht. Wälzt dich wohl lieber mit 'ner dreckigen Rothaut auf dem nackten Fels herum, was?«

»Wer sind Sie?«, fragte Emily, obwohl sie die Antwort bereits kannte.

»Clay Taggart, stets zu Diensten, meine Schöne. Was ist mit deinen Haaren passiert? Hat die verkommene Rothaut dich etwa skalpiert?«

Emily antwortete nicht. Stattdessen setzte sie sich auf. Ihr Kopf dröhnte, und sie hatte einen bitteren Geschmack im Mund.

»Darf ich?«, fragte sie und deutete auf den Krug, der auf dem Tisch stand.

»Bitte, bedien dich«, meinte Taggart großzügig und schob den Krug in ihre Nähe. Da sie kein Glas sehen konnte, setzte Emily den Krug an die Lippen, nur um ihn hustend wieder abzusetzen, als die scharfe Flüssigkeit ihr wie Feuer durch die Kehle rann.

Mit tränenden Augen sah sie Taggart an, der sich köstlich amüsierte.

»Mescal«, grinste er. »Der Beste diesseits des Rio Grande. Hier.« Er warf ihr eine Wasserflasche zu, die zu Emilys Erleichterung zwar schales, aber immerhin Wasser enthielt.

»Was haben Sie mit mir vor?«, fragte sie, nachdem sie ihren Durst gestillt hatte. Angesichts der Tatsache, dass Taggart sie förmlich mit Blicken entkleidete, grauste ihr vor seiner Antwort. Nur mit Mühe widerstand sie dem Wunsch, ihre Arme vor der Brust zu verschränken.

»Mal sehen«, grinste Taggart anzüglich. »Mir würden da schon so ein, zwei Dinge einfallen, wozu du ganz gut zu gebrauchen wärst. Aber erst die Arbeit, dann das Vergnügen. Wenn ich mit dem verdammten Halbblut fertig bin, werde ich alle Zeit der Welt haben, mich mit dir zu befassen.

»Rafe! Was haben Sie mit ihm gemacht?«

»Oh? Also interessiert es dich, was aus der dreckigen Rothaut wird. Na, sieh mal einer an.« Brutal schlossen sich seine Finger um Emilys Oberarm und zerrten sie vom Bett hoch. »Wenn dir so viel an ihm liegt, dann möchtest du vielleicht dabei zusehen, was ich mit ihm zu tun beabsichtige. Viel wird nicht mehr von ihm übrig sein, wenn ich erst einmal mit ihm fertig bin.« Ohne auf Emilys Proteste zu achten, schleifte er sie hinter sich her aus der Hütte.

Emily stockte der Atem, als sie Rafe erblickte, und ein klagender Laut entrang sich ihrer Kehle. Ein knorriger, verdorrter Baum stand in der Mitte des Lagers und reckte seine skelettierten Arme gen Himmel. An seinen Stamm war Rafe mit gespreizten Armen und Beinen gefesselt. Seine Kleidung war zerrissen und blutig. Emily vermutete, dass man ihn, nachdem er zu schwach zum Laufen geworden war, den restlichen Weg ins Lager geschleift hatte. Oder hatte er überhaupt nicht laufen können? Blutige Spuren an seinen Hand- und Fußgelenken und sogar an seinem Hals ließen erkennen, wo er mit groben Stricken gefesselt gewesen war.

»Ist er schon zu sich gekommen?«, wollte Taggart wissen.

»Noch nicht«, erwiderte einer der Kerle, während er seinen Blick genüsslich über Emily gleiten ließ.

»Dann weckt ihn auf«, befahl Taggart. Emily zuckte zusammen, als ein Schwall eisigen Wassers Rafes Körper traf. Benommen hob er den Kopf, aber sein trüber Blick blieb nicht an Taggart hängen, sondern an ihr. Emily konnte sehen, wie Rafes Muskeln sich spannten, als er sie erblickte. Sie konnte den Schmerz und das Entsetzen in seinen Augen beinahe körperlich spüren. Er hatte Angst um sie. Seine

Warnung und seine Bitte, sie solle sich das Leben nehmen, waren also nicht grundlos gewesen. Angst erfüllte Emily, während sie Rafes stummen Blick erwiderte. Nun war es zu spät. Die Entscheidung war ihnen abgenommen worden.

»Erinnerst du dich, was ich dir versprochen habe, Rothaut, als wir uns das letzte Mal gesehen haben?«, fragte Taggart hasserfüllt. »Ich habe geschworen, wenn wir uns wieder begegnen, dir bei lebendigem Leib die Haut abzuziehen und dich dann an deinen Eiern aufzuhängen. Ich wette, du hast geglaubt, dass dieser Tag nie kommen wird, aber ich habe gewusst, dass es irgendwann so weit sein würde«, geiferte er, als Rafe nicht antwortete.

Ohne Vorwarnung schlug er Rafe seine geballte Faust in die Magengrube. Rafe klappte zusammen, so weit seine gefesselten Hände und Füße es ihm erlaubten und schnappte nach Luft. Wieder und wieder schlug Taggart zu, bis Rafe sich nicht mehr rührte. Galle und Speichel rannen Rafe aus dem Mundwinkel übers Kinn, als er langsam den Kopf hob und Taggart höhnisch ansah.

»Ist das alles, was du kannst, Taggart?«, fragte er und spie einen Schwall Blut aus. »Einen gefesselten Mann zusammenschlagen? Wirklich sehr mutig.«

Taggarts Gesicht verzog sich zu einer wütenden Fratze, und er hob erneut die Faust, nur um sie im letzten Moment mühsam beherrscht wieder sinken zu lassen. Tief atmete er ein, ehe er sich entspannte und die Faust wieder öffnete. »So«, zischte er dann mit der Andeutung eines Lächelns auf den schmalen Lippen, »du meinst also, ich sollte keine gefesselten Männer schlagen.« Er atmete keuchend. »Nun gut, vielleicht hast du sogar Recht.«

Er wirbelte herum, und Rafe brüllte wütend auf, als Emily von der Wucht des unerwarteten Hiebes in den Staub geschleudert wurde. Blut lief ihr aus dem Mundwinkel, als sie sich langsam wieder auf die Ellenbogen erhob. Die Seite ihres Gesichts, wo Taggarts Schlag sie getroffen hatte, verfärbte sich bereits dunkel. Tränen liefen ihr über die Wangen, aber trotzig stemmte sie sich wieder auf die Füße. Schwankend stand sie da und reckte ihr Kinn kämpferisch in die Höhe.

Rafe dachte angesichts Emilys trotzigen Stolzes, der Schmerz würde sein Herz zerreißen. Sie erinnerte sich an seine Worte und wollte nicht winselnd vor Taggart im Staub kriechen. Dabei ahnte sie noch nicht einmal, wozu dieser Bastard sonst noch fähig war.

»Ist es das, was du gemeint hast, Rothaut? Soll ich anstatt gefesselter Männer lieber ungefesselte Frauen schlagen? Nichts lieber als das.«

Wieder holte er aus und lachte dann schallend, als Emily ängstlich zusammenzuckte.

»Dacht ich's mir doch. Ich gebe ihr höchstens zwei Tage, dann wird sie sich gar nicht mehr daran erinnern, wie es war, Widerworte zu haben. Dafür werden meine Männer und ich schon sorgen.« Betont liebevoll streichelte er ihr über die Wange. Emily warf wütend ihren Kopf in den Nacken.

Taggart lachte. »Ein Kätzchen mit Feuer im Blut. Na, umso besser. Es wird mir gleich noch mal so viel Spaß machen, dich zu zähmen.« Er sah sich um zu Rafe. »So wie bei der Frau deines Bruders, Halbblut.«

Wutentbrannt riss Rafe an seinen Fesseln. Seine Augen flammten in einem unheiligen Feuer auf.

»Hast du etwa gedacht, ich habe es nicht gewusst?«, reizte Taggart ihn gnadenlos weiter. »Es hat mir besonderen Spaß gemacht, sie zum Schreien zu bringen, weil ich wusste, was sie dir bedeutet.« Wieder streichelte er Emilys Wange. »Ich bin schon gespannt, ob mir diese kleine Katze genauso viel Freude bereiten wird.«

»Rühr sie nicht an!«, brüllte Rafe, obwohl er wusste, dass seine Worte sinnlos waren. Blut floss über seine Handgelenke, wo die Stricke die Haut bereits durchtrennt hatten.

Taggart lachte hämisch. Seine Hand schoss so plötzlich vor, dass Emily nicht mehr ausweichen konnte. Harte Finger wühlten sich in ihr Haar und hielten ihren Kopf still, während Taggart unter den Beifallsrufen seiner Männer seine Lippen brutal auf die ihren presste und seine Zunge in ihren Mund zwang. Verzweifelt kämpfte Emily gegen ihn an, bis sie Blut schmeckte. Endlich gab er sie frei. Schwer atmend wich sie vor ihm zurück und wischte sich angeekelt über den Mund, als könnte sie so seinen Geschmack von ihren Lippen tilgen.

»Wart's nur ab, du kleine Wildkatze!« Taggart grinste sie an. »Du wirst meine Gunst schon sehr bald zu schätzen wissen.« Damit wandte er sich wieder Rafe zu, der noch einmal wütend an seinen Fesseln zerrte, ehe er schwer atmend innehielt und Taggart erneut anfunkelte.

»Wie ich sehe, trittst du noch immer am liebsten auf denen rum, die sich nicht wehren können, Taggart«, verhöhnte er ihn, während hilflose Wut ihn beinahe in den Wahnsinn trieb. »Fühlst du dich dann wie ein ganzer Mann?«

»Oh, du wirst bald selbst erleben, wie es sich anfühlt, wenn ich auf dir herumtrete, Halbblut. Waren es nicht deine roten Brüder, die die Tortur am Marterpfahl erfunden haben? Es wäre doch ein passendes Ende für dich, wenn du jetzt an einem eben solchen stirbst. Was meinst du?«

Taggart zückte sein Messer und prüfte eingehend die Schärfe der Klinge. »Kommen wir also zum ersten Teil meines Versprechens, das ich dir damals gegeben habe.« Er hob das Messer und wollte es Rafe soeben quer über die Brust ziehen, als er gepeinigt aufschrie. Das Messer entfiel seinem Griff, und er umklammerte verzweifelt sein Handgelenk. Ein Pfeil steckte mitten in seiner Handfläche. Als wäre der Pfeil das Signal zum Angriff gewesen, zischten weitere gefiederte Todesboten heran, während gleichzeitig markerschütterndes Geheul die Luft erfüllte.

Voller Furcht kauert Emily sich zusammen. Die Banditen stoben auf der Suche nach Deckung in alle Richtungen auseinander. Niemand kümmerte sich mehr um sie. Auch Emily wäre am liebsten geflohen, aber sie wusste, dass sie es nicht konnte. Zögernd, Zentimeter für Zentimeter versuchte sie an Rafes Seite zu gelangen. Dieser erkannte, was sie vorhatte und brüllte: »Verschwinde, Emily, bring dich in Sicherheit!«

Wieder zerrte er hilflos an seinen Fesseln, als er bemerkte, dass seine Worte offensichtlich ungehört verhallten. Unbeirrt kam Emily näher, bis sie Taggarts Messer ergreifen konnte. Dann begann sie, Rafes Fesseln zu durchtrennen. Endlich, nach endlos langen Sekunden, in denen um sie herum das Chaos tobte, fielen die dicken Stricke. Rafes spürte, dass seine Knie einzuknicken drohten, dennoch riss er Emily an sich und in den Schutz seines Körpers. Hastig presste er einen Kuss auf ihre Lippen, ehe er geduckt mit ihr in den Schutz der halbzerfallenen Hütten flüchtete.

»Bleib hier und rühr dich nicht vom Fleck«, befahl er ihr, während er sie zwischen zwei der baufälligen Behausungen in Deckung drängte.

»Wo willst du hin?«, keuchte Emily.

»Ich muss Taggart finden. Noch einmal entkommt er mir nicht.«

»Rafe, nein!«, rief Emily ihm nach, aber er war bereits verschwunden. Na wunderbar, dachte sie, während sie zusammengekauert im Schatten der Bretterbuden hockte. Ich rette sein Leben, und er setzt es gleich wieder aufs Spiel. Angst erfüllte sie bei dem Gedanken, Rafe könnte etwas zustoßen.

Die Indianer ritten jetzt offen durchs Lager, rissen Aufbauten nieder und zertrampelten die Lagerfeuer. Ihre Pfeile trafen unbeirrt einen Banditen nach dem anderen. Einer jagte zu Pferde einem von Taggarts Männern hinterher und zerschmetterte ihm mit seiner Kriegskeule den Schädel. Kreischend schwang er sich dann von seinem Pony, sein Jagdmesser in der Hand.

Hastig wandte Emily den Blick von dem schaurigen Geschehen ab. Wo war Taggart? War es ihm wieder gelungen zu entkommen?

Emily spürte die Anwesenheit eines anderen Menschen in ihrer Nähe und wandte sich um. »Rafe«, wollte sie schon rufen, aber der Name blieb ihr im Halse stecken, als sie in Clay Taggarts wutverzerrte Fratze blickte.

»Sei nicht so überrascht, mich zu sehen, Kätzchen. Zwar wirst du mir gegen die Roten nichts nützen, aber solange ich dich habe, geht mir zumindest dein Liebhaber nicht an den Kragen. Und nun komm.« Der Revolver war drohend auf ihre Körpermitte gerichtet.

Zögernd erhob sich Emily und schritt an Taggart vorbei durch die schmale Gasse zwischen den Hütten.

Das bemalte Gesicht eines Indianers erschien aus dem Nichts. Die drahtige Gestalt warf sich auf Taggart. Beide Kontrahenten wälzten sich im Staub. Es war Taggart, der den Zweikampf für sich entschied, dem Indianer das Messer entrang und es ihm tief in die Brust stieß. Schwer atmend kniete er über seinem Opfer. Dann erhob er sich – und starrte genau in die Mündung seiner eigenen Waffe, die ihm im Kampf entfallen war.

»Eine falsche Bewegung, Taggart«, drohte Emily, »und ich schieße.« Seine Augen weiteten sich für einen Moment, aber das war das einzige Anzeichen seiner Überraschung.

»Aber, aber, Kätzchen, du wirst doch nicht auf mich schießen. Nicht nach all dem, was zwischen uns hätte sein können.« Drohend kam er einen Schritt näher.

Emily wich einen Schritt zurück. »Gar nichts hätte zwischen uns sein können«, fauchte Emily und spannte den Hahn. »Bleiben Sie stehen.«

»Du wirst nicht auf mich schießen«, erwiderte Taggart voller Überzeugung und kam weiter auf sie zu. Emily wich noch einen Schritt zurück, bis sie die Wand einer der Hütten in ihrem Rücken spürte.

»Emily!«, hörte sie Rafes Stimme irgendwo hinter Taggarts Rücken. »Drück ab.«

»Oh, sie wird nicht auf mich schießen«, wiederholte Taggart im Brustton der Überzeugung, »weil die Waffe nämlich gar nicht geladen ist. Ich habe sie leergefeuert, ehe ich deine kleine Freundin hier entdeckt und als Geisel genommen habe.« Drohend hob er sein Messer. Er hatte Emily fast erreicht.

Rafe wagte es kaum zu atmen.

»Bleiben Sie stehen. Ich sage es nicht noch einmal«, befahl Emily ein letztes Mal, ehe sie die Augen schloss und abdrückte.

Der Knall zerriss überlaut die Stille, die über das Lager hereingebrochen war. Ungläubig starrte Taggart auf das Loch, das mitten in seiner Brust klaffte. Er stolperte noch einige Schritte auf Emily zu, bevor er kraftlos in die Knie sank.

»Aber wie …«, stammelte er. Blut schäumte auf seinen Lippen, und seine Hände griffen ziellos ins Leere, als Rafe an ihm vorbeistürmte und Emily in die Arme schloss.

»Ich habe nachgeladen«, sagte Emily leise, »mit der Kugel, die du mir gegeben hast.« Dann erwiderte sie Rafes Umarmung.

»*Wiŋbláka Caŋte Ohítika nitawícu kiŋ Cíŋksí wašícuŋ suŋkmanitu taŋká heca* – Wie ich sehe, ist die weiße Frau doch die Frau von ›Sohn des Weißen Wolfes‹«, hörte Rafe hinter sich eine bekannte Stimme. Widerstrebend löste er sich aus Emilys Armen und wandte sich um. »Roter Büffel« stand hinter ihm, das Gesicht mit roter und schwarzer Kriegsfarbe Furcht einflößend bemalt.

»*Haŋ, mitawícu kiŋ wiŋyaŋ wašícu waná* – Ja, sie ist jetzt meine Frau«, gab er in der Sprache der Sioux zurück, und »Roter Büffel« nickte.

Sein ausgestreckter Arm umfasste in einer Geste das zerstörte Lager. »Die Mörder unserer Frauen und Kinder wurden zur Rechenschaft gezogen. Wir haben gesehen, dass ihr nichts mit ihnen zu tun hattet, deshalb mögt ihr eurer Wege ziehen. Möge der Große Geist euch auf eurem Weg begleiten.«

»Ich danke ›Roter Büffel‹ für seine Großherzigkeit«, erwiderte Rafe.

»Was werden sie tun?«, flüsterte Emily an seiner Seite.

»Sie lassen uns ziehen. Sie wissen, dass wir nicht zu Taggarts Leuten gehören.« Er fühlte, wie die Anspannung aus Emilys Körper großer Erleichterung wich.

Sie fanden Emilys Reittier und das Packpferd. Rafes Grauer hatte sich bei seinem Sturz ein Bein gebrochen und war von Taggarts Männern erschossen worden. Rafes Mine war ausdruckslos, als er ihr dieses mitteilte, aber Emily kannte ihn inzwischen gut genug, um zu wissen, wie sehr er den Verlust des treuen Tieres bedauerte. Sein einziger Trost war die Gewissheit, dass sein Pferd das letzte Wesen war, das Clay Taggart und seiner Bande jemals zum Opfer fallen würde.

XXVI

»Emily! Em, Liebling, bist du es wirklich?« Überschwänglich stürmte Charles Eaton die Stufen der Veranda herab und schloss Emily in die Arme. »Emily!«, rief er immer wieder und bedeckte ihr Gesicht mit feuchten Küssen.

Emily bemühte sich, nicht zurückzuzucken. Es war so ungewöhnlich für Charles – ihren kühlen, distanzierten, stets auf sein Erscheinungsbild bedachten Charles – sich derart gehen zu lassen. Selbst in Momenten größter Freude hatte er sich nicht zu solchen Gefühlsausbrüchen hinreißen lassen. Hatte die Zeit im Westen ihn derart verändert? Wie oft hatte sie sich in den letzen Wochen ihr Nachhausekommen bis in alle Einzelheiten ausgemalt – aber nicht ein einziges Mal hatte Charles sie in ihrer Vorstellung derart gefühlvoll in die Arme geschlossen.

Sobald es die Situation erlaubte, trat Emily einen Schritt zurück. Sie hoffte, dass Charles es nicht bemerkte, aber sie war sich des durchdringenden Blickes aus bernsteinfarbenen Augen nur allzu bewusst. Was dachte Rafe über dieses Willkommen? Räumte es seine Zweifel aus, dass Charles sie nicht genug liebte?

»Hallo Charles«, entgegnete sie gefasst.

Charles schien ihre Zurückhaltung nicht einmal zu bemerken. »Mein Gott, Emily, du bist noch hübscher, als ich dich in Erinnerung habe!«

Verlegen schob Emily sich eine Haarsträhne hinters Ohr. Sie wusste selbst, dass sie im Augenblick nicht sonderlich ansehnlich war. Ihr Haar, nur knapp mehr als kinnlang, war seit Tagen nicht gewaschen und gekämmt worden, und ihre Haut war sonnenverbrannt. Bestimmt hatte sie Sommersprossen bekommen, und seit Wochen trug sie dieselbe Kleidung. Selbst wenn Charles seine Äußerung als Kompliment gemeint hatte, so fühlte sie sich dadurch eigentlich nur noch schmutziger.

»Ich würde mich gern etwas frisch machen«, murmelte sie und atmete erleichtert auf, als Charles ihren Arm nahm und sie ins Haus führte.

»Aber natürlich. Wie gedankenlos von mir, mein Schatz.« Er hielt ihren Arm umklammert, als wäre sie nicht in der Lage, die wenigen Stufen hinauf zur Veranda allein zu erklimmen.

Nur widerwillig ließ Emily ihn gewähren. Bevor sie das Haus betrat, sah sie sich um. »Mister McKinlay?«

Noch immer ruhte Rafes Blick auf ihr.

»Vielen Dank, dass Sie mich nach Hause gebracht haben.«

Rafe tippte mit der Rechten an seine Hutkrempe. »Es war mir eine Ehre, Ma'm.«

Emily wandte sich ab, aber zögerte auf der Schwelle. Sie fühlte, wie sich Charles' Finger fester – warnend? – um ihren Ellenbogen schlossen, dennoch wandte sie sich abermals um.

»Darf ich Sie auf ein Glas Limonade hereinbitten, Mister McKinlay?«

Charles' Finger zerquetschten ihr fast den Arm, aber Emily ignorierte ihn. Es war alles so fremd, wie ein Traum. Auch wenn sie dem Augenblick entgegengefiebert hatte, in dem die Zivilisation sie endlich wiederhätte, so scheute sie sich auf einmal davor, Rafe McKinlay endgültig Lebewohl zu sagen.

»Das ist sehr freundlich von Ihnen, Ma'm, aber ich fürchte, ich muss Ihr Angebot ablehnen.«

Emily fühlte, wie Charles seinen Griff lockerte. Hatte er befürchtet, Rafe würde annehmen? Warum?

»Vielleicht morgen zum Abendessen?«, hörte Emily sich fragen und musste ein Zusammenzucken verbergen, als Charles' Finger sich erneut schmerzhaft in ihr Fleisch gruben.

»Nein, Ma'm, vielen Dank.« Noch einmal tippte er mit den Fingern gegen seine Hutkrempe, ehe sein Blick zu Charles zuckte. »Wir sprechen uns noch«.

Charles nickte abgehackt, aber McKinlay hatte sich bereits abgewandt und trabte, Emilys Pferd am Zügel führend, davon.

Emilys Herz wurde schwer. »Aua, Charles, du tust mir weh!«, protestierte sie, als sie sich sicher war, dass Rafe außer Hörweite war. Sie versuchte, sich Charles' Zugriff zu entwinden.

»Warum musstest du ihn auch einladen?«, fauchte Charles und zerrte Emily ins Haus. Die Tür fiel mit einem wütenden Krachen ins Schloss.

»Warum nicht?«, entgegnete Emily und rieb sich ihren schmerzenden Arm. »Immerhin hat er mich nach Hause gebracht.«

Charles beugte sich vor. »Der Kerl ist ein verdammtes Halbblut. Schlimm genug, dass du monatelang mit ihm allein warst. Ich wage gar nicht daran zu denken, was die Leute erst reden werden, wenn sie erfahren, dass du ihn auch noch zu uns eingeladen hast. Du kannst von Glück sagen, dass er abgelehnt hat.« Erneut ergriff er ihren Arm.

Erstaunt riss Emily die Augen auf. »Du machst dir Sorgen, was die Leute reden?« Wütend schüttelte sie seine Hand ab. »Es ist mir egal, was die Leute reden. Und es ist mir egal, dass Ra…, dass Mister McKinlay ein Halbblut ist. Er war die ganze Zeit über der perfekte Gentleman!«

»Oh, Rafael nennst du ihn also. Natürlich. Es ist ja auch völlig normal, dass meine Verlobte ein mieses Halbblut bei seinem Vornamen nennt.« Charles' Augen schienen Funken zu sprühen.

Aufgebracht wedelte Emily mit den Händen in der Luft. »Herrje, Charles, was hast du denn gedacht? Wir waren wochenlang unterwegs. Hast du erwartet, dass er mich die ganze Zeit über Miss Bradshaw nennt und ich ihn Mister McKinlay? Die meiste Zeit hatten wir überhaupt keine Zeit für Förmlichkeiten.«

Eine steile Falte bildete sich auf Charles' Stirn. »Ach so, ihr hattet keine Zeit für Förmlichkeiten. Wofür hattet ihr denn Zeit?«

Sprachlos starrte Emily ihn an. Wollte er ihr etwa unterstellen, sie hatte es zusammen mit den Förmlichkeiten am nötigen Anstand fehlen lassen? Auch wenn es den Tatsachen entsprach, so wollte und würde sie sich von Charles für ihre

Taten nicht zur Rechenschaft ziehen lassen. Emily warf den Kopf in den Nacken. »Ich werde vergessen, was du da eben gesagt hast«, sagte sie kühl. »Wenn du gestattest, würde ich mich jetzt gern frisch machen.«

So würdevoll es mit ihren staubigen Röcken möglich war, wirbelte sie herum und rauschte die Treppe hinauf, wo sie das Badezimmer vermutete.

»Emily, ich bitte dich, nun sei mir doch nicht mehr böse.« Charles sah sie so flehentlich an, dass Emily ihm tatsächlich nicht länger gram sein konnte. Das ausgiebige Bad hatte außerdem dazu beigetragen, sie milder zu stimmen.

»Ach Charles. Es ist so schön, endlich wieder bei dir zu sein.« Sie erlaubte, dass er sich neben sie setzte und ihre Hände ergriff. Noch immer waren ihre Finger rau und spröde von den Strapazen der letzten Wochen, trotz der Lotionen und Salben, die sie im Badezimmer in einem der Schränke entdeckt hatte. Gebadet und parfümiert, die Haare gewaschen und frisiert und in einen flauschigen Bademantel gehüllt, fühlte sie sich fast wieder menschlich. Was Rafe wohl gerade tat? Hatte er auch als Erstes gebadet oder verbrachte er seine Zeit im Saloon? Emily seufzte und schob den Gedanken von sich.

Rafe McKinlay gehörte ihrer Vergangenheit an. Sie hatten sich voneinander verabschiedet, als die Stadt in Sichtweite kam, und Emily traten noch immer Tränen in die Augen, wenn sie an die tiefe Verzweiflung dachte, die sie verspürt hatte – ja noch immer spürte. Sie seufzte.

Rafe.

Ein Wort von ihm, und sie hätte alles, was sie kannte, für ihn aufgegeben. Ein Wort von ihm, und sie wäre ihm bis ans Ende der Welt gefolgt. Nur ein einziges Wort …

Aber er hatte sie gehen lassen. Er hatte sie geküsst, lange und hingebungsvoll und so süß, dass Emily noch immer glaubte, ihr Herz würde zerspringen – und dann hatte er sich abgewandt, war auf sein Pferd gestiegen und losgeritten. Und sie hatte keine andere Wahl gehabt, als ihm zu folgen.

Charles Eaton hingegen war ihre Zukunft. Er würde von nun an der Mann an ihrer Seite sein, der Mann, mit dem sie alt werden würde. Gerade führte er ihre Hand an seine Lippen und presste einen zärtlichen Kuss auf ihre Finger.

»Du hast mir so gefehlt, mein Schatz. Ich wusste nicht, wie ich es noch einen Tag länger ohne dich aushalten sollte, und als ich dann die Nachricht erhielt, du seiest von Indianern entführt worden – ich habe gedacht, ich würde den Verstand verlieren.«

»Du hättest mich nur einfach schon früher nachkommen lassen sollen.« Emily war bemüht, den leichten Vorwurf aus ihrer Stimme herauszuhalten, war sich aber nicht ganz sicher, ob es ihr gelungen war. Sie wollte die Stimmung nicht unnütz trüben, aber dachte zugleich an die beinahe unzähligen Male, die sie Charles in ihren Briefen gebeten hatte, nachkommen zu dürfen. »Ganz sicher wird nicht jeder Treck überfallen. Ich hätte schon seit Monaten, ja seit Jahren bei dir sein können.«

»Aber deine Tante …«

Traurigkeit überfiel Emily, bei dem Gedanken an Tante Ruthie. »Arme Tante Ruthie. Aber sie hätte ganz sicher Verständnis dafür gehabt, dass ich bei dir sein wollte.«

Liebevoll berührte Charles ihre Lippen mit den seinen. Emily zuckte zurück und Charles lachte leise. »Wenn ich noch die geringsten Zweifel an deiner Keuschheit gehabt hätte, wären sie jetzt ausgeräumt. Komm her, kleine Emily und lass dich küssen.« Seine Arme zogen sie an sich, und noch ehe Emily etwas erwidern konnte, hatte er ihren Mund mit seinen Lippen verschlossen. Emily stöhnte protestierend auf und versuchte, ihn von sich zu stoßen, aber Charles vertiefte den Kuss ungeachtet ihrer Gegenwehr. Er neigte den Kopf und drängte seine Zunge zwischen Emilys widerstrebende Lippen, während seine linke Hand sich einen Weg in ihren Morgenmantel bahnte und sich ungestüm und schmerzhaft um ihre Brust schloss.

Entsetzt schoss Emily vom Sofa hoch. »Charles!«, fauchte sie entrüstet und raffte verzweifelt die Schöße ihres Morgenrocks über ihren vor Empörung wogenden Brüsten zusammen. »Wie kannst du …«

Auch Charles war aufgesprungen und versuchte, die vor ihm zurückweichende Emily wieder in die Arme zu schließen.

»Aber Emily, Liebling …«

»Komm mir nicht mit: Liebling! Wie kannst du es wagen mich zu betatschen wie eine … wie eine …«, verzweifelt suchte Emily nach dem richtigen Wort, »wie eine gewöhnliche Straßendirne?«

Mit hochrotem Kopf starrte Charles sie an. Seine Hände öffneten und schlossen sich, so als wüssten sie nicht, ob sie nach Emily greifen sollten oder nicht. Schließlich ließ er sich wieder auf das Sofa sinken und blickte sie traurig an.

»Emily«, begann er beschwichtigend. »Ich liebe dich. Das weißt du doch, oder?«

Zögernd nickte Emily.

Charles seufzte und fuhr sich mit den Fingern durchs Haar. »Aber neben der reinen Liebe des Herzens gibt es nun einmal auch die fleischliche Liebe des Körpers.« Er sah ihr voll ins Gesicht. »Ich liebe dich, Emily. Aber nicht nur geistig, sondern ich möchte dich auch körperlich lieben. So wie ein Ehemann es mit seiner Frau nun einmal tut. Und du möchtest doch meine Frau werden oder etwa nicht?«

Wieder nickte Emily. Noch immer umschlossen ihre Finger die Aufschläge des Morgenrocks so fest, dass ihre Fingerknöchel weiß hervortraten. Sie schluckte heftig. »Es kommt nur so überraschend«, murmelte sie dann kaum hörbar.

Charles sorgenvolle Miene erhellte sich. »Was? Dass ich dich liebe?«

Emily lächelte zögernd. »Nein, Charles, das weiß ich doch schon lange. Nein, es ist der … der körperliche Aspekt, den ich bislang nicht berücksichtigt hatte.«

»Meinst du, du könntest es lernen, meine Zärtlichkeiten zu genießen?«

Alles in Emily sträubte sich, dem zuzustimmen. Erinnerungen an Rafe, an seine Liebkosungen, seine rauen, doch ach so sanften und kundigen Hände durchzuckten sie, aber sie zwang sich, sie zurückzudrängen.

Es war vorbei. An ihrem letzten Abend, ehe sie die Stadt erreicht hatten, hatte Rafe sie zum letzten Mal geliebt. Mit jedem seiner tiefen, langsamen Stöße schien er ihr Herz zu berühren, bis sie geglaubt hatte, es müsse brechen, während sie sich in Ekstase unter ihm gewunden hatte. Wieder und wieder hatte er sie die Welt vergessen lassen, hatte sie liebkost und geküsst und in den Wahnsinn getrieben, bis er alles war, das für sie in jener Nacht existiert hatte.

Aber es war vorbei.

Emily sah Charles an und nickte tapfer. Dieser Mann, Charles, war ihre Zukunft. Er würde der Vater ihrer Kinder sein, der Mann, mit dem sie alt werden würde. Welchen Sinn machte es da, dass sie sich ausmalte, die Hand auf ihrer Brust wäre dunkler und schwielig und dabei doch so zärtlich, dass ihr die Knie selbst bei der Erinnerung noch weich wurden? Ihr Innerstes schien zu schmelzen, schien sich zu verflüssigen, wenn sie an Rafes feste Lippen und zärtliche Liebkosungen dachte, die so gar nichts mit dem ungelenken Angriff gemein hatten, den sie eben erdulden musste. Ihre Knie versagten ihr den Dienst, und Emily ließ sich auf das Sofa sinken.

Charles nahm das als Zustimmung, dass Emily auch für seine körperliche Nähe bereit war, wurde jedoch eines Besseren belehrt, als Emily ihm eine Hand auf die Brust legte, um ihn zu stoppen.

»Charles«, begann sie und fuhr sich mit der Zunge über die trockenen Lippen. Mit tränenglänzenden Augen sah sie ihn an. »Bitte, lass mir noch ein wenig Zeit. Es … es kommt alles so überraschend. Seit ich hier bin, habe ich das Gefühl, dass sich die ganze Welt wie ein Kreisel um mich dreht. Ich … ich bin einfach noch nicht so weit.«

Verständnisvoll küsste Charles sie leicht auf die Lippen. »Mein kleiner Liebling. Wie konnte ich nur vergessen, was du durchgemacht hast. Natürlich lasse ich dir Zeit, dich an das Leben hier zu gewöhnen. Geh schlafen, Emily. Morgen sieht die Welt schon ganz anders aus.«

Aus den Schatten zwischen zwei Häusern beobachtete Rafe McKinlay, wie das Licht der Petroleumlampe hinter dem Fenster flackerte und verlosch. Dunkelheit senkte sich über das Haus. Er hatte Emilys Silhouette hinter dem Fenster gesehen und fragte sich, ob sie und Eaton ein Schlafzimmer teilten. Er glaubte es nicht.

Hoffte es nicht.

Emily Bradshaw war nicht der Typ Frau, der schon in der ersten Nacht in das Bett eines Mannes stieg, selbst wenn dieser Mann ihr Verlobter war.

Ihr Verlobter.

Verächtlich verzog Rafe die Lippen. Er hatte Erkundigungen eingezogen: Eatons Geschäfte schienen ganz und gar nicht gut zu laufen. Überall, wo er gefragt hatte, stand Eaton in der Kreide. Wenn nicht ein Wunder geschah, würden ihm die Gläubiger das Haus über dem Kopf wegpfänden. Ob Emily davon wusste?

Wohl kaum. Noch immer hörte er, wie sie ihren Verlobten in höchsten Tönen lobte. Seinen Ehrgeiz, seine Tüchtigkeit, seinen Geschäftssinn. Wenn man ihren Worten Glauben schenkte, müsste Eaton Millionär sein, stattdessen ließ er anschreiben und rannte noch immer seiner Schnapsidee hinterher, hier, mitten im Nirgendwo französische Luxusartikel verkaufen zu wollen.

Aber das war nicht seine Sache. Solange Eaton das Geld hatte, das er ihm schuldete, konnte es ihm egal sein, wie hoch er verschuldet war, auch wenn es ein Jammer war, dass Emily sich an einen solchen Versager binden wollte.

XXVII

»Dieses Blau steht Ihnen wirklich ausgezeichnet«, schmeichelte Mrs. Lindsay, die Frau des Ladenbesitzers, als Emily den feinen, aber einfachen Baumwollstoff prüfend begutachtete. Es war seltsam, aber Charles hatte in seinem exquisiten Geschäft noch nicht einmal Stoffe, die er hätte anbieten können, sodass ihr nichts anderes übrig geblieben war, als zum Gemischtwarenhändler am oberen Ende der Hauptstraße zu gehen. Hier gab es alles. Hatte Charles ihr versichert, dass zu dieser Zeit des Monats immer weniger Kunden in seinen Laden kämen, so quoll dieser, ganz im Gegensatz zu Charles' Geschäft, vor kaufwilliger Kundschaft geradezu über.

Versonnen runzelte Emily die Stirn. Charles war schon immer dickköpfig gewesen, aber selbst wenn er sich ohne jeden Zweifel besser in der Geschäftswelt auskannte als sie, sollte sie ihm vielleicht doch den Vorschlag unterbreiten, den einen oder anderen alltäglichen Gebrauchsgegenstand in sein Sortiment aufzunehmen.

Die Stadt selbst, bei Tageslicht betrachtet, war eine herbe Enttäuschung gewesen. Natürlich hatte Emily gewusst, dass sich Silver Springs nicht mit St. Louis oder gar einer der Städte des Ostens würde messen können, aber dennoch hatte sie sich eine Stadt vorgestellt, eine Bezeichnung, die Silver Springs eigentlich gar nicht verdiente.

Silver Springs verdankte seine Existenz den Silberfunden, die vor einigen Jahren in den Bergen gemacht wurden. Die Kunde hatte sich wie ein Lauffeuer verbreitet, und Abenteurer und Glücksritter waren dem Lockruf des schnellen Reichtums in Scharen gefolgt. Wie Pilze schossen kurz darauf Saloons aus dem Boden, in denen hart arbeitende Bergleute ihr sauer verdientes Geld auch wieder ausgeben konnten.

Dann folgten Läden, die zu Halsabschneiderpreisen alles anboten, was das Schürferherz begehrte. Diese Geschäfte waren die eigentlichen Silberminen, füllten sie doch die Taschen der Inhaber, ohne dass diese selbst im Dreck wühlen mussten. Als Nächstes kamen Huren und Spieler, die ebenfalls ein Stück vom großen Kuchen abbeißen wollten.

Aber auch wenn sich das Stadtbild seitdem ein wenig gewandelt hatte, so war Silver Springs trotz allem kaum mehr als eine wilde und ungehobelte »Goldgräberstadt«, an deren einem Ende sich die Saloons und Bordelle ballten, in denen es Nacht für Nacht hoch herging, während am anderen Ende einige respektablere Geschäfte ihr Auskommen suchten, wie etwa die Bank, das Hotel und der Gemischtwarenladen, in dem sich Emily gerade befand.

An zwei Querstraßen lagen die ordentlichen, hübschen, weiß gestrichenen Häuser der wenigen Bürger von Silver Springs. Außerdem gab es einen Schuster, einen Barbier, der auch als Arzt zum Einsatz kam, ein Telegrafenbüro, einen Tischler und den Mietstall – und nicht zu vergessen Charles' *French Emporium*, das in dieser Stadt so fehl am Platze wirkte, wie eine Fliege auf einer Hochzeitstorte. Es war noch nicht einmal sicher, dass diese Stadt Bestand haben würde, wenn die Silberfunde in den Bergen eines Tages versiegten.

Zwar verirrten sich auch immer öfter Siedlertrecks nach Silver Springs, da es die erste größere Ansiedlung war, die sie nach dem Überqueren der Berge ohne größere Umwege erreichen konnten, aber diese Trecks würden sich ebenso schnell einer anderen Stadt zuwenden, sollte Silver Springs eines Tages aufhören zu existieren.

Emily seufzte leise. Was um Himmels Willen hatte Charles nur dazu bewogen, ein Geschäft für französische Luxusartikel ausgerechnet in diesem gottverlassenen Kaff aufzubauen? Selbst wenn es einige wohlhabende Rancher im Umland gab, so würden die ganz sicher nicht regelmäßig so viel für französischen Schnickschnack ausgeben, dass eine Familie – ihre Familie, sagte sich Emily und versuchte, die Bitterkeit aus ihren Gedanken herauszuhalten – davon leben konnte. Nein, sie würde ganz bestimmt mit Charles sprechen. Es grenzte an ein Wunder, dass er sich bisher überhaupt über Wasser gehalten hatte.

»Möchten Sie etwas von dem blauen Stoff erstehen, Miss …?«

»Bradshaw«, murmelte Emily. »Emily Bradshaw«.

»Oh, Miss Bradshaw, was für eine Freude, Sie endlich kennen zu lernen. Ich wusste nicht, dass Sie es sind.« Betreten bemühte die Frau des Ladenbesitzers sich, ihren Blick nicht ungebührlich lange auf Emilys ramponierter Erscheinung ruhen zu lassen. Auch wenn sie ihre Kleidung gewaschen und sorgsam gebügelt hatte, so gab es dennoch keinen Zweifel daran, dass sie nur noch für die Flickenkiste zu gebrauchen waren.

»Wenn Sie gestatten, ich habe noch feinere Stoffe im Lager. Kommen Sie, kommen Sie.« Emily konnte sich gegen den sanften, aber unnachgiebigen Zug an ihrem Handgelenk nicht zur Wehr setzen. Seufzend folgte sie Mrs. Lindsay ins Lager. Die Stoffe, die Mrs. Lindsay ihr zeigte, waren in der Tat wunderschön. Samt und Seide in glänzenden Farben. Emily ließ genießerisch ihre Hand über die exquisiten Stoffe gleiten. So etwas würde zu Charles' Geschäft passen, auch wenn er, angesichts der horrenden Preise, sicherlich keinen allzu großen Umsatz damit erzielen könnte.

»Sie sind wirklich wunderbar, Mrs. Lindsay, aber ich entscheide mich doch lieber für den blauen. Und den karierten, wenn es Ihnen nichts ausmacht. Haben Sie vielleicht auch noch ein fertiges Kleid, das ich gleich anziehen kann?«

Mrs. Lindsays Lächeln fiel sichtbar in sich zusammen. »Natürlich, wenn Sie meinen. Aber ich dachte, es würde jetzt, wo Sie endlich da sind, wieder aufwärts gehen mit Mister Eatons Geschäften.«

Verwirrt sah Emily sie an. »Was meinen Sie damit: Jetzt, wo ich da bin? Was hat das mit mir zu tun?«

»Nun ja, eine ganze Menge. Sehen Sie, ich tratsche ja nicht gerne«, allein die Art, wie sie es sagte, überzeugte Emily vom Gegenteil, »aber die Stoffe, die Sie hier sehen, gehören eigentlich Ihrem Verlobten. Wir haben sie nur als

Sicherheit genommen, weil er seine Rechnung bei uns nicht bezahlen konnte. Nicht, dass viel Nachfrage nach solchen Stoffen besteht. Deshalb bewahre ich sie ja auch im Lager auf, damit nicht jeder daran herumgrabscht und sie speckig werden.«

Emily fühlte sich ertappt und zog hastig ihre Hand zurück, die noch einmal über den weichen Samt geglitten war. »Ich verstehe Sie nicht ganz«, sagte sie dann an Mrs. Lindsay gewandt. »Welche Rechnungen?«

»Nun ja, Lebensmittel und dergleichen. Immerhin fast dreihundert Dollar.«

Dreihundert Dollar! Emily musste an sich halten, nicht erschrocken die Hände vor den Mund zu schlagen. Charles hatte eine Rechnung von dreihundert Dollar beim Händler? Was um Himmels Willen hatte er denn gekauft? Champagner und Kaviar? »Aber wofür – wofür hat er denn bloß so viel Geld ausgegeben?«, stammelte Emily entsetzt.

»Nun ja, für das übliche: Eier, Käse, Mehl, Wurst, Schinken …«

»Aber dreihundert Dollar?! Man kann doch niemals dreihundert Dollar nur für einfache Lebensmittel ausgeben. Da muss doch ein Fehler vorliegen!«

Mrs. Lindsay zog unwillig die Brauen zusammen. »Wenn man regelmäßig bezahlt, sicher nicht. Aber Mister Eaton hat anschreiben lassen, seit er nach Silver Springs gekommen ist. Anfangs waren wir ja sehr nachsichtig mit ihm, immerhin musste er erst noch sein Geschäft aufbauen. Und er versicherte uns auch, dass er uns keine Konkurrenz machen würde. Aber als es immer länger dauerte und er immer noch nicht zahlen konnte … Nun ja, da sahen wir uns gezwungen, Sicherheiten zu verlangen. Aber das ist jetzt ja vorbei. Sie sind endlich angekommen. Sobald er seine Rechnung bezahlt hat, kann er seine Stoffe wiederhaben.« Vertraulich wispernd fügte sie hinzu: »Bei uns laufen solche Stoffe sowieso nicht so gut, müssen Sie wissen.«

Emily ging nicht darauf ein. Ihr war etwas anderes aufgefallen. »Wie meinen Sie das: Ich bin ja endlich angekommen?«

»Nun, also ja«, sagte Mrs. Lindsay staunend, »Mister Eaton sagte immer, wenn Sie erst hier in Silver Springs wären, dann würde er seine Schulden schon bezahlen …«

»Bitte entschuldigen Sie mich, Mrs. Lindsay«, murmelte Emily und wandte sich ab.

»Aber der Stoff …«

Emily hörte gar nicht mehr hin, sondern hastete aus der Tür und die Hauptstraße entlang.

Dreihundert Dollar! Charles hatte immer nur anschreiben lassen, seit er nach Silver Springs gekommen war. Er hatte nicht ein einziges Mal seine Rechnungen beglichen! Wie konnte er denn nur glauben, dass sie gemeinsam diese Riesensumme bewältigen konnten?

Emily war außer Atem, als sie das »French Emporium« erreichte, die Treppenstufen hinaufstürmte und die große Eingangstür aufriss. Das Glöckchen über dem Eingang klingelte Sturm, aber Emily beachtete es nicht, sondern durchquerte mit langen Schritten den spärlich ausgestatteten Verkaufsraum, bis sie Charles im Lager fand.

»Emily, Liebling …«, begann er, aber Emily schnitt ihm das Wort ab.

»Charles, stimmt es, dass du bei den Lindsays eine unbezahlte Rechnung über dreihundert Dollar hast?«

Charles zögerte einen Augenblick, ehe er nickte, nur um sie gleich darauf strahlend anzulächeln.

»Aber Liebling, reg dich doch darüber nicht auf. Das wird sich doch alles finden …«

»Finden? Wovon denn?«, rief Emily außer sich. »Charles! Dreihundert Dollar! Wie sollen wir denn dreihundert Dollar aufbringen?!«

Charles' Lächeln drohte einen Moment lang zu entgleisen, ehe er sich wieder im Griff hatte. Schnell trat er einen Schritt vor und zog eine widerstrebende Emily in seine Arme.

»Aber Liebling, du wirst schon sehen, jetzt wo du hier bist, wird alles gut werden.«

Emily weigerte sich, sich zu entspannen. Stocksteif stand sie in Charles' Umarmung, bis er sie von sich schob und mit seinem Lausbubenlächeln angrinste, bei dem ihr Herz früher schneller geschlagen hatte. Seltsamerweise, stellte Emily überrascht fest, hatte es diesmal nicht den gewünschten Effekt. Die Sorgen um die Schulden hingen wie ein drohender Schatten über ihren Köpfen, und Charles glaubte, er brauchte nur spitzbübisch zu lächeln, und alles sei wieder gut.

Charles schien zu bemerkten, dass er Emily noch nicht überzeugt hatte, und zog sie wieder an sich. »Du wirst schon sehen, Liebling. Alles wird gut werden. Zusammen werden wir es schaffen. Jetzt, wo du hier bei mir bist, wird alles gut werden.«

Langsam begann Emily, sich in seiner Umarmung zu entspannen. Er hatte Recht. Jetzt wo sie bei ihm war, würde sie mit anpacken. Sie würden sich eben ein wenig einschränken müssen, aber zusammen würden sie es schaffen. Zusammen …

»Mit dem Geld aus deiner Erbschaft können wir die Schulden bezahlen und ganz neu anfangen.«

Überrascht stemmte Emily ihre Hände gegen seine Brust und schob ihn von sich. Entgeistert sah sie ihn an. »Wovon redest du da?«, flüsterte sie heiser. »Welche Erbschaft?«

»Von dem Geld, das du von deiner Tante Ruthie geerbt hast.«

»Aber ich habe kein Geld geerbt!«

Charles' Gesicht verlor jegliche Farbe.

»Ich habe kein Geld geerbt«, wiederholte Emily, ihre Stimme war nur noch ein tonloses Wispern.

»Aber, aber das Haus«, stammelte Charles, »das Vermögen …«

Betreten schüttelte Emily den Kopf. »Das Haus hatte Tante Ruthie schon vor Jahren verkauft. Sie war nicht reich, Charles.«

»Aber natürlich war sie reich! Ich habe doch gesehen, wie gut sie gelebt hat!«

»Sie hat von dem Geld aus dem Hausverkauf gelebt, und das war fast aufgebraucht. Sie hatte nur Wohnrecht auf Lebzeiten.« Beschwörend sah sie ihn an und strich ihm besänftigend über die Wange. »Charles, Liebling, ich bin doch jetzt bei dir. Wenn wir beide hart arbeiten, dann werden wir die dreihundert Dollar schon aufbringen …« Emily zuckte zusammen, als Charles sie schmerzhaft an den Oberarmen packte und schüttelte.

»Wer redet denn von den verdammten dreihundert Dollar?!«, brüllte er und schüttelte sie so heftig, dass ihr Kopf haltlos in den Nacken kippte. Sein Gesicht verwandelte sich in eine wutverzerrte Maske, wie Emily es noch nie bei ihm gesehen hatte. Angst stahl sich in ihre Seele, und sie versuchte sich aus seinem Griff zu winden, aber seine Hände waren so unnachgiebig wie Stahlklammern.

Emilys Augen füllten sich mit Tränen. »Bitte Charles«, flehte sie, als seine Finger sich noch fester um ihr Fleisch schlossen. »Du tust mir weh.«

Aber Charles ignorierte sie. »Erst setzt du mir Hörner auf, noch ehe wir überhaupt verheiratet sind, und dann willst du noch nicht einmal das verdammte Geld mit mir teilen!«, fauchte er und schüttelte sie erneut, bis Emily glaubte, die Besinnung zu verlieren.

»Charles, lass mich los!«

Mit einem Ruck riss Charles sie an sich, bis ihre Nasenspitze nur noch wenige Millimeter von seinem plötzlich Furcht einflößenden Gesicht entfernt war. Heiß spürte sie Charles' unangenehmen Atem auf ihrer Wange und wandte angewidert das Gesicht ab.

»Hör mir jetzt genau zu, Liebling«, wisperte Charles heiser, »ich werde großzügig darüber hinwegsehen, dass du mich mit diesem Halbblut betrogen hast«.

Eiseskälte umklammerte Emilys Herz bei seinen Worten, aber sie rief sich zur Ordnung. Charles konnte nichts von ihrer Liebe zu Rafe wissen. Es war unmöglich. »Betrogen? Wovon redest du? Wie kommst du darauf?«

»Hierdurch. Deine eigenen Worte verraten dich.« Mit einem dumpfen Knall landete ein angesengtes und schmutziges Büchlein neben ihr auf dem Tisch.

Emily wurde blass. »Das ist mein Tagebuch«, wisperte sie mit blutleeren Lippen. Ihr Blick zuckte zu seinem Gesicht. »Woher hast du es?«

»Ich habe es gefunden, als ich deine Sachen durchsucht habe. Aber natürlich hattest du das Geld nicht bei dir. Das wäre auf dem Treck ja auch viel zu gefährlich gewesen.« Er kicherte. »Ich hätte gleich darauf kommen müssen, dass du es dir per Bankanweisung transferieren lässt.« Er atmete tief durch, und Emily wandte erneut den Kopf ab, als sein Atem sie streifte. »Aber ich werde über diese kleine Sünde großzügig hinwegsehen, mein Liebling. Ich werde sie dir sogar vergeben, wenn wir jetzt zur Bank gehen, damit du dir dein Geld hierher anweisen lassen kannst.«

»Aber Charles, ich habe keine dreihundert …«

»Hör auf, mich zum Narren zu halten!«, brüllte er ungehalten. Emily wimmerte leise, als seine Hände sich so fest um ihre Arme schlossen, dass sie fürchtete, sie würden brechen.

»Charles, bitte …«

»Du lässt dir das Geld hierher anweisen«, wiederholte er und nickte bestätigend, als hätte er ihren letzten Einwand überhaupt nicht gehört. Er wirkte geistesabwesend, so als spräche er mit sich selbst. »Und glaub ja nicht, du könntest mich hinters Licht führen.«

»Charles, ich habe keine dreihundert Dollar«, protestierte Emily noch einmal.

»Dreihundert?« Charles kicherte, als hätte er den Verstand verloren. »Dreihundert?! Schatz, ich brauche fünftausend.«

Emily erstarrte. Fünftausend Dollar! Ihre Augen suchten Charles, flehten ihn an, ihr zu sagen, dass das nicht stimmte. »Fünftausend?«, wisperte sie dann, fassungslos. »Wofür um alles in der Welt hast du hier fünftausend Dollar ausgegeben?«

»Aber doch nicht hier! In St. Louis! Was meinst du denn, warum ich aus der Stadt geflohen bin? Etwa, weil es mir hier in dieser Einöde so gut gefällt?!«

»Aber das Abenteuer …«

»Zum Teufel mit dem Abenteuer! Herrgott noch mal, Emily, wach endlich auf! Meine Gläubiger saßen mir im Nacken. Ich musste die Stadt verlassen, oder ich wäre ins Gefängnis gewandert.«

»Aber das Geschäft deines Vaters …«

»Pleite! Bankrott! Gepfändet! Und dazu hatte ich Spielschulden. Emily«, jammerte er dann und blickte sie flehentlich an. »Wenn ich nicht geflohen wäre, hätten die wer weiß was mit mir gemacht. Und irgendwann werden sie mich sicher auch finden.« Beschwichtigend strichen seine Hände über Emilys Oberarme, als könnte er so den Schmerz, den er ihr zugefügt hatte, ungeschehen machen. »Aber mit deiner Erbschaft wird alles gut werden, du wirst schon sehen.« Seine Stimme zitterte vor Verzweiflung, während er hoffnungsvoll seine blauen Augen auf sie richtete.

Tief atmete Emily durch und trat einen Schritt zurück.

»Charles«, sagte sie noch einmal so ruhig sie konnte, »ich habe wirklich kein Geld geerbt.« Warum nur wollte er ihr nicht glauben? Beruhigend legte sie eine Hand auf seinen Arm. »Aber gemeinsam werden wir …«

Emily schrie unterdrückt auf, als er erneut nach ihr griff. »Nein«, sagte Charles. »Nein, nein, nein. Und jetzt sei ein braves Mädchen und geh mit mir zur Bank.«

Emily wand sich in seinem Griff. »Charles, um Himmels Willen, begreife doch endlich: Ich habe kein Geld!«

»Du lügst!«, zischte er.

»Nein, Charles, ich schwöre dir, ich sage die Wahrheit. Tante Ruthie hat mir kein Geld hinterlassen. Die wenigen Besitztümer, die ich hatte, sind bei dem Indianerüberfall vernichtet worden. Charles, ich besitze nur noch das Kleid, das ich am Körper trage.«

Gierig glitten Charles' Augen über Emily schlanke Gestalt, als versuchte er den Wert des genannten Kleidungsstückes abzuschätzen, nur um sie dann finster anzustarren, als ihm der Zustand des schäbigen Fetzens wieder bewusst wurde.

Ohne Vorwarnung schlug er zu. Seine Hand traf Emily so heftig an der Wange, dass sie quer durch den Raum geschleudert wurde. Benommen blieb sie zwischen einer Kiste und einem Regal liegen und tastete, eher verwundert, nach ihrem Gesicht. Ihre Augen glitten langsam zu Charles.

Er hatte sie geschlagen.

Ungläubig tastete Emily über ihre Wange und ihren Kiefer. Sie schmeckte Blut.

Charles hatte sie geschlagen!

Es dauerte einen Augenblick, bis Emily registrierte, was geschehen war, und als hätte der Schmerz nur auf diese Erkenntnis gewartet, brach er jetzt mit Urgewalt über sie herein.

»Charles«, stammelte sie fassungslos. Sie versuchte sich zu wehren, als er sie vom Boden hochzerrte, aber er war erstaunlich stark. Seine langen, harten Finger umklammerten schmerzhaft ihren Ellenbogen.

»Wir gehen jetzt zur Bank«, zischte er ihr ins Ohr, »und du betest besser, dass sie dir das Geld ausbezahlen. Sonst ...« Er verstummte, aber Emily erbleichte auch so angesichts der unausgesprochenen Drohung.

Das war nicht der Charles, den sie kannte. Das war nicht der Charles, nach dem sie sich einst gesehnt und den sie geliebt hatte.

Wie betäubt ließ sie zu, dass er sie vor sich her zur Tür stieß.

XXVIII

Das Glöckchen über der Tür bimmelte, als sie auf die Veranda hinaustraten, und Emily kniff die Augen zusammen, als das Sonnenlicht sie blendete. Sie stolperte, aber Charles' schmerzhafter Griff hielt sie aufrecht. Alles wirkte irreal, so als würde sie ihr Leben durch einen fast blinden Spiegel hindurch betrachten.

»Lächele, verdammt noch mal!«, hörte sie Charles' gezischten Befehl, während er freundlich die Bürger von Silver Springs grüßte, die ihnen auf ihrem Weg begegneten. Wie sollte sie lächeln, wenn Tränen ihr die Kehle zuschnürten? Sein Arm an ihrem Ellenbogen mochte für alle, die sie trafen, wie eine liebevolle Geste wirken, aber Emily spürte die Schmerzen, die von seinem harten Griff ausgingen.

»Eaton!«

Eine Welle der Erleichterung durchströmte Emily beim Klang der vertrauten Stimme. Charles wirbelte herum und zerrte sie mit sich. Nur mit Mühe konnte Emily einen gepeinigten Aufschrei unterdrücken.

»Mister McKinlay«, begrüßte Charles ihn kühl. »Sie haben leider einen äußerst schlechten Zeitpunkt gewählt. Ich war soeben mit meiner Verlobten auf dem Weg zur Bank.« Er wollte sich abwenden, aber Rafes Stimme hielt ihn zurück.

»Das trifft sich gut. Die Bank ist auch mein Ziel. Dann können wir ja gemeinsam gehen.« Rafes forschender Blick glitt über Emily, die ihre Augen noch immer auf seine Stiefelspitzen gerichtet hielt. Irgendetwas stimmte nicht mit ihr.

»Miss Bradshaw.« Rafe tippte an die Krempe seines Hutes.

»Mister McKinlay«, erwiderte Emily leise, ohne ihn anzusehen. Sie wusste, dass ein Blick in ihr Gesicht genügen würde, um Rafe zu zeigen, dass etwas nicht in Ordnung war. Aber er hatte ihr klar gemacht, dass sein Interesse an ihr nur von begrenzter Dauer gewesen war. Es war vorbei, und sie würde lieber sterben, als ihm das Gefühl zu vermitteln, dass sie seine Hilfe brauchte, um ihn damit noch länger an sich zu binden.

Rafe McKinlay war ein Einzelgänger, der nichts höher schätzte als seine Freiheit. Sie würde nicht zulassen, dass sie zur Bürde und Belastung für ihn wurde. Er hatte bei seinem Leben geschworen, sie sicher zu Charles zurückzubringen, und genau das hatte er getan. Sein Auftrag war erfüllt.

Dennoch schlug ihr Herz wie rasend bei dem Gedanken, dass sein Bleiben in Silver Springs etwas mit ihr zu tun haben könnte.

Mit gesenktem Kopf schritt sie neben Charles her, dessen warnender Griff an ihrem Arm völlig überflüssig war. Sie hatte nicht vor, eine Szene zu machen und damit Rafe McKinlay zu alarmieren.

Wie es von einem Gentleman erwartet wurde, hielt Charles ihr die Tür auf und ließ ihr den Vortritt. Rafe folgte ihnen in das dämmrige, mit dunklem Holz verkleidete Innere des Bankgebäudes.

Sie mussten warten, bis eine ältere Dame ihre Geldgeschäfte erledigt hatte, dann stupste Charles Emily unsanft an.

»Guten Tag, Mrs. Grady«, grüßte Charles höflich und zog seinen Hut. Mrs. Grady lächelte ihn freundlich an. Dann fiel ihr Blick auf Emily. Sie runzelte missbilligend die Stirn, als sie Emilys abgerissene Erscheinung in Augenschein nahm. Diese straffte unter der Musterung die Schultern und hielt sich aufrecht wie eine Königin.

Rafe war stolz auf sie.

Es erstaunte ihn nicht, dass Mrs. Grady, nachdem sie nur einen kurzen Blick auf ihn geworfen hatte, eilig die Augen abwendete und mit einer gemurmelten Entschuldigung hinaushastete.

»Bitte sehr«, meinte Charles huldvoll zu Rafe und trat beiseite. »Wir überlassen Ihnen gerne den Vortritt. Unsere Geschäfte dürften ein wenig länger dauern.«

»Oh, machen Sie nur«, erwiderte Rafe scheinbar unbekümmert und ging hinüber zu einer Bank, die für die Wartenden an einer der Wände aufgestellt worden war. Breit grinsend ließ er sich nieder. »Ich hab's nicht eilig.« Zur Bestätigung platzierte er seinen linken Fuß auf seinem rechten Knie und lehnte sich entspannt zurück.

Emily konnte hören, wie Charles vor Wut mit den Zähnen knirschte. Ihr selbst zitterten kaum merklich die Hände, und ihr Herz schlug ihr bis zum Hals. Was hatte Rafe nur vor? Warum erledigte er nicht das, weswegen er gekommen war, und ging wieder? Aber offensichtlich hatte er andere Pläne.

Zögernd trat sie vor.

»Guten Tag, Ma'm«, begrüßte sie der schmächtige Mann am Schalter und blinzelte sie trotz Nickelbrille kurzsichtig an. »Was kann ich für Sie tun?«

Emily war sich Charles' Anwesenheit an ihrer Seite nur allzu bewusst. Nervös befeuchtete sie ihre Lippen.

»Mein Name ist Emily Bradshaw.«

»Oh, Miss Bradshaw, was für eine Freude. Wir haben Sie schon erwartet.« Er lächelte strahlend, und Emily entging nicht der erleichterte Blick, den er Charles zuwarf. Ganz offensichtlich hatte Charles auch bei der Bank Schulden gemacht.

»Möchten Sie ein Konto bei uns eröffnen?«

Sein Feuereifer war nicht zu überhören.

»Also, ja«, stammelte Emily verlegen. »Ich denke, das wird wohl das Beste sein.«

»Aber natürlich, Miss Bradshaw. Soll Ihr Verlobter Vollmacht bekommen?«

Ehe Emily etwas sagen konnte, meldete sich Charles zu Wort.

»Selbstverständlich erteilt sie mir Vollmacht.«

Der Bankangestellte warf Emily einen kurzen Blick zu, aber als sie nicht widersprach, trug er auch Charles' Namen mit ein.

»Möchten Sie etwas einzahlen?«, wollte er dann wissen.

»Nein, ganz im Gegenteil, sie möchte etwas abheben«, mischte Charles sich erneut ein. Das Gesicht des Angestellten verfinsterte sich.

»Charles!«, rief Emily entsetzt. Es war schon schlimm genug, dass sie gezwungen war, diese Farce von einer Kontoeröffnung mitzumachen, aber zumindest würde ihr das ein wenig Zeit verschaffen, in der sie Charles möglicherweise zur Vernunft bringen konnte. Auf gar keinen Fall jedoch würde sie Geld abheben, das sie nicht besaß!

»Und telegrafieren Sie bitte an Ihre alte Bank in St. Louis, damit sie ihr Guthaben von dort hierher überweisen.«

Die Miene des Angestellten erhellte sich bei diesen Worten sofort.

»Natürlich, Mister Eaton. Selbstverständlich.«

»Bei welcher Bank warst du, Liebling?«, fragte Charles honigsüß.

»First National«, murmelte Emily kaum hörbar. Es wurde immer schlimmer. Was mochte der Angestellte wohl denken, wenn er erfuhr, dass sie nicht einen einzigen Cent besaß, sondern das Konto vor ihrer Abreise aufgelöst hatte?

»Wenn es Ihnen recht ist, Sir, möchte ich mit einer Abhebung aber warten, bis mein Geld eingetroffen ist.« Emily zwang sich, den schmerzhaften Stoß in die Rippen, den Charles ihr versetzte, zu ignorieren.

»Gibt es ein Problem?«

Emily straffte die Schultern und wandte sich langsam um. Rafe hatte sich erhoben und stand direkt hinter ihr. Ahnte er etwas? »Nein, Mister McKinlay, vielen Dank«, sagte sie. »Es ist alles in bester Ordnung.«

»Sie haben meine Verlobte doch gehört, McKinlay«, knurrte Charles finster, als Rafe sich nicht rührte. »Es ist alles in Ordnung. Sie können sich wieder verziehen und Ihre Wachhundnummer woanders abziehen.«

»Charles!«, entfuhr es Emily. Wie konnte Charles nur so unhöflich sein, nach allem, was Rafe für sie getan hatte? Flammende Röte stieg ihr in die Wangen, als ihr bewusst wurde, dass Charles nur allzu genau wusste, was Rafe wirklich alles für sie getan hatte. Hastig wandte sie ihr Gesicht ab.

Rafe ignorierte ihn. Stattdessen legte er einen Finger unter Emilys Kinn und zwang sie so, ihn endlich anzusehen. Charles schnappte empört nach Luft.

»Na, also sagen Sie mal, was erlauben Sie sich?«

»Ist wirklich alles in Ordnung?«, fragte Rafe und blickte sie forschend an.

Emily zwang sich, die aufsteigenden Tränen zurückzuhalten und ihre Schultern durchzudrücken, obwohl doch alles, was sie wollte, war, sich in Rafes tröstende Arme zu stürzen. Trotzdem nickte sie.

»Ja, danke. Es ist alles in Ordnung.« Sie konnte nur hoffen, dass Charles' Schlag keine sichtbaren Spuren hinterlassen hatte.

Zögernd, so als wäre auch er unwillig, den Kontakt zu ihr zu unterbrechen, ließ Rafe seine Hand wieder sinken.

»Nun gut. Wenn Sie es sagen.«

Charles drängte sich zwischen sie.

»Wenn Sie gestatten, McKinlay, wir haben noch etwas anderes zu tun. Wie Sie sehen, ist es dringend erforderlich, dass meine Verlobte sich neu einkleidet. Mag der Himmel wissen, woher sie diese grässlichen Fetzen nur bekommen hat.«

Es waren die Kleider, die Rafe ihr gegeben hatte, stellte Emily zu ihrem Entsetzen fest. Natürlich, sie waren abgetragen und zerrissen, aber ganz offensichtlich war es nicht Charles gewesen, der dafür gesorgt hatte, dass sie sie erhielt. Ihr Blick flog zu Rafe, aber sein Gesicht war ausdruckslos und gab nicht preis, was er dachte. Fast war es so, als wäre er in die Rolle des unpersönlichen Fremden zurückgekehrt, der sie aus dem Indianerlager befreit hatte, dachte Emily erschauernd, wäre da nicht die echte Sorge und Wärme gewesen, die sie noch wenige Augenblicke zuvor gespürt hatte. »Charles, bitte nicht …«

»Keine Widerrede, Liebling. So kannst du doch nicht herumlaufen. Vielleicht finden wir ja bei Mrs. Lindsay etwas Geeignetes. Vielleicht aus Seide.« Er ließ seinen Blick über sie gleiten. »Du solltest immer nur Seide tragen, die ebenso weich ist, wie deine Haut«, stellte Charles dann fest, wohl wissend, dass Rafe jedes Wort hörte.

»Charles, ich bitte dich …«, versuchte Emily noch einmal, ihn von seinem Vorhaben abzubringen. Sie konnten es sich einfach nicht leisten, noch mehr Geld auszugeben, das sie nicht hatten und schon gar nicht für so etwas Unpraktisches wie ein Seidenkleid. Natürlich hätte sie auch gern ein neues Kleid gehabt, aber ein schlichtes aus Baumwolle. Doch so, wie die Dinge lagen, würde sie sicher irgendwo in Charles' Haushalt noch Stoffe finden, aus denen sie sich etwas nähen konnte.

Charles hingegen wollte davon nichts hören. Sofern sie ihm nicht lautstark eine Szene machen wollte, blieb Emily nichts anderes übrig, als ihm zu folgen, als er, eine Hand an ihrem Ellenbogen, mit schnellen Schritten hinauseilte.

»... aus St. Louis angewiesen«, hörte Rafe Charles Eaton sagen, als er Lindsays Gemischtwarenladen betrat. Anscheinend erwartete Eaton, dass Emily für seine Schulden aufkam, die er überall in der Stadt gemacht hatte. Nun, verwundern würde es ihn nicht, allenfalls, dass Emily dabei mitspielte. Entgegen seiner früheren Annahme hatte er sich während ihrer gemeinsamen Zeit davon überzeugen können, dass sie keinesfalls einfältig oder gar dumm war, sondern dass sie einen äußerst hellen Kopf auf ihren in diesem Moment beinahe militärisch gestrafften Schultern trug.

Emily war eine Frau, die wusste, was sie wollte, und die zudem mutig und couragiert genug war, um ihre Interessen zu vertreten und durchzusetzen. Machte ihre Liebe zu Charles Eaton sie so blind, dass sie seine Fehler nicht einmal bemerkte? Oder wollte sie sie einfach nicht sehen? Wollte sie sich nicht eingestehen müssen, dass ihre Wahl falsch gewesen war?

Andererseits, welche Alternative hatte sie denn? Wenn sie mit Eaton den Rest ihres Lebens verbringen wollte, dann blieb ihr gar nichts anderes übrig, als ihm aus der Klemme zu helfen. Spätestens mit ihrer Heirat würde sowieso alles, was sie besaß, ihm gehören.

Rafe wusste selbst nicht, warum diese Vorstellung ihm einen derartigen Stich versetzte. Was hatte er denn erwartet? Dass Emily in wilder Liebe zu ihm, Rafe, entbrannt war? Dass sie ihn bitten würde, sie von ihrem Joch zu befreien?

Dass sie Eaton verstoßen und lieber allein leben würde, wenn sie Rafe nicht haben konnte, immer hoffend, dass er eines Tages doch noch zu ihr zurückkehrte und sie rettete?

Rafe lächelte grimmig bei der Vorstellung. Nein, das würde Emily ganz sicher nicht tun. Er hatte sie in Gedanken doch schon dafür verurteilt, dass sie sich allein, ganz ohne männlichen Schutz einem Siedlertreck angeschlossen hatte. Wie sollte ihr Leben denn erst aussehen, wenn sie versuchte, als allein stehende Frau in einer wilden und ungehobelten Stadt wie Silver Springs zu überleben? Außerdem hatte sie ihm mehr als einmal deutlich zu verstehen gegeben, wie viel Charles Eaton ihr bedeutete. Wieso sollte sich daran etwas geändert haben? Nur weil die Umstände sie zu seiner Geliebten gemacht hatten? Er konnte sich noch nicht einmal sicher sein, dass er der erste Mann war, mit dem sie geschlafen hatte, denn immerhin bestand seine Erinnerung an ihr erstes Mal nur aus zusammenhangslosen Bruchstücken und Empfindungen. Trotzdem, alles in ihm sagte, dass er der Erste für sie gewesen war. Emily Bradshaw war zweifellos eine leidenschaftliche junge Frau, doch ihre Unerfahrenheit hatte sie nicht leugnen können. Aber sie war sinnlich und hingebungsvoll, und sie hatte seinen Körper und das, was er ihr geben konnte, ebenso genossen wie er den ihren.

Das hieß aber noch lange nicht, dass ihr Beisammensein für sie mehr bedeutet hätte, als die Befriedigung ihrer Bedürfnisse. Verglich sie ihn mit Eaton? War das der Grund, warum sie ihm jetzt nicht in die Augen sah? Vielleicht machte er sich etwas vor, wenn er in ihrer Nähe blieb und hoffte, dass sie ihm Zeichen gab. Wollte Emily, dass er blieb oder wünschte sie sich nichts sehnlicher, als dass er endlich aus ihrem Leben verschwand, damit sie durch seine Anwesenheit nicht länger an die Tage und Nächte erinnerte wurde, die sie miteinander in Leidenschaft geteilt hatten? Schämte sie sich dessen, was zwischen ihnen vorgefallen war? Wollte sie ihr altes Leben da wieder aufnehmen, wo sie es verlassen hatte?

Rafe wusste, dass Emily ihn bemerkt hatte, aber nach wie vor hielt sie den Blick auf das Kleid gerichtet, das Mrs. Lindsay vor ihr ausgebreitet hatte. Lag er mit seiner Vermutung also richtig?

Verdammt, was war nur in ihn gefahren, einer Frau hinterherzulaufen? Der Gedanke war verrückt. Blanker Irrsinn. Denn selbst wenn er Miss Emily Bradshaw nicht gleichgültig war, wohin sollte das denn führen? Er hatte keinen festen Wohnsitz, hatte nie einen gewollt und war zudem ein Einzelgänger, der die Zwänge der Weißen Zivilisation noch nie lange hatte ertragen können. Er konnte einer Frau nichts bieten, außer einem unsteten, einem rastlosen Leben, immer in Bewegung. Er war ganz sicher nicht das, was man eine gute Partie nannte. Wie lange konnte eine Beziehung zwischen ihnen wohl gut gehen?

Emily war ein Leben in der Stadt gewohnt, in einem hübschen, kleinen Haus, vielleicht sogar mit Garten, wo sie Blumen und Gemüse anpflanzen konnte. Sie erwartete schöne Kleider und all die kleinen Dinge, die er ihr nicht bieten konnte. Das Einzige, das er ihr geben konnte, und woran sie nie würde zweifeln müssen, war seine Liebe.

Rafe erstarrte.

Auch wenn er es in seinem Herzen schon lange gewusst hatte, so traf ihn die Erkenntnis, dass er Emily liebte, völlig unerwartet. War das, was er da fühlte, wirklich Liebe?

Er sah sie an, sah ihr leises Lächeln und wie ihre schlanken Finger über den Stoff strichen. Und er fühlte, wie sein Herz bei ihrem Anblick schneller schlug.

Verdammt!

War es das, was sein Bruder gefühlt hatte, als er »Geht mit den Wolken« begegnet war? Dieses alles verzehrende Verlangen, immer in ihrer Nähe zu sein, sie zu berühren und von ihr berührt zu werden? Zu sehen, wie sie lächelte, und dabei im Strahlen ihrer Augen zu versinken? Er hoffte es nicht, denn das würde bedeuten, dass er, was Emily betraf, ebenso verletzlich war wie einst sein Bruder, als dieser »Geht mit den Wolken« durch Taggarts Schergen verloren hatte. Wie deutlich erinnerte er sich an Gabriels Verzweiflung, seinen Schmerz und seine Wut – und anschließend seinen brennenden Hass, der ihn von innen heraus zu zerfressen schien.

Hatte er sich nicht damals geschworen, niemals so viel für einen Menschen zu empfinden? Hatte er sich nicht geschworen, sein Herz besser zu beschützen und es niemals jemandem zu öffnen?

Vergeblich.

Es war geschehen. Irgendwann war es Miss Emily Bradshaw gelungen, sich in sein Herz zu stehlen. Konnte er sich dem entziehen, indem er sich einfach auf sein Pferd schwang und davon ritt? Jetzt sofort, ohne jemals einen Blick zurückzuwerfen? Würde Emily dann eines fernen Tages nur noch eine schöne Erinnerung sein?

Aber selbst als er darüber nachdachte, wusste Rafe, dass dieser Tag niemals kommen würde. Das, was er schon in der Höhle geahnt und befürchtet hatte, war Wirklichkeit geworden: Emily Bradshaw hielt sein Herz in ihren zarten Händen. Es würde ihr immer gehören, ganz egal, wie weit er ritt und wie viel Zeit vergehen mochte.

»Verdammt, McKinlay, Sie werden langsam lästig.« Charles Eatons wütende Stimme brachte Rafe zurück in die Wirklichkeit. Rafe maß den anderen Mann von oben bis unten mit einem kalten, abschätzenden Blick, bis dieser unwillkürlich einen Schritt zurück trat. Eaton zupfte nervös an seinem Halstuch, und Rafe konnte sehen, wie ihm der Schweiß ausbrach.

»Halten Sie sich von uns fern«, zischte Charles dennoch hastig und wollte sich abwenden, aber Rafes Hand schoss vor und hielt ihn zurück. Charles erstarrte. Zögernd sah er McKinlay an.

»Sie und ich haben noch ein unerledigtes Geschäft, Eaton.«

Charles plusterte sich auf. »Also, ich wüsste nicht …«, begann er, aber Rafe unterbrach ihn.

»Mein Honorar beträgt zweihundert Dollar. Die sind Sie mir noch schuldig.«

Charles Eatons Augen zogen sich unheilvoll zusammen, dann befreite er seinen Arm mit einem heftigen Ruck aus Rafes Griff. Betont gründlich strich er seinen Ärmel glatt, so als hätten Rafes Finger unsichtbare Spuren auf dem edlen Material hinterlassen.

»Wenn mich nicht alles täuscht, McKinlay«, entgegnete er dann, »hat meine Verlobte diese Schuld bereits beglichen. Oder sollte ich besser sagen: abgearbeitet?«

Der Ausdruck in Rafe McKinlays Augen wechselte schlagartig von kalt zu blankem Eis. Einen Moment lang dachte Charles, er wäre zu weit gegangen, und wich unwillkürlich einige Schritte zurück.

»Was zwischen mir und Ihrer Verlobten möglicherweise geschehen ist«, erwiderte McKinlay so leise, dass Charles die Worte kaum verstehen konnte, »geht Sie verdammt noch mal nichts an. Unsere Vereinbarung bestand zwischen Ihnen und mir, also bekomme ich mein Geld von Ihnen.«

Charles wollte aufbegehren, aber Rafe unterbrach ihn. »Wollen Sie, dass in fünf Minuten die ganze Stadt weiß, was hier gesprochen wurde?«, fragte er mit einem angedeuteten Nicken in Mrs. Lindsays Richtung, die schon fast die Balance verlor in dem verzweifelten Versuch, jedes der leisen Worte zu erhaschen. Wütend knirschte Charles mit den Zähnen, aber er musste zugeben, dass McKinlay Recht hatte. Mit einem letzten Blick zu Mrs. Lindsay stieß er hervor: »Kommen Sie heute Abend zu mir nach Haus. Dort können wir alles Weitere regeln.« Damit wandte er sich ab.

Rafes Blick glitt zu Mrs. Lindsay. Falls er noch irgendwelche Zweifel gehabt hatte, wie viel von der Unterhaltung sie wohl gehört haben mochte, so war das begierige Leuchten in ihren Augen Antwort genug. Mrs. Lindsay brannte förmlich darauf, jedes skandalöse Detail dieser jüngsten Entwicklung mit Feuereifer zu verbreiten. Es grenzte an ein Wunder, dass sie nicht schon damit begann, solange die Betroffenen sich noch in ihrem Laden befanden.

Rafe verspürte den dringenden Wunsch, Charles Eaton den Hals umzudrehen. Warum um alles in der Welt musste er seine große Klappe auch ausgerechnet in Hörweite der größten Klatschbase von ganz Silver Springs aufreißen? Rafe hatte keinen Zweifel, dass Mrs. Lindsay Charles' Andeutung richtig verstanden hatte. Und selbst wenn nicht: Im richtigen Tonfall erzählt und mit den nötigen Vermutungen gespickt, würde schon in weniger als einer Stunde jeder wissen, dass Miss Emily Bradshaw ein Verhältnis mit dem Halbblut hatte, das sie zurückgebracht hatte. Allein die Tatsache, dass Eaton und er sich wie zwei kampfbereite Gockel voreinander aufgeplustert hatten, würde die Gerüchteküche zum Kochen bringen und Mrs. Lindsays Tratsch das nötige Gewicht verleihen.

Es gab keinen Zweifel.

In weniger als einer Stunde wäre Emilys Ruf in Silver Springs unwiederbringlich ruiniert.

XXIX

»Wo ist sie?«, fragte Rafe an Stelle einer Begrüßung, kaum dass er Eatons Haus betreten hatte. Suchend sah er sich um, konnte Emily aber nirgends entdecken. Eaton funkelte ihn wütend an, dann wirbelte er herum und stampfte in Richtung Salon davon. Rafe folgte ihm langsamer. Wie er feststellen musste, war die Einrichtung stilvoll und kostspielig, einem Haus an der Ostküste durchaus entsprechend. Angesichts der Tatsache jedoch, dass Eaton wesentlich mehr ausgab, als er einnahm, und anscheinend über kein eigenes Vermögen verfügte, war es sicher nur eine Frage der Zeit, bis er alles verlor.

Und was wurde dann aus Emily?

Charles erwartete ihn im Salon, die Arme vor der Brust verschränkt und das Kinn kampflustig in die Höhe gereckt.

»Wenn Sie glauben, dass Sie von mir auch nur einen Cent erhalten, McKinlay, dann sind Sie aber schief gewickelt. Sie sollten Emily zu mir zurückbringen – unversehrt. Aber Sie mussten ja unbedingt mit ihr ins Bett kriechen! Die ganze Stadt zerreißt sich bereits das Maul darüber. Unsere Vereinbarung ist damit hinfällig.«

Schweigend sah Rafe ihn an.

»Wo ist Emily?«, fragte er dann noch einmal, gefährlich leise.

»Das geht Sie nichts an, verdammt. Emily ist meine Verlobte, also lassen Sie gefälligst Ihre Drecksfinger von ihr. Sie haben schon genug Schaden angerichtet.«

»Ich will sie sehen.«

Eaton lachte ungläubig auf. »Was? Sind Sie nicht ganz bei Trost? Hören Sie mir überhaupt zu, wenn ich mit Ihnen rede? Emily ist für Sie tabu, und jetzt machen Sie, dass Sie rauskommen, ehe ich den Sheriff holen lasse!«

Spöttisch hob Rafe eine Braue.

»Nur zu. Immerhin haben Sie mich doch eingeladen. Und ich wette, dass die eifrige Mrs. Lindsay nur allzu gern bereit ist, das zu bestätigen. Schließlich haben Sie ihr ja genügend Gesprächsstoff geliefert.«

Charles' Gesicht lief dunkelrot an, während er sichtlich um Fassung bemüht war. Er wusste, dass er in einer körperlichen Auseinandersetzung mit Rafael McKinlay unweigerlich den Kürzeren ziehen würde, somit ballte er nur in hilfloser Wut die Hände an den Seiten zu Fäusten. Auch wenn die beiden Männer annähernd gleich groß waren, so war Rafe McKinlay ganz ohne Zweifel ein Kämpfer, sehnig und muskulös, wohingegen Charles Eaton sich in seinem ganzen Leben noch nie auf seine Fäuste hatte verlassen müssen. Er war es gewohnt, seine Körperkraft allenfalls Schwächeren gegenüber einzusetzen, aber auf keinen Fall würde er sich mit jemandem messen, der ihm überlegen war.

»Ich will, dass Sie mein Haus verlassen«, zischte er hasserfüllt. »Ich will, dass Sie aus meinem Leben verschwinden, und ich will, dass Sie Emily und mich ein für alle Mal in Ruhe lassen.«

Rafe lächelte spöttisch, aber seine Augen blieben kalt. »Es ist schon traurig, nicht war, Eaton, dass man im Leben nicht immer das bekommt, was man will.«

»RAUS AUS MEINEM HAUS!«, brüllte Charles mit hochrotem Kopf. Die Adern auf seiner Stirn pulsierten und sahen aus, als müssten sie jeden Augenblick bersten.

»Sie wissen, was ich will«, entgegnete Rafe ruhig.

»Sie bekommen keine verfluchten zweihundert Dollar!«

Rafes Grinsen drohte Charles an den Rand des Wahnsinns zu treiben.

»Oh, vergessen Sie mal die zweihundert Dollar. Ich weiß, dass Sie sie nicht haben. Genau genommen haben Sie gar nichts. Wenn Ihre Gläubiger damit beginnen sollten, ihr Geld zurückzufordern, werden Sie noch nicht einmal mehr ein Dach über dem Kopf haben, habe ich nicht Recht?«

Charles' Kiefer mahlten in hilfloser Verzweiflung. Seine Hände öffneten und schlossen sich, als würde er sie seinem Widersacher am liebsten um die Kehle legen und zudrücken.

»Machen Sie, dass sie rauskommen!«

»Haben Sie mich deshalb auf die Suche nach Emily geschickt?«, fuhr Rafe ungerührt fort. »Weil Sie dachten, sie würde ihre Tante beerben?«

Er sah Eaton an.

»Ich fürchte, dann habe ich verdammt schlechte Neuigkeiten für Sie. Ich war gerade im Telegrafenbüro, als dort eine Nachricht für den Bankdirektor eintraf. Hat einige Aufregung gegeben, denn es sieht ganz so aus, als hätte Emily überhaupt kein Geld. Nicht einen einzigen Cent.«

»Sie lügen! Sie verdammter Mistkerl lügen doch wie gedruckt!«

Charles' Augen traten bedrohlich hervor, während er nach Luft schnappte wie ein gigantischer Fisch auf dem Trockenen.

»Warum sollte ich lügen?«, entgegnete Rafe ruhig. »Immerhin schulden Sie mir noch immer zweihundert Dollar.«

Auf dem Treppenabsatz krallte Emily ihre Finger so fest in das Holzgeländer, dass ihre Hände wehtaten.

Zweihundert Dollar.

Das war also der Grund, warum Rafe noch in Silver Springs weilte. Verzweifelt schloss Emily die Augen. Wie hatte sie auch so dumm sein können anzunehmen, er wäre ihretwegen noch nicht abgereist. Wieso nur hatte sie sich der Hoffnung hingegeben, er würde es sich anders überlegen und sie bitten, mit ihm zu gehen?

Sie hatte gehört, dass anscheinend jemand zu Besuch gekommen war, und als sie Charles aufgebracht hatte schreien hören, wollte sie ihm zu Hilfe eilen. Aber das Gehörte hatte sie förmlich erstarren lassen. War es das, was das alte Sprichwort vom Lauscher an der Wand meinte? Emily fühlte, wie ihre Kehle eng wurde. Zu wissen, dass sie sich all die Jahre in Charles getäuscht hatte, dass sie ihm im jugendlichen Überschwang ihrer Gefühle Qualitäten zugesprochen hatte, denen er im wirklichen Leben nicht gerecht werden konnte, war schon schmerzlich genug, aber das war immerhin ihr Fehler. Aber dass sie nach allem, was zwischen ihnen gewesen war, Rafe McKinlay anscheinend nicht mehr bedeutete als eine Prämie, die es zu kassieren galt, tat mehr weh, als sie es je für möglich gehalten hätte.

Die Stimmen entfernten sich, als Charles begann, aufgebracht hin und her zu laufen. Emily schlich die Treppe Stufe für Stufe weiter hinab. Sie wusste, dass es sich nicht gehörte zu lauschen, aber so schmerzlich die Gewissheit, dass er sie nicht liebte, auch sein mochte, so wollte sie Rafe McKinlay doch wenigstens ein letztes Mal sehen, ehe er für immer aus ihrem Leben entschwand.

»… verdammten Rothäute sie behalten können!«

Emily erstarrte. Was sagte Charles da? Ihre Augen füllten sich mit Tränen. Das konnte doch nicht sein Ernst sein! Er liebte sie, das hatte er doch selbst gesagt! Sicher, er war enttäuscht, dass sie kein Geld von ihrer Tante geerbt hatte, aber das konnte doch an seinen Gefühlen für sie nichts ändern. Wenn er sich erst mit der Tatsache abgefunden hatte, dann würden sie schon gemeinsam einen Ausweg finden.

Emily hörte nicht, was weiter im Salon geschah, und bemerkte auch nicht, wie Rafe das Haus verließ. Sie wusste nicht, wie lange sie auf der Treppe verharrte. Wie betäubt stand sie da, unfähig, sich zu bewegen. Erst als Charles in den Flur trat, hob sie den Kopf und sah ihn an. Seine Augen blickten kalt, und seine Lippen waren nicht mehr als schmale Striche in seinem blassen Gesicht. Hasserfüllt zogen seine Augen sich zusammen.

»Verschwinde«, zischte er und wollte sich abwenden.

»Charles …«

»Ich sagte: Verschwinde!«, brüllte Charles so heftig, dass Emily zusammenzuckte. »Verschwinde, oder ich weiß nicht mehr, was ich tue.«

Er hatte getrunken. In einer Hand hielt er eine Flasche, die er mit einem Ruck an die Lippen setzte. Zögernd trat Emily näher.

»Charles, bitte, ich …«

»Du was?«, fauchte Charles und wirbelte herum. »Du hast mich zum Gespött der Leute gemacht«, sagte er dann beinahe weinerlich. »Die ganze Stadt spricht davon, dass du es mit dem Halbblut getrieben hast, dass du die Beine für ihn breit gemacht hast, dass du …« Er verstummte schluchzend, und Emily nahm ihn tröstend in den Arm.

Mit einem Knurren stieß Charles sie von sich. »Wage es nicht, mich anzufassen!« Schwer atmend stand er schwankend vor ihr. »All die Jahre«, stöhnte er dann und fuhr sich verzweifelt mit der Hand durchs Haar, »all die Jahre habe ich auf dich gewartet.«

Emily spürte wie ihr Herz schwer wurde. Sie hatte Charles unrecht getan. Was immer sie da auch meinte gehört zu haben, sie musste sich getäuscht haben. Natürlich liebte Charles sie. Und wie hatte sie nur annehmen können, er würde sich ihre Untreue nicht zu Herzen nehmen?

Taumelnd sank er auf die unterste Treppenstufe, als würde all seine Kraft ihn verlassen. »Ich habe gewartet und gewartet«, jammerte er. »Ich habe sogar dieses verfluchte Halbblut angeheuert, damit er dich zu mir zurückbringt.«

Emily biss sich auf die Lippen. Ihr Schuldgefühl wog immer schwerer, und sie spürte, wie ihr Tränen, heiß und salzig, über die Wangen liefen. »Oh, Charles …«

»Ich habe gewartet und gewartet. Ich habe gebetet, Tag und Nacht, damit dieses Scheusal von einer Tante endlich stirbt. Und dann hat diese alte Vettel, die mich nie hat leiden können, noch nicht einmal so viel Anstand, dir ein vernünftiges Erbe zu hinterlassen!«

Emily dachte, sie hätte sich verhört, aber ein Blick in Charles' Gesicht zeigte ihr, dass sie sich nicht geirrt hatte.

Was?, formten ihre Lippen die lautlose Frage, fassungslos, während sie langsam, kopfschüttelnd von ihm zurückwich.

»Was hast du denn gedacht?«, stieß Charles hervor und schleuderte die leere Flasche an die Wand, wo sie klirrend zerbrach. Emily zuckte zusammen. Furchtsam sah sie zu, wie Charles sich erhob.

»Hast du etwa geglaubt, ich sei unsterblich in dich verliebt?«

Er kicherte und kam wankend auf sie zu. »Ja, natürlich dachtest du das. Du warst ja schließlich verliebt, und so sollte es ja auch sein. Die kleine Emily war verliebt und schwebte auf Wolken, wann immer ich ihr meine Aufwartung machte.« Ein Schluckauf stoppte ihn. Er stand einen Moment schwankend, bis er sich wieder gefangen hatte.

»Du warst die Antwort auf meine Gebete, kleine Emily. Deine Tante war reich! Was machte es da schon, dass du für meinen Geschmack zu dünn bist und nach nichts aussiehst?« Wieder schluckte er heftig und stützte sich an der Wand ab. »Und sieh dich jetzt an! Dürr wie 'ne Zaunlatte, und deine Haare sehen aus, als wären die Motten drin gewesen. Meinst du vielleicht, es macht mir Spaß, so mit dir gesehen zu werden?«

Emilys Hand zuckte zu ihrem Haar, während der Schmerz in ihrer Brust ihr beinahe die Luft zum Atmen nahm.

Charles hatte sie nie geliebt. Er hatte immer nur ihr Geld gewollt, das Geld ihrer Tante, und jetzt hatte sie noch nicht einmal das.

Emily atmete tief durch und fühlte, wie sie ruhiger wurde, bis ganz allmählich wilder Zorn sie erfüllte. Langsam richtete sie sich auf und straffte ihre Schultern. Wie konnte er es wagen, ihr Vorwürfe zu machen? Sie hatte ihn geliebt. Sie war bereit gewesen, ihm bis ans Ende der Welt zu folgen. Sie hatte sich den Strapazen eines Siedlertrecks ausgesetzt. Sie war von Indianern entführt worden und hatte Todesängste ausgestanden. Trotz allem war sie bereit gewesen, ihn so zu nehmen, wie er war, als sie feststellen musste, dass er nicht der Mann war, für den sie ihn all die Jahre gehalten hatte. Sie war bereit gewesen, ihm trotz seiner Schulden beizustehen, ihm zu helfen, für ihn zu schuften, während es ihm all die Zeit nur um das Geld ihrer Tante gegangen war.

Plötzlich war Emily froh, dass sie kein Geld hatte. Sie war froh, dass sie arm war wie eine Kirchenmaus, denn das bedeutete, dass Charles Eaton nicht einen müden Cent von ihr erhalten würde. Sollte er doch sehen, wie er seine Schulden abbezahlte. Sollte er doch sehen, wie er sich seine Gläubiger vom Hals hielt – sie war jedenfalls fertig mit ihm.

Mit hoch erhobenem Kopf blickte sie auf ihn herab. »Charles«, informierte sie ihn dann, so stolz sie nur konnte, »ich verlasse dich.«

Ihre Hand lag schon auf dem Türknauf, als Charles' Finger sich hart in den Rücken ihres Kleides krallen und sie zurückrissen. Der Stoff riss mit einem hässlichen Knirschen.

»Du gehst nirgendwo hin«, zischte Charles und presste sie so heftig gegen die Wand, dass Emily die Luft wegblieb.

»Du kannst mich nicht daran hindern«, fauchte Emily hitzig, während gleichzeitig eisige Furcht von ihr Besitz ergriff.

»Oh doch, das kann ich.« Grob riss Charles ihr das Kleid von den Schultern und senkte seinen Blick auf ihren Busen, der sich, nur von ihrem dünnen Hemdchen verhüllt, unter ihren Atemzügen heftig hob und senkte. »Du sagtest, du besitzt nur das Kleid, das du am Körper trägst, meine Liebe, aber das stimmt nicht ganz.«

Emily schrie auf, als Charles' Hand sich brutal um eine Brust schloss und zudrückte. Ihre Augen suchten die seinen, flehentlich, aber was sie darin erblickte, ließ sie schaudern.

»Du hast noch eine ganze Menge mehr zu bieten, und nachdem du deine Reize ja schon so äußerst bereitwillig mit diesem dreckigen Halbblut geteilt hast, sehe ich keinen Grund, warum ich nicht auch aus deinem Körper Kapital schlagen sollte.«

»Charles«, wisperte Emily mit blutleeren Lippen, »das kann nicht dein Ernst sein. Das kannst du nicht machen.«

»Aber ganz im Gegenteil, mein Engel«, lächelte Charles und riss sie mit einem brutalen Ruck hinter sich her. Emily dachte, er würde ihr den Arm aus dem Gelenk drehen, als er sie die steile Treppe hinaufschleifte. Sie kämpfte gegen ihn an, wehrte sich, so gut sie konnte. Aber sie hatte gegen ihn keine Chance. Ein Schlag ins Gesicht ließ sie verstummen, als sie um Hilfe schreien wollte. Dann stieß er sie in ihr Zimmer. Emily taumelte zu Boden. Noch ehe sie sich wieder aufrappeln konnte, hatte er sie auf das Bett gestoßen und begann, ihr linkes Handgelenk mit der Vorhangkordel an den Bettpfosten zu fesseln.

»Charles, was tust du?«

Verzweifelt zerkratzte sie ihm das Gesicht, aber ein weiterer Schlag setzte ihren Bemühungen ein Ende und ließ sie besinnungslos zusammensinken.

Keuchend kniete Charles über ihr. Seine Wange brannte wie Feuer, und seine Finger ertasteten Blut. Dieses Miststück!

Hastig fesselte er auch ihr anderes Handgelenk an den Pfosten, ehe sie das Bewusstsein wiedererlangte. Dann entkleidete er sie und ließ seine Augen gierig über ihren Körper wandern. Sie war schlank, beinahe dünn, aber er würde sie schon noch herausfüttern. Bis auf ihr kurzes Haar sah sie aber immer noch besser aus, als die meisten anderen Huren, die in den Saloons und Bordellen ihre Dienste anboten. Zumindest ihre Titten konnten sich sehen lassen. Es würde also nicht allzu schwer sein, zahlende Kunden für sie zu finden.

Einen Moment lang erwog er, ihre Beine ungefesselt zu lassen, aber so wie er Emily kannte, würde sie jede Gelegenheit nutzen, um ihre Kunden zu treten, und das wäre sicher nicht gut fürs Geschäft. Außerdem wusste er von der heißen Cora, die er regelmäßig besuchte, dass die meisten der Bergleute eher von der schnellen Truppe waren, aber das konnte ihm nur recht sein. Immerhin, je mehr – desto besser.

Mit Händen und Füßen ans Bett gefesselt, ließ er Emily schließlich allein und hilflos zurück.

XXX

Als Emily erwachte, war es bereits dunkel, und ein eisiger Schauer nach dem anderen jagte über ihren Körper. Ihr war so kalt!

Langsam schlug sie die Augen auf. Sie lag in ihrem Bett, aber als sie sich erheben wollte, stellte sie fest, dass sie an Händen und Füßen gefesselt war.

Und sie war nackt!

Verzweifelt zerrte sie an den Kordeln, mit denen Charles sie festgebunden hatte, aber die Knoten saßen zu fest. Anstatt sich zu lockern, zogen sie sich nur noch fester zusammen, bis sie drohten, ihr das Blut abzuschneiden.

Schwer atmend blieb Emily liegen.

Was sollte sie nur tun? Um Hilfe schreien? Und was würden ihre Retter sagen, wenn sie sie hier nackt und gefesselt vorfanden? Emily mochte gar nicht daran denken.

Rafe.

Sein Name drang so natürlich in ihr Bewusstsein, dass es beängstigend war, aber auf ihn konnte sie nicht mehr zählen. Hatte er sein Geld von Charles bekommen? Hatte er die Stadt bereits verlassen? Sie wusste es nicht, aber es war auch egal. Wie sollte sie ihn erreichen? Wie sollte sie ihm eine Nachricht zukommen lassen, dass sie Hilfe brauchte? Und würde er sie ihr überhaupt gewähren? Immerhin hatte sie kein Geld, um ihn zu bezahlen.

Wieder lief ein Frösteln über ihren Körper.

Die Vorstellung davon, was Charles mit ihr vorhatte, ließ Übelkeit in ihr aufsteigen. Wie konnte er ihr das nur antun? Selbst wenn er sie, wie er zugegeben hatte, nie geliebt hatte, wie konnte er sie jetzt nur als Hure verkaufen? Das hätte sie nie von ihm gedacht. Nie hätte sie es für möglich gehalten, dass Charles, ihr sanftmütiger Charles, zu einer derart schändlichen Tat fähig sein könnte.

Wie lange war er schon fort? Und wohin war er gegangen? War er noch im Haus, oder hatte er sich sofort auf die Suche nach Kundschaft für sein neues Gewerbe begeben? Hatte sie nicht selbst seine Geschäftstüchtigkeit gelobt?

Emily spürte, wie die Übelkeit, die sie empfand, immer stärker wurde.

Oh mein Gott, dachte sie verzweifelt, *wie lange muss ich das noch ertragen?* Bei jedem Geräusch, das draußen erklang, zuckte sie ängstlich zusammen, aber jedes Mal wurde es wieder ruhig. Emily zitterte immer stärker, sowohl vor Kälte als auch vor Angst. Wieso hatte Charles nicht zumindest eine Decke über sie gebreitet?

Anscheinend war sie doch eingedöst, denn als Emily wieder erwachte, hörte sie schwere Stiefeltritte auf der Treppe und zwei Stimmen, die sich unterhielten.

Lachen. Hartes, kehliges Männerlachen.

Oh Gott, wie konnten sie lachen, während sie hier lag, gefesselt und halb wahnsinnig vor Angst. Der Schlüssel knarrte im Schloss, dann wurde die Tür aufgestoßen. Emily blinzelte in die scheinbar gleißende Flamme der Petroleumlampe, die den Raum plötzlich mit ihrem Licht erhellte. Sie sah nur zwei Schatten, Umrisse, die sich schemenhaft im Schein der Lampe bewegten.

»Zwei Dollar is' zu viel. Ich geb dir einen«, hörte Emily den einen Schatten sagen. Ihre Kehle zog sich zusammen, und sie glaubte zu ersticken.

»Zwei. Sie ist sauber und unverbraucht, nicht so wie die Huren im Saloon.«

Charles! Das war Charles – und er pries sie an wie ein Stück Vieh!

Emily presste ihre Lider aufeinander. Tränen rannen ihr aus den Augenwinkeln über die Wangen. Sie versuchte, ein entsetztes Schluchzen zu unterdrücken.

»Solange sie weich und warm ist und 'ne Öffnung für mein Ding hat, isses mir eigentlich egal«, hörte sie wieder die Stimme des ersten Mannes.

»Aber na gut, zwei Dollar. Aber die Stiefel lass ich an.«

Emily drehte sich der Magen um, als der Gestank des Kerls ihr in die Nase drang. Würgend drehte sie den Kopf zu Seite.

»Hey, wenn 'se kotzt, zahl ich nichts.«

»Wird sie nicht«, erwiderte Charles warnend, aber das war Emily egal. Das Bett senkte sich unter dem Gewicht des anderen Mannes, und Emily begann, an ihren Stricken zu reißen. Schreiend bäumte sie sich auf, sodass der Mann erschrocken zurückfuhr.

»Hey, was soll'n das?«

»HILFE!«, kreischte Emily, so laut sie konnte. Es war ihr egal, wer sie hörte, egal, wer erschien, solange es nur jemand war, der sie aus dieser verzweifelten Lage befreite.

»HILFE!«, brüllte sie wieder und übertönte sogar Charles, der sie anfuhr, sie solle still sein. Ein stinkender Lappen zwischen ihren Lippen ließ sie verstummen, aber sie funkelte Charles so wütend an, dass dieser einige Schritte zurückwich, ehe er sich lächelnd entspannte und wieder näher trat.

»Hey, wenn's hier 'n Problem gibt, haue ich lieber ab«, stammelte der fette, ungewaschene Kerl und fummelte an seinem Hosenstall, aber Charles hielt ihn zurück.

»Keineswegs. Tut mir Leid, dafür ist es diesmal umsonst.«

Emily schrie hinter ihrem Knebel protestierend auf und riss an ihren Fesseln, aber sie war hilflos.

»In echt?«, fragte der Kerl. »Umsonst?«

Seine blutunterlaufenen Augen glänzten, und er leckte sich gierig über die Lippen, während er Emilys Körper im Licht der Lampe in Augenschein nahm. Zögernd streckte er die Hand aus, wurde mutiger und ließ sich auch von Emilys unverständlichen Verwünschungen nicht entmutigen. Seine schwieligen, rauen Hände glitten über ihre Haut, grapschten, und Emily dachte, sie müsste vor Scham ersticken. Verzweifelt schloss sie die Augen, während der Mann sich über sie schob. Sie fühlte, wie er an seiner Hose nestelte, und versuchte, all ihre Gedanken auszuschalten. *Es wird vorübergehen,* sagte sie sich immer wieder, wie eine endlose Litanei. *Es wird vorübergehen, es wird vorübergehen.*

Zuerst drang der dumpfe Schlag, den sie hörte, nicht in ihr Bewusstsein, aber dann folgten noch einer und noch einer.

Zögernd öffnete Emily die Augen. Der fette Kerl wurde von ihr fortgerissen, dann war er verschwunden. Emily blinzelte. Er war weg! Sie konnte ihr Glück kaum fassen.

»Emily!«, hörte sie eine vertraue Stimme, und sie schluchzte vor Erleichterung auf. Tränen rannen ihr ungehindert übers Gesicht, und durch den dichten Schleier konnte sie die geliebten Züge kaum erkennen.

Rafe!

Er war tatsächlich gekommen, um sie zu retten.

Er entfernte den Knebel, und Emily flüsterte seinen Namen.

»Gleich, mein Liebling, gleich.« Die dicken, seidenen Kordeln vermochten seinem Messer keinen Widerstand zu leisten. Rafe hüllte Emily in die Decke und zog sie in seine Arme.

»Emily, geht es dir gut? Ist dir auch nichts geschehen?«

Emily drückte sich an ihn. »Jetzt geht es mir gut.«

»Bist du in Ordnung?«, fragte er, und Emily war erstaunt, dass sie Furcht in seiner Stimme mitschwingen hörte. Furcht? Ihr furchtloser Rafael McKinlay hatte Angst um sie gehabt? Liebevoll streichelte sie über seine raue Wange.

»Es geht mir gut. Mir ist nichts passiert. Dank dir.« Sie ließ ihren Kopf wieder an seine Brust sinken. »Woher hast du gewusst, dass ich Hilfe brauche?«

»Die Kunde verbreitete sich in den Saloons wie ein Lauffeuer, dass Charles Eaton seine Verlobte als Hure anbietet«, antwortete er grimmig. »Am liebsten hätte ich dem Mistkerl den Hals umgedreht, aber mir fehlte die Zeit, deshalb wird er beim Erwachen nur fürchterliche Kopfschmerzen haben.«

»Ich bin froh, dass du hier bist. Ich liebe dich nämlich, weißt du«, sagte Emily und spürte, wie ihre Augenlider schwer wurden.

»Ach wirklich«, meinte Rafe lächelnd und sah auf die Frau in seinen Armen hinab. »Nun, ich bin zwar ein armer Schlucker, und ich besitze nicht viel mehr als das, was ich am Körper trage ...« Er verstummte und atmete tief durch, als müsse er sich für das, was er sagen wollte, selbst Mut machen, ehe er weitersprach. »Außerdem bin ich ein Halbblut und halte es nie lange in einer Stadt aus.« Sein Blick erwärmte sich, als er Emily forschend und doch voller Liebe ansah. »Würdest du trotzdem meine Frau werden?«, fragte er dann und hielt gespannt den Atem an. Emilys Lippen verzogen sich zu einem Lächeln.

»Oh ja«, seufzte sie und legte ihre Arme noch fester um ihn. »Aber warum«, fragte sie dann gähnend, »willst du mich denn heiraten?«

Rafe lächelte sie an, ehe er antwortete: »Ich liebe dich nämlich auch, weißt du.«

Aber alles, was er darauf hörte, war ihr tiefes, gleichmäßiges Atmen.

XXXI

Es klopfte an der Tür des Zimmers in dem kleinen Hotel in San Francisco, in dem Emily und Rafe abgestiegen waren.

Sie hatten Charles Eaton dem Sheriff übergeben und Anzeige wegen Freiheitsberaubung erstattet. Und es sah ganz so aus, als würde er noch eine Weile Gast im Gefängnis von Silver Springs bleiben. Die Schulden, die er angehäuft hatte, konnten nicht vom Verkauf seiner Einrichtung gedeckt werden, weil auch davon das meiste noch nicht bezahlt gewesen war. Danach würde er nach St. Louis überstellt werden, wo er von diversen Schuldnern und Geldhaien schon sehnsüchtig erwartet wurde. Nach dem, was er beabsichtigt hatte, ihr anzutun, konnte Emily jedoch nicht allzu viel Mitgefühl für ihn aufbringen.

Anschließend hatten sie Silver Springs so schnell wie möglich den Rücken gekehrt, denn die Gerüchteküche mit allen pikanten Details brodelte unaufhörlich, sodass Emily es kaum noch gewagt hatte, ihr Gesicht auf der Straße zu zeigen. Sie waren weitergezogen in Richtung Westen, bis sie schließlich in San Francisco angekommen waren, jener goldenen Stadt an der Bucht. Auch wenn sie wusste, dass Rafe es in dieser quirligen Stadt nicht lange aushalten würde, umgeben von unzähligen Häusern und Menschen, so genoss Emily ihren Aufenthalt in vollen Zügen.

»Rafe!? Kannst du bitte an die Tür gehen?«, rief Emily, die soeben ihr Bad beendet hatte. Sie hörte Stimmen, und kurz darauf erschien Rafes Kopf in der Tür.

»Liebling, du solltest besser mal rauskommen.«

Erstaunt sah Emily ihn an. Dann streifte sie einen Morgenmantel über und ging in den winzigen, aber gemütlich eingerichteten Salon. Dort erwartete sie ein kleiner Mann unbestimmten Alters. Er trug einen schwarzen, dreiteiligen Anzug und hielt einen Bowlerhut in der Hand.

»Miss Emily Bradshaw?«, fragte er, und Emily nickte. Ratlos sah sie Rafe an, aber der schmunzelte nur geheimnisvoll.

»Ich bin Emily McKinlay«, bestätigte sie dann und ließ sich auf dem Sofa nieder. »Mein Mädchenname ist Bradshaw. Was kann ich für Sie tun?«

»Oh«, erwiderte der Mann, »ich fürchte, nichts. Aber ich kann etwas für Sie tun. Mein Name ist Arthur Montgomery, Rechtsanwalt, und Sie waren wirklich nicht ganz einfach aufzuspüren, junge Dame. Ich verfolge Sie inzwischen seit mehreren Monaten, von St. Louis bis hier nach San Francisco. Also ich muss schon sagen, Sie führen ein ziemlich aufregendes Leben. Siedlertrecks, Indianerüberfälle, ähm, ganz zu schweigen von den Vorfällen in Silver Springs.«

Emily fühlte, wie ihre Wangen anfingen zu glühen, und ergriff dankbar Rafes Hand, als dieser hinter sie trat und sie ihr auf die Schulter legte.

»Aber nun habe ich Sie ja gefunden«, stellte Arthur Montgomery, Rechtsanwalt, mit einem zufriedenen Lächeln fest. »Übrigens meine herzlichsten Glückwünsche anlässlich Ihrer Vermählung.«

»Danke«, murmelte Emily. »Ich muss gestehen«, sagte sie dann, »ich weiß nicht so ganz, warum Sie hier sind. Weswegen haben Sie mich denn gesucht? Habe ich etwas verbrochen?«

»Aber nein. Nein, ganz und gar nicht. Es tut mir Leid, wenn ich Ihnen diesbezüglich Angst eingejagt habe. Ich bin im Auftrag Ihrer Tante unterwegs.«

»Tante Ruthie?«

»Ja, Ruth Bradshaw-Miller war meine Auftraggeberin.«

»Aber womit hat Tante Ruthie Sie denn beauftragt?«

»Ich war der Vermögensverwalter und Anwalt Ihrer Tante und bin nun, nach ihrem Tode, auch ihr Testamentsvollstrecker.«

Emily schüttelte den Kopf. »Da muss ein Missverständnis vorliegen. Tante Ruthie hatte kein Vermögen.«

»Oh, vielleicht nicht ganz so viel, wie manch ein anderer, aber es handelt sich dennoch um eine ganz stattliche Summe«, entgegnete Arthur Montgomery.

»Aber«, stammelte Emily, »warum hat sie nie etwas davon gesagt?«

»Nun ja, eine Prämisse im Testament Ihrer Tante ist es gewesen, dass, sollten Sie innerhalb eines Jahres nach ihrem Tod einen gewissen Charles Eaton heiraten, dieses Geld wohltätigen Zwecken zufällt. Da Sie nun aber innerhalb dieses Jahres nicht Mrs. Charles Eaton geworden sind, gehört das Geld Ihnen.«

Benommen schüttelte Emily den Kopf. »Ich wusste gar nicht, dass Tante Ruthie Charles nicht mochte. Er hat so etwas angedeutet, aber ich habe ihm nicht geglaubt.«

»Oh, ich denke, das hat nicht so viel mit Mögen zu tun. Vielmehr vermutete Ihre Tante, dass Mister Eaton hochverschuldet war. Hat sie nicht wiederholt versucht, Sie von einer Heirat abzubringen?«

Emily sah auf ihre Hände. »Sie wollte, dass ich ihm nicht sofort in den Westen folge. Sie sagte, ich solle meine Gefühle für ihn eingehender prüfen.« Sie lächelte wehmütig. »Tante Ruthie kannte mich viel zu gut. Je mehr sie versucht hätte, mir etwas auszureden, desto entschlossener wäre ich wahrscheinlich gewesen, es dennoch zu tun.«

»Nun, wie dem auch sei, jedenfalls hat Ihre Tante verfügt, dass Sie ihr Vermögen erben.« Arthur Montgomery zückte einige Dokumente aus seiner Mappe. »Vierunddreißigtausenddreihundertachtundvierzig Dollar und dreiundzwanzig Cent. Wenn Sie bitte hier unterschreiben würden.«

Entgeistert starrte Emily ihn an. »Wie viel?«, hauchte sie.

»Nun, vierunddreißigtausenddreihundertachtundvierzig Dollar und dreiundzwanzig Cent«, wiederholte der Anwalt.

Emily presste ihre Hände auf ihr Herz und saß wie erstarrt.

»Aber, aber das ist doch schlichtweg unmöglich«, stammelte sie dann. »Tante Ruthie hatte niemals so viel Geld. Als mein Onkel starb, musste sie sogar das Haus verkaufen, um über die Runden zu kommen.«

»Das ist schon richtig. Aber sie hat das Geld aus dem Verkauf angelegt und hauptsächlich von den Zinsen gelebt.« Er warf sich in die Brust. »Und dank meines Gespürs für den Aktienmarkt, hat sich das Kapital Ihrer Tante eifrig vermehrt.«

»Also, das fasse ich einfach nicht.«

»Sie sollten darüber schlafen. Das Geld ist auf einem Konto bei meiner Bank in St. Louis und wird Ihnen, wohin immer Sie es wünschen, überwiesen werden. Sie können es natürlich auch dort lassen, damit ich mich weiter darum kümmere«, schlug er vor, als Emily ihn nur schweigend ansah.

»Das würden Sie tun?«

»Aber natürlich.«

Emily sah Rafe an. »Also, ich würde es gerne dort lassen, zumindest bis ich weiß, was ich damit tun soll. Ich … also, ich habe nie damit gerechnet, einmal so viel Geld zu besitzen.«

Emily kuschelte sich näher an Rafe. Sie waren am Abend zunächst essen gegangen und anschließend ins Theater. Aber sie hatte sich einfach nicht auf die Vorstellung konzentrieren können. Erst Rafes liebevolle Verführung hatte sie eine Zeit lang aus der realen Welt entführt, aber jetzt, nachdem ihr Atem sich wieder beruhigt hatte und sie dem Herzschlag ihres Mannes lauschte, holte die Realität sie ein.

»Was willst du jetzt machen, nachdem du eine reiche Frau bist?«, wollte Rafe wissen und strich ihr Haar beiseite, damit er ihr kleine Küsse auf den Nacken hauchen konnte. Emily erschauderte wohlig unter seinen Lippen und seufzte.

»Ich weiß es nicht«, sagte sie dann leise und streckte sich genüsslich, ehe sie sich umdrehte und Rafe ansah. »Eigentlich ist es ja dein Geld.«

Fragend hob Rafe eine Augenbraue, dann verzogen sich seine Lippen zu einem Grinsen. »Da kann ich dich beruhigen. Ich will es nicht. Soweit es mich angeht, gehört das Geld allein dir.«

Schweigend sah Emily ihn eine Weile an, und Rafe erwiderte ihren forschenden Blick.

»Als ich zugestimmt habe, dich zu heiraten«, sagte sie dann, »geschah das unter der Voraussetzung, dass du nicht viel mehr besitzt als die Kleidung an deinem Körper und dass wir unstet von Ort zu Ort ziehen.« Zögernd lächelte sie ihn an. »Wäre es wohl möglich, dass wir irgendwo sesshaft werden? Ich meine, nicht in einer Stadt, sondern vielleicht auf einer Viehranch irgendwo in den Bergen. Vielleicht Montana oder Wyoming.«

Rafe streichelte ihre Wange. »Bist du des Umherziehens schon müde?«, neckte er sie dann.

Emily senkte die Lider über ihre Augen, damit er nicht zu früh erahnte, was sie ihm zu sagen beabsichtigte.

»Nicht direkt«, sagte sie dann leise und legte seine Hand auf ihren noch flachen Bauch. Dann sah sie ihn an. »Aber schon in wenigen Monaten könnte es ein Problem werden.«

Wie würde er wohl reagieren?

Sie sah das Aufleuchten in seinen Augen, als ihm das ganze Ausmaß ihrer Geste bewusst wurde. Beinahe andächtig strich er über ihren Körper, der das ungeborene Leben, das ihre Liebe hervorgebracht hatte, beherbergte.

Seine Lippen verzogen sich zu einem Grinsen.

»Also willst du dein Geld in eine Ranch investieren?«, fragte er, und sie las die Antwort in seinen Augen. Überglücklich schlang sie die Arme um seinen Nacken und presste ihn an sich.

»Unser Geld«, wisperte sie dann mit tränenerstickter Stimme. »Es ist unser Geld und unsere gemeinsame Zukunft.«

Epilog

Die wärmenden Strahlen der Sonne streichelten ihre Wangen, und Emily hob ihnen ihr Gesicht entgegen. Es war Ende April. Fast schien es, als wäre der Winter nun wirklich vorbei. Die Vögel sangen und zwitscherten, als könnten auch sie den Beginn des Frühlings nicht länger erwarten. Auf den Bergen, die das kleine Hochplateau, auf denen ihr Haus stand, umgaben, lag noch immer Schnee, und es würde noch einige Monate dauern, bis er schmolz, nur um schon wenige Wochen später zurückzukehren. Einige der Gipfel würden ihre weißen Hauben auch im heißesten Sommer nicht ablegen. Auf dem Plateau jedoch, auf dem sie sich im letzten Herbst angesiedelt hatten, wurde es endlich Sommer, und er würde noch lange andauern.

Aus der Scheune ertönte der Klang von Metall auf Metall. Rafe beschlug einige Pferde, damit er sich daranmachen konnte, die Herde, die sie gekauft hatten und die den Winter in einem geschützten Tal verbracht hatte, zu zählen und versprengte Tiere zusammenzutreiben. Die ersten Kälber waren bestimmt schon geboren, und Emily freute sich darauf, sie zu sehen.

Liebevoll glitt ihr Blick zu ihrem eigenen Nachwuchs. Eben versuchte Lily, ihre fünf Monate alte Tochter, sich am Verandapfosten auf die Beine zu ziehen, ehe sie jauchzend beschloss, dass sie auf allen Vieren doch schneller bei Mama sein würde. Es überraschte Emily immer wieder, mit welcher Geschwindigkeit dieser kleine Ausbund an Energie sich bewegte. Ihr Herz quoll über vor Liebe für ihre Tochter und ihren Mann, dem sie dieses Wunder verdankte.

»Komm zu Mama, mein Schatz!«, rief sie und streckte die Arme aus, um den Wirbelwind in Empfang zu nehmen.

Lily krabbelte schneller.

Aus den Augenwinkeln registrierte Emily eine Bewegung und richtete sich erstaunt auf.

Wer konnte das sein?

Sie beschattete ihre Augen mit den Händen. Es waren mehrere Reiter, die den sanft ansteigenden Hang hinaufkamen, und Emily trat unwillkürlich einen Schritt zurück. Lily zupfte an ihrem Rock. Emily nahm sie hastig auf den Arm. Der kleine warme Körper spendete ihr ein trügerisches Gefühl der Sicherheit, auch wenn der Gedanke, Lily könnte etwas zustoßen, sie gleichzeitig mit Furcht erfüllte. Sie erwarteten niemanden. Die Cowboys, die Rafe angeheuert hatte, würden erst in zwei Wochen ankommen. Die Baracke mit ihren Schlafräumen war auch noch gar nicht fertig gestellt.

Emily machte einen weiteren Schritt in Richtung des schützenden Hauses. Konnte sie es rechtzeitig erreichen?

Allmählich erkannte sie Details, und was sie sah, trieb Emily einen eisigen Schauer über den Rücken.

Indianer!

Ihre Röcke wirbelten Staub auf, als sie sich umwandte und auf das Haus zurannte. Ihre angsterfüllten Schreie zerrissen die harmonische Stille, und in ihren Armen begann Lily, verängstigt zu weinen.

Rafe stürzte aus der Scheune, die Winchester in den Händen. Schweiß glänzte auf seinem nackten Oberkörper, während er seiner Frau entgegenstürmte.

»Emily!«, brüllte er, während er gleichzeitig versuchte, den Grund ihrer Furcht zu erkennen. Er erspähte die Reiter und riss in einer geschmeidigen Bewegung die Winchester an seine Schulter, den todbringenden Lauf unbeirrbar auf die näher kommenden Fremden gerichtet. Die Waffe im Anschlag, blieb er stehen. Emily suchte hinter ihm Schutz und versuchte, ihre weinende Tochter zu beruhigen.

»Halt!«, befahl Rafe, und die Fremden zügelten ihre Pferde. Der Lauf der Waffe bewegte sich um keinen Millimeter, als Rafe sich kurz zu Emily umwandte.

»Bist du in Ordnung?«

Emily nickte.

»Die Augen meines Sohnes sind schlecht geworden«, vernahm Rafe in dem Moment eine tiefe, vertraute Stimme. Erstaunt ließ er die Waffe sinken.

»Das glaube ich einfach nicht«, murmelte er überrascht und trat einige Schritte vor. »Bist du es wirklich?«

»Mit wem hast du denn sonst gerechnet? Das ist ja ein schöner Empfang, den du deinen Eltern bereitest, mit einer Waffe in der Hand.«

»Vater! Mutter!«, rief Rafe und eilte seinen Eltern entgegen. Emily hielt sich zurück, Lily fest an sich gedrückt. Ihre Tochter quengelte und wollte heruntergelassen werden, aber Emily hielt sie fest. Sie beobachtete, wie Rafe die Neuankömmlinge begrüßte. Der hoch gewachsene Mann mit den dunklen, von weißen Strähnen durchzogenen Haaren musste sein Vater sein, die Frau, mit den fein geschnittenen, eindeutig indianischen Zügen seine Mutter. Ihre Begleiter waren offenbar Krieger, und es schien, als würde Rafe auch sie kennen, jedenfalls begrüßte er sie herzlich. Emilys Blick glitt zu dem letzten Reiter, der als Einziger nicht wie ein Indianer gekleidet war. Er hielt sich im Hintergrund, und sein Gesicht war im Schatten seines Hutes kaum zu erkennen. Wer war er?

Rafe wandte sich ihm zu. Der Mann hob den Kopf. Erstaunt sog Emily den Atem ein. Das war Rafe! Aber das war doch unmöglich. Dennoch – der Fremde war das genaue Ebenbild ihres Mannes. Emily hielt den Atem an. Das musste Rafes Bruder Gabriel sein! Schweigend sahen die Männer sich an. Dann, nach scheinbar einer Ewigkeit, reichten sie sich die Hände, als würden sie einen Schwur besiegeln.

»Du hast dein Versprechen gehalten«, sagte Rafes Bruder, und Emily stellte fest, dass sogar seine Stimme wie Rafes klang.

»Ich habe mein Versprechen gehalten. Taggart ist tot. Aber nicht ich habe den Schwur erfüllt, sondern Emily.«

Gabriels Blick glitt zu Emily, die sich noch immer nicht bewegt hatte, außer um ihre immer zappeligere Tochter festzuhalten.

»Willst du uns deiner Frau nicht vorstellen?«, fragte er dann und glitt aus dem Sattel. Gemeinsam mit Rafe kam er näher.

»Emily, das ist mein Zwillingsbruder Gabriel. Gabriel, meine Frau Emily und meine Tochter Lily.«

»Ma'm, es ist mir eine Ehre, Ihre Bekanntschaft zu machen.«

Emily schluckte. Die Ähnlichkeit war so verblüffend, dass es beinahe unheimlich war.

»Wenn es Ihnen – dir – nichts ausmacht, dann nenn mich doch bitte Emily.« Ihre Augen zuckten zu Rafes Eltern, die ebenfalls langsam auf sie zukamen. In dem Moment beschloss Lily, sich endgültig aus der mütterlichen Umarmung zu lösen. Sie spannte ihren kräftigen kleinen Körper, und Emily konnte sie nicht länger halten. Ehe Lily jedoch zu Boden stürzen konnte, wurde sie von großen, kräftigen Händen erfasst. Gabriel zog das strampelnde Bündel an seine Brust. Emily wollte nach ihr greifen, aber erkannte sofort, dass ihr Schwager genau wusste, was er tat. Sie dachte an Rafes Erzählung und daran, dass Gabriel selbst Vater zweier Kinder gewesen war. Ihre Augen füllten sich mit Tränen, als sie beobachtete, wie zärtlich er Lily in seinen Armen hielt. Was musste es für ihn bedeutet haben, seine Familie auf so grausame Art und Weise zu verlieren?

»Was ist denn das? Erst eine Waffe zur Begrüßung und dann Tränen? Fast könnte man den Eindruck bekommen, wir seien hier nicht willkommen.«

Verstohlen wischte Emily sich die Tränen aus den Augen. Die breiten Schultern des alten Mannes füllten fast ihr gesamtes Blickfeld. »Komm her und lass dich umarmen«, grollte Rafes Vater und zog seine überraschte Schwiegertochter in seine Arme.

Zu Rafe gewandt sagte er: »Ich dachte schon, wir würden deine Frau überhaupt nicht kennen lernen. Kein Wort von dir. Von wildfremden Menschen mussten wir erfahren, dass du geheiratet hast.« Er drückte Emily fest an seine Brust, dann schob er sie von sich, um sie zu mustern. »Ein wenig schreckhaft, aber da will ich mal drüber hinwegsehen. Ist vielleicht ganz gut, hier in dieser Einöde.« Er betrachtete Emily so eingehend, dass sie langsam nervös wurde. Was hoffte er zu finden? Aber schließlich lachte er. »Ich hatte schon Angst, deine Frau sei so hässlich, dass du sie uns deshalb nicht vorstellen wolltest, aber da habe ich mir umsonst Sorgen gemacht. Willkommen in der Familie, kleine Lady.«

»Von wem hast du es erfahren?«, fragte Rafe. »Von Gabriel?«

Angus McKinlay schnaubte. »Gabriel ist schweigsamer als eine Auster bei Ebbe. Selbst wenn er es gewusst hätte, hätte er kein Wort gesagt. Du kennst ihn doch.«

Ja, dachte Rafe, er kannte seinen Bruder. Nur allzu gut. Es hatte Tage gegeben, nach dem Tod von »Geht mit den Wolken«, an denen Rafe gedacht hatte, Gabriel würde nie wieder sprechen.

»Wir haben Jäger getroffen«, unterbrach sein Vater seine Gedanken, »die hatten es von einem Krieger namens ›Roter Büffel‹ erfahren. Kennt ihr ihn?«

Rafe nickte. »Nur zu gut.« Seine Lippen verzogen sich zu einem Grinsen. »Und da habt ihr also beschlossen, uns einen Besuch abzustatten.«

»Deine Mutter hat mir keine Ruhe gelassen«, brummte Angus, aber das Funkeln in seinen goldbraunen Augen verriet, dass er auch ohne die Aufforderung seiner Frau nicht aufzuhalten gewesen wäre. Er sah sich um.

»Und es sieht ja ganz so aus, als ob ihr noch ein paar Hände gebrauchen könntet, die ordentlich zupacken können.«

Die zierliche Indianerin, die bislang schweigend an seiner Seite gewartet hatte, schob sich an ihrem Mann vorbei. Emily konnte es kaum glauben, dass diese zerbrechlich wirkende Person die Mutter von Rafe und Gabriel sein sollte. Und doch waren es auch ihre Züge, die sich in den Gesichtern ihre Söhne widerspiegelten.

»Wenn ich den Männern ihren Willen lasse, werde ich dich niemals kennen lernen.« Ihre Lippen verzogen sich zu einem Lächeln.

»Ich grüße dich, Tochter meines Herzens«, sagte sie dann. »Ich bin ›Wasser rauscht auf Steinen‹, und ich freue mich,

›Mutiges Herz‹ endlich selbst zu treffen, nachdem ich so viel von dir gehört habe.«

Gerührt erwiderte Emily ihre Umarmung. »Ich freue mich auch, euch alle kennen zu lernen, aber ich kann dir versichern, den Namen ›Mutiges Herz‹ verdiene ich ganz und gar nicht.«

»Wasser rauscht auf Steinen« lachte. »Nun, auch wenn du dieser Ansicht bist, so hat ›Roter Büffel‹ dir dennoch diesen Namen gegeben.«

»›Roter Büffel‹?«

»Er war es, der dich so nannte. Deinen Weißen Namen haben wir bis eben nicht gekannt.« Sie lächelte ein wenig traurig. »Und glaub mir, du verdienst diesen Namen, wenn du es mit meinem Sohn aufgenommen hast.« Sie zwinkerte Rafe zu. »Es ist manchmal sehr schwierig, mit Rafe auszukommen, das wirst du schon noch sehen. Er ist rastlos. Er sucht einen Platz, wo er zu Hause ist, aber er weiß nicht, wohin er gehört.«

Emilys Augen suchten Rafe. Er hielt seine Tochter in den Armen. Er erwiderte ihren Blick ruhig und gelassen. Emily dachte, ihr Herz müsse zerbersten vor Glück.

»Doch«, sagte sie dann, und wieder drohten Tränen, diesmal der Rührung, ihr die Kehle eng werden zu lassen. »Rafe weiß genau, wohin er gehört.« Sie sah »Wasser rauscht auf Steinen« an.

»Lily und ich sind sein Heim und sein Zuhause. Er gehört zu uns, zu mir.« Sie verstummte, und eine einsame Träne rann ihre Wange hinab. Langsam schritt sie auf Rafe zu und legte ihre Arme um seine kräftigen Schultern. »Und du bist mein Zuhause, wohin auch immer du gehst«, flüsterte sie dann an seinen Lippen, »denn einzig Dir gehört mein Herz.«